ICU, 희망의 기록

ICU, 희망의 기록

초판인쇄   1판 1쇄 2026년 3월 27일
저자   대한중환자의학회
펴낸이   최겸열
출판총괄   이재향
편집책임   구본희, 신소미
편집·표지   박하민
펴낸곳   도서출판 밀알
등록번호   제1-158
주소   인천 서구 당하동 1235-3 리슈빌 802호
전화   02) 529-0140
홈페이지   www.milalbook.com
ISBN   978-89-418-0350-8

* 파본이나 오염된 도서는 구입처를 통해 교환해 드립니다.

일러두기

* 본문 내용 중 환자의 실명은 가명으로 수정하였으며, 그 외 내용은 원문 그대로 표기하였습니다.

* 직접 인용문에 들어간 방언 표기 중 일부는 생동감을 위해 맞춤법 표기 용례를 따르지 않고 그대로 표기하였습니다.

대한중환자의학회 발간위원회
김경훈, 김정민, 신선희, 신증수, 이재명, 임춘학, 정승호

ICU, 희망의 기록

대한중환자의학회 엮음

도서출판
밀알

중환자실의 기록, 그 생명의 숨결을 엮으며

대한중환자의학회가 중환자실의 희로애락을 기록해 온 지 어느덧 10년을 맞이했습니다. 2012년 의료진들의 내밀한 고백으로 시작된 '중환자실 사랑방'은, 2016년을 기점으로 환자와 가족들의 서사까지 아우르며 우리 모두의 마음이 깃든 '기억의 숲'으로 성장했습니다.

중환자실 전담전문의로서 저에게 이 원고들은 깊은 울림을 주는 '마음의 거울'이었습니다. 차가운 기계음만이 울려 퍼지는 무거운 적막 속에서 우리가 그토록 나누고 싶었던 간절한 대화들, 끝내 전하지 못한 진심, 그리고 생명의 불꽃이 희미해질 때 의사로서 홀로 감내해야 했던 고독한 슬픔이 이 책에 오롯이 담겨 있기 때문입니다.

특별히 환자와 가족들이 직접 기록해 주신 투병 서사는 이 책의 가장 소중한 조각들입니다. 투명한 유리창 너머로 면회 시간만을 손꼽아 기다리던 가족의 애타는 마음, 고통 속에서도 삶의 의지를 놓지 않았던 환자의 사투, 그리고 기적 같은 회복의 길에서 마주한 감사와 깨달음이 생생하게 펼쳐집니다. 이분들의 목소리는 의료진의 시각만으로는 결코 다 채울 수 없었던 중환자실 이면의 진실된 삶을 보여주었습니다.

우리는 흔히 냉철함을 유지하기 위해 감정을 갈무리하는 법을 배웁니다. 하지만 이 소중한 기록들을 마주하며 다시금 깨달았습니다. 우리가 잊으려 애썼던 그 아픈 감정들이야말로, 사실은 우리가 환자의 곁을 끝까지 지키게 했던 가장 뜨겁고 인간적인 동력이었다는 사실을 말입니다.

이 책이 세상의 빛을 보기까지 마음을 보태 주신 모든 분께 깊은 감사를 전합니다. 먼저, 자신의 가장 아프고도 찬란했던 기억을 기꺼이 꺼내어 공모전에 참여해 주신 환자와 보호자, 그리고 현장의 의료진 여러분께 고개 숙여 감사드립니다. 여러분의 용기 있는 고백 덕분에 중환자실은 이제 차가운 '치료의 공간'을 넘어, '인간 존엄의 가치를 확인하는 숭고한 장소'로 다시 정의되었습니다.

아울러 지난 10년의 방대한 기록들을 하나하나 갈무리하고 다듬어 한 권의 아름다운 책으로 엮어 내기 위해 헌신해 주신 위원님들과 사무국 직원 여러분의 노고에도 진심 어린 박수를 보냅니다.

이 기록들이 생명의 소중함을 일깨우는 마중물이 되고, 중환자실이라는 긴 터널을 지나온 모든 인연에게 따뜻한 위로와 치유의 선물이 되기를 진심으로 기원합니다.

대한중환자의학회 회장 조재화

추천사

중환자실은 삶과 죽음의 경계에서 환자들의 중(重)한 생명을 지켜 내는 최전선입니다. 환자와 보호자에게는 하루가 일 년처럼 길게 느껴지는 극한의 기다림이, 의료진에게는 매번 최선의 판단과 대처가 요구되는 단 한 순간도 느슨해질 수 없는 현장입니다.

저 역시 2024년 예기치 못한 교통사고로 중환자실을 경험하며, 의식이 흐릿한 상태에서도 의료진이 꺼져 가는 생명을 붙잡기 위해 얼마나 치열하고 정교하게 움직이는지 생생히 느낄 수 있었습니다. 작은 변화도 놓치지 않기 위해 수시로 상태를 확인하고, 필요한 조치를 지체 없이 이어 가며, 서로의 판단을 교차 점검하는 의료진의 모습은 한순간도 끊이지 않았습니다. 무엇보다 긴박한 상황 속에서도 의료진이 환자를 불안과 고립 속에 두지 않으려 애쓰는 배려에 참으로 감사했습니다. 당시 말 한마디조차 제대로 건네기 어려운 상태였기에 마음속으로 벅차오르던 감사와 존경을 충분히 전하지 못한 것이 지금도 큰 아쉬움으로 남습니다. 이번 수기집 발간을 계기로, 그때의 헌신과 배려에 다시 한번 깊이 감사드립니다.

이번 대한중환자의학회 수기집은 제가 그 현장에서 느꼈던 신뢰와 희망이 어디에서 비롯되는지를 의료진, 환자, 보호자의 언어로 담아낸 책입니다. 수기집을 한 글자 한 글자 읽는 내내 마음이 먹먹했고, 때로는 가슴이 저미어 왔습니다. 중환자실의 하루는 생사의 갈림길에서 촌각을 다투며 냉철한 현실이 이어집니다. 그럼에도 의료진은 보호자의 질문을 여러 번 되짚어 들으며, 설명하는 과정에서 조심스러운 위로를 더합니다. 이러한 진심 어린 마음과 공감이 환자와 가족에게는 큰 힘이 되어 치료의 과정을 끝까지 견디게 합니다.

특히 이 책에는 "압도적 실력과, 지극한 정성으로, 환자를 살린다."는 다짐처럼, 결과로 과정을 입증해야 하는 중환자의료의 엄정함과 그럼에도 끝까지 포기하지 않는 마음이 함께 담겨 있습니다. 또한 의료진이 지치고 흔들릴 때, 회복한 환자와 가족의 '기억'과 '감사'가 다시 의료진을 일으켜 세운다는 고백은 중환자실이 결코 일방향의 돌봄이 아니라 서로를 지탱하는 소통과 보완의 공간임을 보여줍니다.

이 수기집이 더 많은 분들께 닿기를 바랍니다. 중환자실에서 일하는 의료진에게는 '우리가 하는 일이 인류에 대한 사랑과 존중'이라는 위로와 자부심이 되기를, 환자와 보호자에게는 '절망의 터널을 통과해 희망으로 나아가는 작은 등불'이 되기를 바랍니다. 아울러 수기집의 기록들을 통해 우리 사회가 생명을 대하는 태도, 의료현장의 가치, 보이지 않는 헌신의 무게에 대해 다시 한번 깊이 생각하는 계기가 되길 기대합니다.

㈜LS 이사회 의장 구자열

추천사

중환자실에 입원한다는 것은 살면서 겪게 되는 가장 두렵고 당황스러운 위기의 순간일 것입니다. 흔히 겪는 일은 아니지만, 사실 누구에게나 일어날 수 있는 일이기도 합니다.

저는 삶과 죽음의 경계에 서 본 환자만이 알 수 있는 경험, 그리고 그 곁을 지킨 의료진과 가족들의 이야기를 듣고 싶었습니다. 이에 2012년 중환자의학회 이사회에서 '중환자실 경험담 사랑방' 기고를 제안하게 되었고, 그간 모인 우수한 원고들을 엮어 이렇게 책으로 펴내게 되어 매우 기쁩니다.

저는 의사 생활 35년을 중환자실에서 보냈습니다. 제가 중환자실 의사가 되겠다고 결심한 데에는 몇 번의 결정적인 계기가 있었습니다.

한 번은 출산 후 다량의 출혈과 폐부종으로 갑작스럽게 입원한 산모가 있었습니다. 창백하고 심하게 부은 산모의 얼굴을 보며 가족들은 어쩔 줄 몰라 눈물만 흘리고 있었습니다. 심각한 다발성 장기 부전을 겪던 산모가 고비를 넘기고 회복하여 호흡기를 떼던 날, 가족들은 눈물을 흘리며 기뻐했고 제게 거듭 고맙다고 말했습니다. 그때 의사로서 느꼈던 뿌듯한 안도감과 보람은 말로 다 할 수 없는 행복이었습니다. 이는 수술실에서 마취가 깬 환자를 병실로 돌려보낼 때와는 비교할 수 없는 강력한 느낌이었습니다.

죽음의 문턱에서 사람을 살려 건강한 삶으로 되돌려 보내는 이

일. 비록 몸은 고되고 큰 부를 가져다주는 일은 아닐지라도, 의사로서 평생을 바칠 만한 가치가 있는 일이라 확신했습니다. 그 경험이 저를 중환자실 전담의의 길로 이끌었습니다.

흔히 중환자실을 '병원 속의 병원'이라고 합니다. 병원에서 일하는 모든 의사와 간호사가 이런 경험을 하는 것은 아닙니다. 이 책은 메디컬 드라마 속 의사의 영웅적인 활약상이나, 초인적인 고통을 이겨 낸 인간 승리의 기록만을 담은 것이 아닙니다.

중환자실이라는 공간에서 시간은 늘 부족하고, 선택은 언제나 어렵습니다. '그때 다른 선택을 했으면 어땠을까' 하는 아쉬움이 남는 경우도 많습니다. 의사들은 끊임없이 고민합니다. '무엇을 더 할 수 있는가', '내 결정은 옳은가', '과연 환자에게 최선이었나', 그리고 '언제 멈추어야 하는가.' 이 책은 그 무거운 질문 앞에서 흔들리는 사람들의 기록입니다.

환자의 이름을 기억하고, 맞잡았던 손의 온기를 오래 간직하며, 시간이 지난 뒤에도 그 얼굴을 떠올리는 순간들. 그렇게 기억된 환자들과의 인연이야말로 의사가 이 고된 일을 계속하게 만드는 가장 강력한 이유임을 이 책은 조용히 말하고 있습니다.

안타깝게도 자신이 하는 일의 가치를 금전적 보상으로만 평가하는 시대입니다. 하지만 이 책에는 잊혀 가는 의업(醫業)의 소명을 묵묵히 지키는 의사들의 이야기가 담겨 있습니다. 의사를 지망하는 많은 이들에게 '의사란 어떤 일을 하는 사람인가'를 생생하게 말해 줄 것입니다.

중환자실 간호사의 업무는 병원의 어느 부서보다 고됩니다. 흔히 3D 업종이라고도 합니다. 팽팽한 긴장감, 기계 경고음, 시도 때도 없이 울리는 코드블루(Code Blue)는 이곳의 일상입니다. 그럼에도 많은 간호사가 헌신적인 돌봄 속에 환자가 회복되는 모습에서 보람과 자부심을 느낍니다. 함께 일했던 어느 간호팀장은 "엄마가 중환자실 간호사라 자랑스럽다."는 딸의 말에 힘을 얻어 평생 이곳을 지킬 수 있었다고 고백하기도 했습니다.

중환자실에 가족을 두고 가슴 졸이며 무사 귀환을 기도하는 보호자들에게, 그리고 이 힘든 과정을 겪어 낸 환자와 가족, 최선을 다하는 의료진에게 이 책이 작은 위로와 힘이 되었으면 합니다.

보통 우리의 삶은 늘 힘들고 팍팍하다고들 합니다. 하지만 중환자실 환자들의 바람은 소박합니다. '저 햇빛 속을 다시 걸을 수 있을까.', '숨이 차지 않았으면', '평범한 일상으로 돌아갈 수 있을까.' 단지 "살아만 있으면 좋겠다."고 말하는 이들 앞에서 우리는 감히 삶이 힘들다는 투정을 부릴 수 없습니다. 이 책은 우리에게 숨 쉬며 살아 있음이 얼마나 소중한 기적 같은 일인지 일깨워 줍니다.

책을 덮고 나면 우리는 생명을 다루는 일이 얼마나 조심스러운 일인지, 그리고 그 자리에 서 있는 사람들이 얼마나 불완전한 존재인지를 알게 됩니다. 동시에, 그 불완전함 속에서도 끝까지 사람을 사람으로 대하려는 노력이 얼마나 값진 것인지도 깨닫게 될 것입니다.

이 책은 의사에게는 초심을 붙잡게 하는 기록이며, 환자와 보호자에게는 의료라는 낯선 세계를 이해하게 돕는 진심 어린 답장입니다. 생과 사의 경계에서 오랫동안 울림으로 남을 책이 되기를 바랍니다.

연세의대 명예교수 신증수

추천사

중환자실은 일반병실에서 치료하기 어려운 중증 환자가 입실하여 최첨단 의료장비와 시설을 갖추고 숙련된 의료진에 의해 집중적이고 포괄적인 치료를 하는 곳입니다. 중환자실에서 치료받는 환자는 때로는 의식이 없기도 하고, 때로는 집중적인 치료 과정을 의료진에게 받게 됩니다. 복잡한 치료 과정이 이루어지므로 중환자실에서 일하는 의료진은 환자의 상태가 변화할 때마다 빠르고 정확하게 변화를 인지하여 필요한 조치를 취해야 하며, 이를 위해 최신화된 특수 처치도 능숙하게 할 수 있도록 훈련되어야 합니다.

코로나19 유행으로 위중한 감염병 환자가 증가했을 때, 중환자실 병상과 의료진 부족으로 큰 어려움을 겪었던 것이 생각납니다. 당시 정부의 중앙사고수습본부와 대한중환자의학회, 병원중환자간호사회가 여러 차례 회의를 열어 대응 방안을 논의했고, 많은 병원의 중환자실이 코로나19 위중 환자를 돌보는 데 참여하여 헌신적으로 치료함으로써 사망률을 줄이는 데 크게 기여했습니다. 감염병 유행 상황에서도 중환자실의 중요성은 더욱 커졌으며, 효율적 운영의 필요성을 실감했습니다.

간호사는 24시간 동안 환자 곁에 가까이 있으면서 중환자 간호를 하게 됩니다. 기본적인 간호는 환자의 활력징후를 1시간 간격 또는 그보다 자주 모니터하여 기록하고, 활력징후가 불안정한 환자에게는 승압제를 준비하여 혈압 안정을 돕습니다. 또한 수시로 환자의 기도 분비물을 흡인하고, 2시간 간격으로 체위 변경을 하여 욕창이 생기지 않도록 합니다. 시간마다 짜여 있는 수액과 약물을 투여하며, 고위험 약물은 infusion pump 등을 세팅하여 투여합니다. 필요에 따라 체온 조절 장치를 이용해 환자의 목표 체온을 유지하기도 합니다.

이처럼 어려운 중환자실 환경에서 간호사는 사명감과 헌신으로 환자를 돌보며, 환자가 회복되어 일반병실로 이동하고 퇴원하는 것을 보며 직업적인 보람을 느낍니다. 일반병실로 이동한 환자와 보호자가 중환자실에 찾아와 감사 인사를 하거나 병원 복도에서 만나 고마움을 표현할 때 간호사로서의 자부심을 갖게 됩니다.

대한중환자의학회의 수기집에는 그동안 중환자실 간호사들의 수기가 많이 실렸으며, 환자를 돌보면서 느낀 희로애락이 담긴 감동적인 글이 많습니다. 벌써 10년이 되었다니 감개가 무량하며, 수기집 출간을 진심으로 축하드립니다. 중환자실의 환자, 의사, 간호사를 대상으로 수기를 지속적으로 모아 글을 내는 것이 정말 어려운 일이었을 텐데, 귀한 시간을 내어 수기집을 발간해 주신 대한중환자의학회에 박수를 보냅니다.

대한중환자의학회는 그동안 중환자실 치료 환경과 근무 환경이 더 좋아질 수 있도록 많은 노력을 기울여 왔습니다. 학회가 지향해 온 '안전한 중환자실 근무 환경', '더욱 전문적인 치료를 수행하기 위한 숙련된 의료인 확보', '환자 중심 의료 실현'의 철학을 바탕으로 앞으로도 중환자가 더욱 안전한 치료를 받을 수 있도록 든든한 희망의 등불이 되어 주기를 기원합니다.

감사합니다.

병원중환자간호사회 전임회장 심미영

추천사

중환자실, 그곳은 누구도 나와는 먼 이야기이길 바라는 공간입니다. 저는 그곳에서 두 달을 있었던 적이 있습니다.

천장의 조명이 낮인지 밤인지 알려주지 않는 곳. 기계 소리가 내 심장 대신 뛰고 있는 것 같던 곳. 그곳은 오늘 밤을 넘길 수 있을까, 내일 아침 눈을 뜰 수 있을까 하는 생각을 매일매일 하게 되는 곳입니다. 말하고 싶어도 말할 수 없고, 울고 싶어도 울 힘조차 없던 시간을 보냈습니다.

그래서 이 책의 글들이 남다르게 읽혔습니다.

심장이 멎은 환자의 손을 밤새 놓지 못했던 의사의 이야기를 읽으며, 내가 의식 없이 누워 있던 그 시간에도 누군가 내 곁에서 그렇게 버텨주고 있었겠구나 싶었습니다. 청진기 너머로 환자의 마음 소리를 듣고 싶다며 간절히 귀 기울이는 의사의 글에서는, 나의 작은 목소리를 들으려 다가와주었던 분들이 겹쳐졌습니다. 초코 우유 하나에 옅은 미소를 보인 아이의 이야기에서는, 병상에서 처음으로 물 한 모금을 삼켰을 때의 그 벅찬 감각이 되살아났습니다.

30편의 글에는 삶이 가장 위태로운 순간에 사람들이 서로를 어떻게 붙잡았는지에 대한 기록이 담겨있습니다. 살리는 사람도, 살아남은 사람도, 끝내 보내야 했던 사람도 각자의 자리에서 서로의 삶을 지탱하고 있습니다.

생사의 경계에서 사람을 붙잡아 주는 것은 의술만이 아니라는 것. 내 이름을 불러주는 목소리, 차가운 손을 잡아주는 온기, 포기하지 않겠다는 누군가의 눈빛. 그 작은 것들이 생의 끈이 되어 사람을 이쪽으로 끌어당긴다는 것을 다시금 깨닫습니다.

삶이 버거운 누군가에게, 돌봄이 지치는 누군가에게, 사랑하는 사람을 지키고 싶은 이에게 조용히, 이 책을 건네고 싶습니다. 그리고 지금 이 순간에도 중환자실 어딘가에서 누군가의 생명을 붙잡고 있을 모든 손에게, 한때 그 손에 붙잡혔던 사람으로서 깊은 감사를 전합니다.

이지선 (이화여자대학교 교수, 『지선아 사랑해』 저자)

01

의사의 자리에서…

02

간호사의 곁에서…

03

기다리는 의자에서···

01
의사의 자리에서…

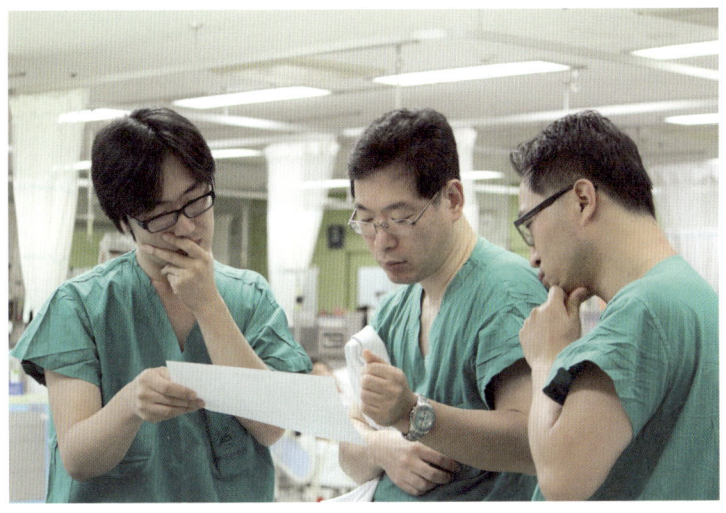

고뇌1
서울아산병원 외과중환자실
2012 출품작

최고의 순간

전남대학교병원 응급의학과

조용수

그는 어둡고 긴 터널에서 몇 날을 헤매었다. 영원한 어둠 속에 갇히지 않기 위해 발버둥 쳤지만, 팔다리조차 마음대로 움직이지 않았다. 입구는커녕 빛 한 줄기 보이지 않았지만, 그는 끝까지 포기하지 않았다. 살고자 하는 의지만으로 버티고 또 버텼다. 마침내 그가 터널 끝에 도달해 긴 숨을 내쉬었을 때, 나는 그의 목에 끼워져 있는 가늘고 긴 튜브를 뽑아낼 수 있었다. 환자의 목 깊숙이 꽂혀 있던 기관삽관 튜브를 제거한 것이다.

"어떻게 된 건지는 알겠어요?"

환자의 호흡이 차츰 가라앉자 나는 말을 건넸다. 그는 나를 바라보며 천천히 미소를 지었다.

처음 그의 모습은 심장이 멎은 상태였다. 가슴의 펌프가 고장나 온몸의 피가 순환을 멈추었다. 뇌부터, 피를 공급받지 못한 온몸의 장기들이 죽어가고 있었다. 즉시 심폐소생술을 시작했다. 멈춰 선 심장을 필사적으로 쥐어짰다. 이를 악물고 수십 분, 구슬땀의 대가로 영혼만을 간신히 붙잡을 수 있었다. 하지만 그의 상태는 시체와 다름없었다. 심장이 멎었던 시간이 너무 길었다. 맥박은 겨우 살아났지만, 창백한 안색에선 온기 하나 느낄 수 없었다. 이미 한번 죽었던 몸이니 더 말할 것도 없었다. 다시 일어날 수 있을 리가 없었다.

"나 엄청나게 고생한 건 알아요?"

검사 결과는 그야말로 최악이었다. 살아 있는 사람의 수치가 아니었다. 그래서일까? 환자의 심장은 밤새 말썽을 피웠다. 몇 분을 못 참고 다시 멈춰 섰다. 그때마다 가슴을 다시 압박하고, 전기 제세동을 했다. 일면식 없는 노인을 위해, 나는 밤새도록 염라대왕과 줄다리기를 벌였다. 한 사람의 생명이 걸려 있기에 그 줄을 놓을 수도 없었다. 영겁 같은 시간, 반복되는 긴장된 상황에 나는 지쳐갔다. 온몸이 납덩이 같았다. 이대로는 살릴 수 없을 거라는 절망감에 주저앉고 싶었다. 중환자실의 밝은 조명도 내 마음속에 드리운 어둠을 쫓지 못했다. 심장이 한 번씩 멎을 때마다 희망의 불씨가 하나씩 사그라들었다. 편히 보내주는 편이 나았을까? 환자를 잃고 싶지 않다는, 의사로서 나의 오기가 오히려 그를 괴롭히고 있는 건지도 몰랐다.

"저 세상 구경 다 끝내고 왔어요?"

아침에 출근해 환자의 상태를 확인한 모든 이들이 고개를 저었다. 임상 경과와 검사 결과 무엇 하나 그는 살아있다고 말하기 어려웠다. 진즉 연명치료 거부 동의서를 받는 편이 낫지 않았냐고 했다. 가망 없는 환자를 붙잡고 놓아주지 않는 건 미련이라고도 했다. 오히려 환자가 고통받는 시간이 늘어날 뿐이라며 내게 충고했다. 부정할 수 없었다. 내심 그 말이 옳다고 생각했다. 하지만 그 냉정함의 온도가 너무 차가워 고개를 돌렸다. 고생 많았다며 이제 그만 들어가 눈 좀 붙이라고 했지만, 묵묵히 그의 곁에 계속 남았다.

그렇게 수일 후 그는 아무 일 없었다는 듯 눈을 떴다. 산송장에 지나지 않을 것이라 여겨졌던 환자가, 기적을 일으키며 생환했다. 이겨내면 좋겠다는 인간으로서의 바람은 있었지만, 의사로서의 기대는 냉정하게 말해 하나도 없었다. 차마 놓지 못해 옷자락 한 끝만 움켜쥐고 있었을 뿐인데…. 그런 그가 자리에서 일어났다. 그렇게 오랜 시간 심장이 멎었지만, 완전히 의식을 되찾았다. 이승에 못다한 미련이 많았던 것인지, 아니면 잠깐 디뎠던 저승의 풍경이 마음에 들지 않았는지 모를 일이었다.

"말도 참 안 들었어. 그렇죠?"

이승과 저승의 온도 차이가 너무 심했던 걸까? 어쩌면 그의 몸은 이미 저세상에 적응하고 있었던 건지도 몰랐다. 긴 꿈을 꾸다 어느 날 정신을 차려보니, 낯선 침대에 누워 있었다. 목구멍에는 긴 관이 끼워져 말 한마디 할 수 없었다. 영문도 모르는 채 자신의 그런 모습을 마주하는 건 얼마나 두려웠을까? 그는 필사적으로 허우적거렸다. 그걸 자제시킬 방법이 없었다. 아무리 달래도 떼를 썼고, 급기야 자신의 인공호흡기를 스스로 떼버렸다.

이번엔 산 채로 죽음을 경험할 차례였다. 이윽고 목에 핏줄이 서며 표정이 굳어갔다. 온몸을 사용해 들이켜도 한숨 쉬는 것이 어려웠다. 순식간에 환자는 파리해졌다. 그는 말 한마디 하지 못하고 간절한 눈빛으로 내게 호소했다. 즉시 기관삽관을 다시 했고, 인공호흡기를 연결했다.

"숨 못 쉬겠죠? 죽고 싶어요? 이제 말 잘 들어요!"

그는 오만상을 찌푸리며 고개를 끄덕였다. 그는 죽을 뻔했다는 사실과 함께 혼자서는 숨을 쉴 수 없다는 사실을 깨달았다. 자신에게 어떤 일이 일어났는지 몸으로 체득한 것이다. 덕분에 굉장히 고분고분해져서 내게 전적으로 의존했다. 이후 환자의 상태는 하루가 다르게 호전되었고, 며칠이 더 지나자 마침내 탈관까지 하게 되었다.

"어쨌든 이렇게 좋아져서 다행이에요."

그는 여전히 아무 말 없이 웃기만 했다. 내가 자신의 지난 기억들을 더듬고 있다는 걸 알았을까? 내 팔을 잡아 자신에게 이끌었다. 그리고는 숙인 내 상체를 감싸고 토닥인다. 처음 느끼는 가슴 뭉클한 낯선 감정이 찾아들었다. 표현하기 힘든 친밀감이 불현듯 솟아올랐다. 어떻게 해야 할지 몰라 가만히 숨을 죽였다. 잠시 후 몸을 일으켜 그를 마주 보았다. 그는 손을 내밀었다. 나는 서서히 손을 내밀어 그의 손을 잡았다.

그는 붙잡은 나의 손을 꽉 쥐었다. 꺽꺽거리며 뭔가 말을 하려 했지만, 아직 소리는 내지 못했다. 나는 무슨 말을 하려는지 다 안다는 듯 고개를 끄덕였다. 그의 살아있는 표정은 감정을 고스란히 나타내고 있었다. 한참을 웃던 그는 어느새 눈시울을 붉히며 울먹였다. 육십 년 희로애락이 나이테처럼 새겨진 노인의 얼굴. 생사의 기로를 넘나들며 더 선명해진 주름들이 살아서 요동을 쳤다.

거기선 갓 태어난 아이의 생동감마저 느껴졌다. 단단히 움켜쥔 손을 통해 성난 감정이 파도처럼 밀려들어 왔다. 실오라기 하나 걸치지 않은 날것 그대로였다. 누군가의 감정을 공유하는 건 눈부시게 아름다운 일이었다. 본능적으로 마주 잡은 손에 힘을 주었다. 악수란 서로 손을 잡는 게 아니라, 잡은 손을 꽉 쥐는 행위라는 걸 알게 되었다. 진심이 실린 악수는 무거웠다. 공유한 감정이 단단하게 결속되었다.

　그는 다른 손을 뻗어 내 가슴에 달린 명찰을 쥐었다. 천천히 나의 이름을 눈으로 더듬었다. 이렇게 누군가에게 기억된다는 건 의사로서 최고의 영예일 것이다. 나 또한 그의 이름을 머릿속에 집어넣었다. 이 순간은 영원히 잊히지 않을 것이라 직감했다.

　사진은 없지만, 그날 그 순간의 장면은 영원히 잊지 못할 내 마음속의 스틸컷이 되었다.

마음을 들을 수 있다면

영남대학교병원 외과
배정민

오늘도 중환자실에는 기계 환기에 의존하는 환자가 많다. 기계 환기에 막 의존한 환자, 의존한 지 며칠 된 환자, 몇 주가 지난 환자, 기관 절개를 하고 몇 달이 지난 환자, 그리고 곧 기계 환기에서 벗어나려는 환자….

예전과 달리 요즘은 기계 환기를 달고서도 가벼운 진정이 대세라, 기계 환기를 달고 있더라도 환자의 상태가 매우 중하지 않으면 의사소통이 가능한 경우가 많다. 그래서, 면회 시간에는 가족들과 고개를 끄덕이며 의사소통을 하거나, 펜으로 글을 써서 자신의 뜻을 알리기도 한다.

기계 환기 중에 이러한 의사소통이 가능한 것은 치료를 담당하는 의료진에게도 많은 이점이 있다. 환자의 불편함이나, 전날보다 또는 처음보다 환자가 느끼기에 얼마나 호전되었는지, 다른 신체를 진찰할 때 통증이나 이상 소견이 느껴지는지 물어볼 수 있다는 것은 치료의 방향을 결정하는 데 매우 중요한 정보다.

그러나 모든 환자가 이렇게 의사소통이 가능한 것은 아니다.

30   ICU, 희망의 기록

심하게 다쳐 통증 때문에 깊은 진정을 해야 하는 경우나, 머리에 손상을 입었거나 머리에 질병이 있는 경우에는 기계 환기와 함께 깊은 진정 상태가 필요하기 때문에 의사소통은 거의 불가능하다.

이렇게 의사소통이 어려운 경우에는 의료진도 혈액 검사나 여러 지표를 바탕으로 현 상태를 시시각각 판단해야 한다. 검사 결과나 지표들이 애매할 때는 더욱 머리가 복잡하다. 의료진은 머리가 아프지만, 가족들은 속이 타들어 가며, 평소에 잘 표현하지 못했던 감정들로 마음 아파한다.

매일 나는 어깨에 걸친 청진기 너머로, 환자의 숨소리, 심장 소리, 뱃소리를 듣는다. 새로 생긴 이상 잡음이 들리지는 않는지, 박동은 규칙적으로 경쾌한지, 환자의 기관지로 공기가 드나들 때 들리는 숨소리가 전날보다 거칠어졌는지 아니면 뻥 뚫린 고속도로처럼 숨소리가 시원하고 맑아졌는지, 기계 환기에서 뿜어져 들어오는 공기와 산소의 혼합 가스가 폐 구석구석에 잘 퍼져 가는지, 그렇게 퍼져 나간 공기가 기계 환기로 잘 빠져나오는지 듣는다. 그리고 뱃소리도 살핀다. 평소 같으면 연인 사이에 부끄러울 법도 한 창자의 '꼬르륵' 소리가 환자에게 규칙적으로 적당한 소리의 크기로 계속 들리는지, 아니면 한밤중 공동묘지처럼 전혀 들리지 않는지 경청한다.

청진기 너머로 들려오는 환자의 몸의 소리와, 혈액 검사 결과나 X선 사진과 비교해 가며 치료를 이어간다.

이런 일련의 과정에 대한 이야기를 우리는 매일 일정한 시간에 가족들을 맞이하여 설명한다. 가족들에게 환자의 변화를 전하며 그들에게 희망을 주기도 하고, 때로는 절망을 안기기도 한다.

늘 그렇듯 상태가 점점 나빠지는 환자들을 보면 마음이 무겁다. 가족들에게 소식을 전하기도 무겁다. 의식이 없는 환자 앞에서 가슴 아파하는 가족들이 환자의 말 한마디라도 들을 수 있게 해 달라는 절절한 부탁은 가슴을 미어지게 한다.

간혹 신내림을 받은 무당이 자신의 몸에 영혼이 들어왔다면서 영혼의 말이라며 대신 전해주는 모습을 텔레비전에서 본 적이 있다. 절박한 의뢰자들은 무당이 전해주는 혼의 소리를 듣고 마음의 위안을 얻기도 했다. 나는 무당이 아니다. 그러나 매일매일 숨소리, 뱃소리를 듣는 청진기로 환자의 마음을 들을 수 있다면, 그래서 마음의 목소리를 가족들에게 내가 신내린 무당처럼 환자의 소식을 전해 줄 수 있다면 그들의 마음에 조금이라도 위안이 될 텐데….

오늘도 청진기 너머로 환자의 마음 소리를 찾아본다. 분명 환자도 소중한 이에게 전하고픈 말이 있을 것이다. 듣고자 하면 들릴 테니, 간절히 청진기 너머 소리를 들어본다. 그런 간절한 마음으로 환자를 치료한다.

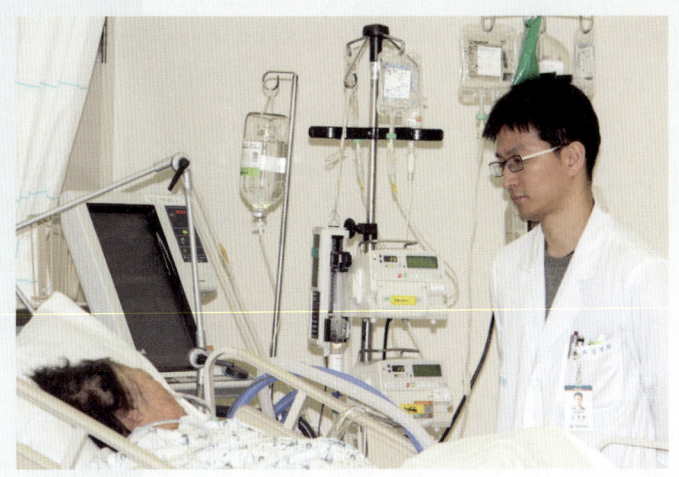

고뇌 2
서울아산병원 외과중환자실
2012 출품작

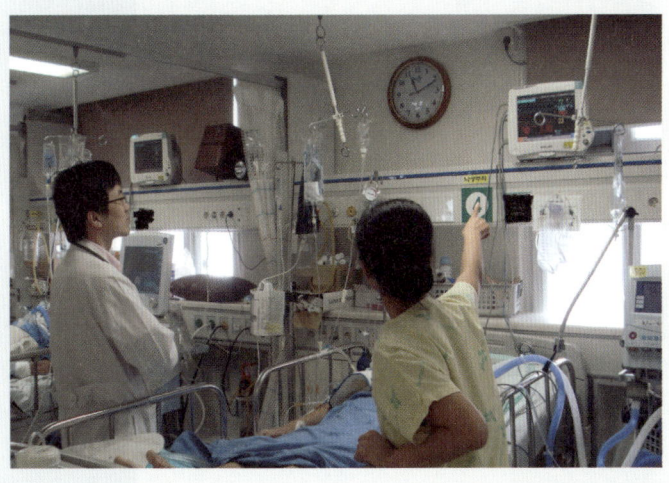

저길 좀 보라구요
부산대학교 신경외과 중환자실
2012 출품작

죽음, 그리고 눈물의 의미

한양대학교 서울병원 신경외과
이형중

응급실에서 맞닥뜨린 의사의 눈빛이 의식이 붙어 있는 환자가 이승에서 마지막으로 보는 사람의 그것일 수도 있음을 알아차리는 데는 첫 의사 가운을 입고도 그리 긴 시간이 걸리지 않았다. 생명의 빛이 희미해져 가는 눈망울을 대하거나, 기관 내 삽관이 되어 애처롭게 눈만 껌벅이는 상황이 닥치면 인지적 인간에 대한 사유思惟는 불가능해진다. 사무적으로, 혹은 정해진 규범대로 한바탕 북새통을 치른 뒤 중환자실로 옮겨진 단순 생명체로서의 호모 사피엔스는 자신의 의지와는 무관하게 온몸에 숱한 린치를 당하게 된다.

총기 있던 눈빛은 체념과 절망, 그리고 서서히 고단한 삶으로부터 안식을 찾아가려는 영생의 길로 들어서면서 흐려지거나 안대에 의해 인위적으로 봉인된다. 유체이탈이 되어 자신의 육체를 허공에서 바라보게 되는 떠나는 자의 슬픔 때문일까? 거즈를 적시며 흘러내리는 그의 눈물은 과연 어떤 의미로 다가오는지 생각해 본 적이 있는가?

중환자를 치료하는 의료현장은 삶과 죽음, 의사와 환자·보호자

간 치열한 격전지이자, 공기工期가 촉박한 바벨탑을 허물어지지 않
게 빨리 쌓아야 하는 건설 현장이다. 긴장된 여정 중에는 희망봉을
찾은 바스코 다 가마의 희열이 더 많겠지만, 때론 백경 사냥꾼 에이
허브Ahab 선장처럼 창을 든 채 울부짖는 끝나지 않는 오디세이처
럼 될 수도 있다.

"

… 지금 여기 이렇게 앉아 있는 노인의 발치에는

그가 성실하게 일하며 지켜온 인생의 파편이

우수수 떨어져 있다.

한 걸음을 뗄 때마다

이 사람은 그 파편을 밟고,

그것이 부서지는 소리를 들어야 한다….

"

미야베 미유키, 『모방범』

중환자실을 뒤로 하고 몇 걸음 내딛으면 자동문이 열리고 의자
에 앉아 고개를 떨군 보호자가 눈에 띈다. 주름도 별로 없는 동안童

顔에 비해 머리는 빛바랜 동전처럼 은백색이다. 그 일이 벌어지기 전까지 그는 한평생 누구에게도 손가락질받지 않고 단란한 가정을 누리며 하루하루를 감사히 살아왔다. 파멸의 손길은 냄새 없는 독가스처럼 바닥에서 위로 확산되어 숨통을 막기 시작했다.

30년 평생을 함께 살아온 착한 부인이 뇌출혈과 연이은 내과적 합병증으로 빠르게 소진되어 갔다. 감정을 화수분처럼 한없이 쓸 수 있다면 얼마나 좋을까. 말라버린 눈물은 이성을 마취시키고 살아남은 자를 서서히 소비시켜 끝이 보이는 촛불 심지를 위태로이 찰랑거리게 만든다.

"불쌍한 사람입니다. 이제 겨우 먹고 살 만해졌는데. 막내가 곧 대학교 졸업합니다. 내 평생 성실하게 남한테 욕 한마디 먹지 않고 살아왔는데….″

선한 눈매와 가녀린 팔다리는 투명해 차라리 혈관이 밖으로 나와 있는 듯한 착각을 불러일으키기에 충분했다. 남편의 방백은 응급수술 들어가기 직전 쥐어짜낸 의식으로 응급실에서 부인이 했던 말과 거의 일치했다. 수술 도중의 쇼크, 그리고 급성신부전과 횡문근 융해, 폐부종 등 상상할 수 있는 최악의 상황들이 순식간에 밀물처럼 밀려왔다. 4일 동안 두 차례의 심장마비가 있었고, 이제는 심부전도 나타나기 시작했다. 외견상으로도 붕대를 감은 머리와 퉁 퉁 부은 얼굴, 팔, 다리, 그리고 결막 부종으로 이어지는 심란한 화장술은 그를 이미 이전의 그가 아닌 상태로 바꿔버렸다.

"

죽음만큼 확실한 것은 없다.

그리고 죽음의 시간만큼 불확실한 것은 없다.

"

앙브루아즈 파레

모든 이는 죽음이라는 영겁永劫의 종착역을 향해 달려간다. 버둥거리며 삶에 집착하고 기를 쓰지만 결국은 미완성인 채로 종지부를 찍는다. 애착과 미련은 떠나는 사람과 남는 사람 모두의 마음 한 켠에 방점을 찍을 여유를 남기지도 못한 채 조용히 붓을 들게 만든다. 패혈증, 다장기 부전과 코마에 이은 필연적인 중환자실의 풀코스를 마무리하는 시점이 다가오고 있었다. 토요일 오전 조용한 단말마斷末魔의 몸부림이 혈압과 맥박으로 구현되었다. 전날 밤부터 기적을 바라며 묵주를 움켜쥐던 보호자의 바람은 이로써 허무하게 끝이 났다. 마지막 CPR(심폐소생술)을 할 때, 그녀의 눈가에서 이

슬이 맺혀 떨어졌다. 누군가가 말한다.

"이승의 연을 놓는 것이 너무도 서운해서 그런 걸 게야."

"고운 사람이었습니다. 하지만 지금은 얼굴과 몸이 많이 상해서 주님께서도 몰라보실 겁니다. 괜찮으시다면 시신을 기증 하고 싶습니다. 선한 사람으로 기억되게 도와주세요."

조용한 죽음의 과정이었다. 크게 흐느끼는 사람은 없었지만 무언의 눈물은 더 큰 소리로 공명共鳴되어 한참을 내 귓가에 맴돌았다. 주검에 삽입되었던 모든 관들이 하나씩 제거되어 1주 전만 해도 웃고 울었던 한 육체가 이제는 공식적인 일련번호를 단 개체가 되어 하얀색 천으로 덮였다. 간단한 행정 절차 이후에 해부학실로 태그를 단 채 내려갔다.

환갑도 치르지 못하고, 연락을 받고 급히 달려온 아들 앞에서 눈을 부릅뜬 채 양손을 꼭 거머쥐고 돌아가신 내 아버님도 그렇게 눈가에 눈물이 고여 있었다. 셔츠는 풀어헤쳐지고 심폐 소생기로 인한 가슴의 화상 자국과 부러진 갈비뼈, 무엇이 그리도 원통하고 아쉬움이 많았길래…. 남겨진 이들을 대신해서 우신 것일까, 아니면 태어날 때 크게 한 번 울었던 것처럼 가실 때도 아우라 넘치는 눈물 한 방울로 남겨진 이들을 대신해서 우신 것일까?

"

인식의 가장자리에

시간이라는 어둠으로부터

우리에게 깊숙이 닻을 내린,

한숨과 어둠, 그리고 발현의 세계.

잠재의식의 깊은 곳에서

불가사의한 언어가 인간에게

이렇게 상기시킨다.

인간은 죽을 수밖에 없고

시간이란 인간에게만 있는

절대적인 개념이 아니라

인생이 구체적으로 실현되는 과정이라고,

인생은 덧없는 꽃다발 같은 것이다.

"

막심 샤탕, 『악의 주술』

생리학적으로는 말이 되지 않을 이야기이지만, 삶을 마감하는
이가 보이는 눈물과 뒤에 그를 기억하며 살아가야 할 이의 눈물은
거의 같은 성상을 보일 거라 믿는다. 가장 가까운 사람이 보이는 최
고의 경의敬意일 수도 있겠다. 제삼자인 의사의 입장에서 보는 눈

물은 과연 어떨까. 그 눈물의 의미를 곱씹어볼 마음의 여유는 과연 있을까.

"오늘은 내 남은 인생의 첫날이다."

기욤 뮈쏘의 책 앞에 적힌 구절이다. 무심코 지나치며 하루하루 메말라 가는 고난에 가득 찬 삶이지만 내 나이의 반을 깎은 20대 초반 지녔던 감성적인 젊은 날로의 회귀가 불가능하지는 않을 것 같다. 살아 있다는 것에 감사하며 컵에 물이 반이나 남아 있어서 다행이라고 생각하며 살아갈 수 있다면, 먼 훗날 내 마지막 길에 내가 보일 눈물 한 방울의 의미를 멋있게 해석해 줄 수 있을 것이라 믿는다.

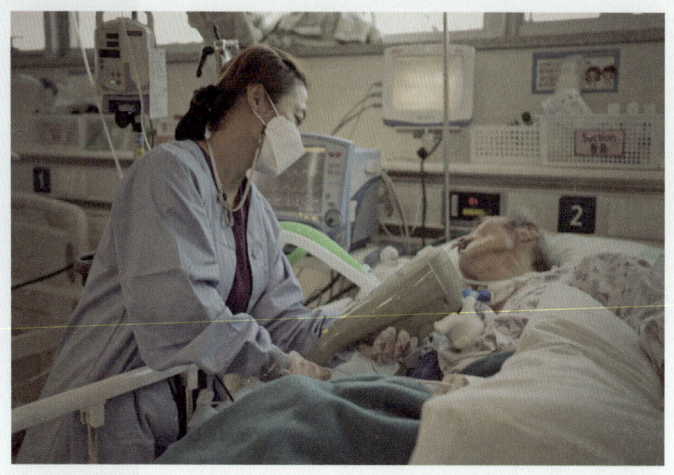

흉부는 덜덜덜, 내 손은 후덜덜
대청병원 내외과 통합 중환자실
2021 출품작

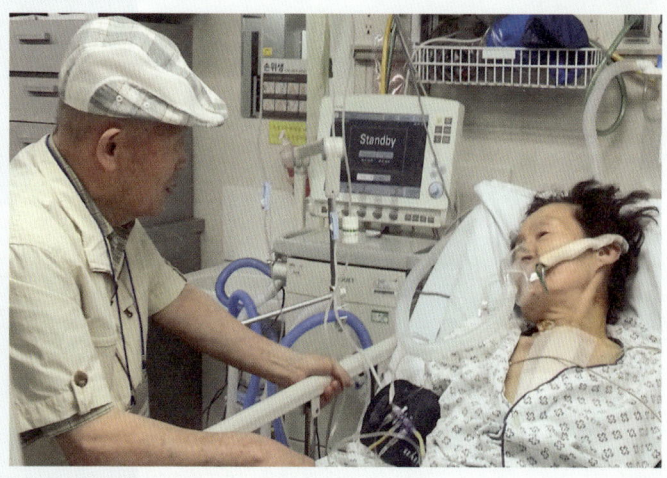

안도
인제대학교 백병원
2013 출품작

세상에서 가장 아름다운 소리

가톨릭대학교 성빈센트병원 신경외과

성재훈

응급수술을 마치고 탈의실에서 간단한 샤워를 마친 후 환자가 옮겨진 중환자실로 걸어가는 짧은 순간에 나는 많은 생각을 한다. 수술방에서 최선을 다했는지, 환자는 의식을 회복해 줄 것인지, 수술에 시간을 빼앗기는 동안 병실에 입원하고 계신 환자분들은 별 탈이 없었는지, 응급실에 새로운 환자가 오신 것은 아닌지, 하물며 굶은 끼니는 어떻게 때울까 등등….

오늘도 수술을 마치고 나오니 밤 11시가 다 되었고, 병원은 낮의 분주함을 모두 삼키고 잠든 듯 고요하기만 하였다. 지치고 피곤해 그냥 침대에 쓰러지고 싶은 욕망을 한순간에 날려버리는 동료들이 있는 곳, 중환자실에 다다랐다.

조용하지만 눈과 귀를 항상 곤두세워야 오히려 마음이 편한 곳, 그곳이 신경외과 중환자실이다. 이곳은 불과 얼마 전까지만 해도 우리들과 전혀 다를 바 없었던 분들께서 망할 놈의(나는 솔직히 이런 다소 격하고 불경스러운 단어만이 가장 적절한 표현이라는데 언제나 동감한다.) 뇌 질환 때문에 환자라는 새로운 직함을 받은 채 자신의 모든 것을 디지털로 표현되는 숫자 몇 개(혈압, 맥박, 체온, 혼수지표 등)와 몇몇 의사, 간호사 팀원들의 눈과 귀와 머리에 의존하고 계신 곳이다. 팀원들은 기본 활력 징후 감시에 더해 의식과 신경 장애까지 평가, 분석해야 하므로 긴장감 자체가 아예 생활이 되어버린 곳이다.

전투에 투입된 병사가 승리라는 목표 아래 끊임없이 아군과 소통하며 적진을 정찰하고 작전상 전·후진을 반복하며 매 순간 극한의 생존 게임을 벌이듯, 환자 모두에게 100% 완벽한 치료를 해드려야 한다는 이상理想 아래 수시로 변동하는 상황과 예기치 못하게 발생하는 합병증에 맞서 하루하루, 한 시간 한 시간을 버티는 우리 팀원들을 볼 때 나는 이 공간이 전장戰場과 다를 바 없다는 생각을 자주 하곤 한다. 나는 오늘 그런 공간에서 세상에서 가장 아름다운 소리를 들었다.

나는 지금 홍길동 님의 급작스러운 뇌부종을 해결하기 위하여 응급 개두감압술을 막 마치고 나왔다. 모든 응급수술이 그렇듯 선택 수술에 비하여 안정되지 않은 상태에서 시행되는 수술이므로, 수술의 결정·진행·수술 후 경과 관찰에 더 많은 긴장도를 요구한다. 특히 수술을 마치고 난 당일의 환자분은 마취와 수술 후 스트레스로부터 시시각각 벗어나시거나, 혹은 예기치 않은 합병증으로 인해 악화일로에 치닫는 양 갈래의 길에 서 계시므로 팀원들은 초미의 관심을 집중해야만 한다. 집도의인 내가 마음 한구석에 자리한 불안감을 떨쳐내지 못한 채 지친 몸을 의자에 반쯤 기대고 수술 기록을 작성하던 시간은 마침 간호 팀원들의 인계 시간이었다.

간호 팀원들의 인계는 군대 교대 근무 보고 못지않게 군기가 세다. 그리 길지도 않은 시간인데 어떻게들 엄하게 인계를 하는지, 그리고 쉴 새 없이 인계되는 그 많은 정보를 언제 다 외워버리는지, 막상 인계가 끝나고 나면 투입 팀은 근무를 마친 퇴근 팀과 우열을 가리기 힘들 정도로 완벽하게 환자를 파악하게 된다. 나는 언제 봐도 이 인계 업무가 참으로 신기하기만 하다. 도상 작전과 같은 인계 업무를 마치면, 투입 팀은 머리에 입력된 자료를 재평가하고 더블 체크 하기 위하여 환자 침대를 일일이 순회하면서 간단한 문진 및 이학적 검사 등을 시행하게 된다. 이때 인계 및 보고된 자료가 완벽한지, 인계하는 동안 새로 변동 사항이 생긴 것은 없는지 두 번, 세 번 확인하는 절차를 거친다. 세상에서 가장 아름다운 소리가 울려 퍼진 것은 바로 그때였다.

홍길동 님은 수술 직후 상황이 좋지 않았다. 의식 회복 속도도 여느 환자처럼 신속하지 못했고, 활력 징후도 불안정했다. 그런데 아마 의식 회복 징후를 보인다고 인계를 받았는지, 4명의 투입 팀은 홍길동 님 침대 양옆에 서기가 무섭게 다음과 같이 속사포 같은 질문을 퍼붓고 있었다.

"홍길동 님, 내 말 들려요?"

"홍길동 님, 내 말 들리면 손잡아 보세요."

"제 손 꽉 잡아 보세요."

"홍길동 님, 내가 누구예요?"

불과 몇 초만 참으면 한 사람씩 순서대로 말할 수 있고, 듣는 환자도 더 잘 이해할 수 있을 것 같은데, 그 순간을 참지 못하는 건지 혹은 자신이 가장 먼저 환자 의식 회복의 순간을 확인하고 싶어서인지 이들 네 명의 투입 팀은 신경외과 중환자실 구석에서도 다 들릴 정도로 각자의 독특한 음성을 목청껏 높이며 동시에 떠들어 대고 있었다. 그런데 그 소리가 내 귀에는 세상에서 가장 아름다운 소리로 들렸고, 수술의 완벽한 마무리를 향한 외침으로 들렸으며, 우리 신경외과 팀의 포효로 들렸다.

콘서트에도 클라이맥스가 있듯이, 오늘의 클라이맥스는 "선생님, 약간 오베이obey 되는 것 같아요."라는 간단한 보고였다. 나는 이런 멋진 콘서트에 기립박수를 쳐 주지는 못할망정, 힘없는 미소로 화답하고 말았으니 정말 큰 빚을 진 셈이 되어버렸다.

나는 신경외과가 좋다고 말하고 싶다. 아니, 좋아야 한다. 그러나 극도의 피곤함으로 인해 집중력이 떨어질 때나, 환자의 치료 경과가 내가 예상하고 바라던 바와 어긋날 때나, 정확한 출퇴근 시간을 가짐으로써 시간 안배를 자기 뜻대로 할 수 있는 복 받은(?) 직장인이 부러워질 때나, 아니 이들보다 더한 유혹과 우울감이 엄습하는 그 어떤 때일지라도 나를 제자리로, 긴장감이 팽배한 공간으로 데려다주는 것은 다름 아닌 우리 신경외과 팀원들이다.

오늘 나는 세상에서 가장 아름다운 소리를 바로 내 직장에서 들었다. 그들이 있기에 나는 마음 놓고 내일 또 수술실로, 외래로, 병실로 향할 것이다. 또 다른, 더욱 감동적인 레퍼토리의 아름다운 소리를 기대하면서.

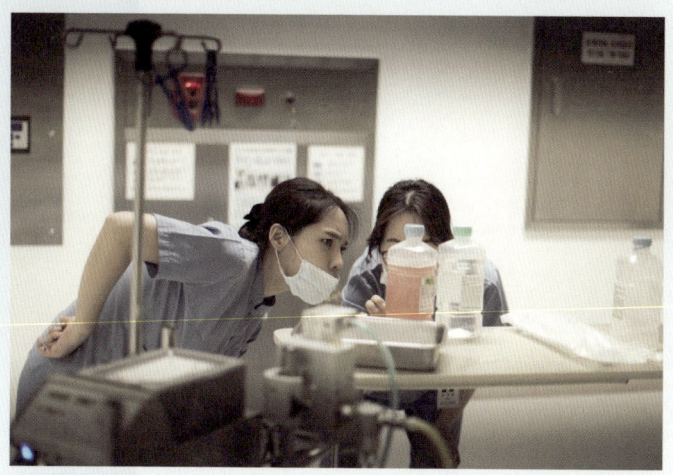

1cc라도 놓칠 수 없어
건국대학교병원 외과계중환자실
2017 출품작

우리 절친이야
부산대학교병원 신경외과 중환자실
2012 출품작

의사는 과연 전지전능할 수 있는가?

한양대학교 서울병원 신경외과

이형중

내 몫의 수술이 끝났다. 수술 현미경을 옆으로 밀치고 뻐근해진 목을 뒤로 젖히며 힐끔 벽시계를 보니 새벽 두 시다. 이 정도면 그래도 양호하다. 초록색 수술복을 벗으며 내 눈치를 살피던 전공의가 한마디 한다.

"뼈는 어떡할까요?"
"닫지 마."
"보호자에겐 워닝 빵빵하게 해 두었습니다."
"알았다."

간호사에게 말한다.

"오늘 클립 몇 개 썼어요?"
"다섯 개요."
"많이도 썼네. 아, 참. 보호자에게 연락해서 회복실 앞으로 오라고 해 주세요."

심야의 응급수술 후 집도의의 한마디는 보호자를 천당과 나락 사이에서 널뛰게 만든다. 최대한 객관적으로, 그리고 간단하게 말해야 한다. 열 명 가까운 보호자들이 금방 내 주위를 둘러싸고 내 입을 뚫어져라 주시한다. 일부는 이미 눈가가 촉촉해졌고, 뭔가를 터질 듯 손에 부여잡고 있다.

"출혈이 많아 환자분 뇌 상태가 매우 좋지 않습니다. 터진 동맥류도 매우 컸고, 중요한 혈관이 나오는 곳에 위치해 집게도 여러 개를 써야 했습니다. 의사로서 제가 할 수 있는 방법은 다 썼습니다."

"…"

"혹시 교회나 절 다니시나요? 그럼 이제부터는 열심히 기도하세요. 질문 없으신가요?"

이제 조금 있다가 환자가 중환자실로 나오고, 전화로 상태를 보고받으면 그에 대한 외과 의사로서의 내 의무는 절반 이상 끝난다. 탈의실을 향해 고개를 돌리는 순간, 보호자들 뒤에 서 있던 젊은 여자의 큰 눈이 가슴에 들어왔다. 만화 속에서 막 튀어나온 주인공처럼 엄청나게 큰 눈망울에는 내가 모를 온갖 이야기가 담겨, 사람의 마음을 끄는 형언하기 어려울 정도로 강렬한 무언가가 있었다.

'딸인가?'

환자는 다행스럽게도 조금씩 회복되었다. 전신 상태도 안정되고 가족도 알아보면서 중환자실에서의 길지 않았던 생활을 뒤로하고 병실로 올라간 후, 나는 조금씩 낙관적이 되면서 마음을 놓아가고 있었다. 이따금 마주치는 보호자들과도 미소를 지으며 조금씩 친해지고 있었다. 일주일 이상 이어진 까닭 모를 발열 이후, 환자가 더 이상 신경외과적으로는 감당할 수 없는 상태라고 느꼈을 때 환자는 다시 중환자실로 내려가게 되었다. 간염 보균자로 그동안 약을 먹은 적도 거의 없었다는 보호자의 설명과 함께 간 수치의 급격한 상승, 반복된 설사, 혈압 저하, 호흡 곤란, 혈소판 감소가 거의 동시다발적으로 찾아왔다.

특히 소변이 나오지 않는 상황에 이르자 나는 다급해졌다. 소화기인지, 감염 쪽인지, 호흡기인지…. 내과는 분명한데 어디로 가야 할지 판단이 서지 않았다. 일단 치솟는 신장 기능 수치BUN/Cr와 무뇨증으로 동기 신장기내과 교수에게 전화를 걸어 전과를 시켰다. 이 지경에 이르면 의사는 절망과 무력감, 그리고 혼란의 갈림길에서 새삼 자신과 직업에 대한 회의에 빠지게 된다.

그 즈음이었던 것 같다. 핸드폰 카톡에 처음 보는 이름으로 내게 도움의 손길을 청한 사람이 생겼다. 포켓몬스터에 나오는 '파이리'라는 별명을 가진, 큰 눈밖에 보이지 않는 그의 딸이었다. 그녀는 감성적이면서도 매우 효과적으로 내게 다가왔다. 아빠가 쓰러지기 얼마 전 회사에서 해직되었고, 직장 상사에게 모진 말을 듣던 대화가 녹음된 파일을 들었으며, 자신은 아무것도 모른 채 아빠에게 차갑게만 대했다는 말과 함께였다. 두 모녀는 내게 뭔가를 요구하지도 않았지만, 만날 때마다 눈물을 그렁거리며 조금씩 내 안에 잠자고 있던 진정한 의사로서의 본능을 일깨웠다.

외과 의사로서의 내 임무는 원래 수술에 최선을 다하는 것일 뿐이었다. 그러나 이들을 만나면서 보호자라는 방관자 입장에서 환자가 망가지는 것을 보기만 하고 어디 하소연도 못한 채 뻗은 손을 잡기 위해 '전문의' 혹은 '분과'라는 영역에 갇혔던 내 결계를 스스로 깨는 과감함이 필요함을 느끼게 되었다. 그들에게 '감사하다'는 말을 들었지만, 과연 내가 한 것이 무엇인지, 내 능력에 대한 의구심이 들면서 '믿을 사람은 교수님뿐'이라는 말에 무한한 긍정의 힘을 가지고 '명량 해전'을 앞둔 이순신 장군처럼 전의를 다지게 되었다.

중환자실에서 인공신장기를 돌리며 매일 몇 파인트의 수혈을 받는 지루한 나날이 이어졌지만, 환자는 쉽게 호전되지 않았을 뿐더러 급기야 식도 출혈로 응급 내시경 시술을 받는 상황에 이르렀다. 처음 듣는 거대세포바이러스CMV 감염에 의한 식도염이라는 진단과 함께, 간과 신장 손상 때문에 약조차 쉽게 쓰지 못하는 상태에서 수축기 혈압은 90mmHg를 넘기 어려운 날들이 지속되었다. 이 시기 동안 나는 내과 중환자실로 하루 서너 차례 회진을 돌아야 했다. 내 소속 환자는 아니었지만 모든 상황을 직접 확인하고 싶었고, 환자를 접하고 차트와 검사 소견을 본 뒤 내과 주치의의 설명을 듣고서야 안심이 되었다. 환자 상태에 대한 심각한 통보는 내가 맡기로 하면서, 결국 보호자에게 상황을 수시로 설명해야 하는 날들이 이어졌다.

거의 매일 저녁 늦게까지 회진을 돌던 중 잠시 학회 일로 병원을 비웠는데, 심장 초음파와 CT 결과 심각한 심낭염이 발생해 응급수술을 하게 되었다는 내과 주치의의 급박한 연락이 왔다. 흉부 사진에서 보이던 심장 음영의 확장에 의문을 가졌던 내 의견은 패혈증에 기인한 혈압 저하일 것이라는 내과 의사의 소견에 밀려, 결국 한참 만에야 검사에 이은 수술에 들어가게 된 것이었다.

며칠 후 흉관을 삽입한 채로 다시 환자를 전과 받게 되었다. 문제가 많은 환자를 전방위적으로 치료하려면, 역설적이게도 모든 해당 과를 벗어나 편견과 좁은 시야를 극복해야 한다는 아이러니가 있었다. 이는 새롭게 배운 중요한 교훈이었지만, 내가 직접 환자 처방을 내리려면 내 환자로 두어야 했기에 어려움이 예상되었고, 피할 수 없는 현실이 되었다.

외과 중환자실로 옮긴 후, 낯선 약물과 처치가 이어졌지만, 해당 과의 전공의들은 내 지시를 잘 따라주었고, 간호사들 역시 집안끼리 잘 알던 환자라는 내 거짓말을 어떻게 받아들였는지는 모르겠으나, 성심껏 간호해 주었다. 길고 긴 중환자실 생활을 정리하고 환자는 다시 병실로 올라갔으며, 항상 달고 다니던 인공신장기도 떼게 되었다. 이 사이 나는 환자와 그 가족에 대한 의사 이상의 정보를 얻게 되면서, 어느덧 그를 내 친형처럼 대하는 나 자신을 발견하고 놀라곤 했다. 그도 내가 회진을 돌면 다른 사람에게는 보여주지 않던 미소를 짓곤 했다. 발열로 한 차례 더 중환자실로 내려가는 어려움이 있었지만, 얼마 전 마지막 수술이 될 두개골 성형술을 무사히 끝내고 모든 검사 수치가 정상화되어 마지막 거처가 될 재활의학과로 전과를 앞두고 있다.

아브락사스의 알을 깨는 아픔은 새로운 세상을 창조하기 위해 필수적이다. 이는 환자를 봄으로써만 존재 의미를 가지게 되는 의사에게도 마찬가지인데, 절체절명의 위기에 닥친 중환자에게 신세계란 다름 아닌 아프기 이전의 상태를 의미하기 때문이다. 속단과 포기, 편견은 중환자가 비추는 여러 이미지의 벡터가 잘못 수렴되어 의사가 스스로의 한계를 벗어나지 못하게 될 때 생기는 부정적 현상이다. 처음 가운을 입을 때의 의욕은 해당 분야의 전문가가 될수록 줄어들게 되어 굴레를 벗어날 기회를 차버리게 된다. 그런 면에서 내게 SOS를 보냈던 '파이리'의 간절한 손짓은 20여 년의 의사 생활로 타성에 젖어 있던 나를 일깨우는 따뜻하면서도 혹독한 채찍이 되었음을 부인하기 어렵다.

고맙습니다, 아현 씨.

기억하는 이름, 감사한 인연

고려대학교 안암병원 중환자외상외과
이재명

요새는 환자들의 이름을 잘 기억하지 못한다. 마흔 중반에 불과한 나이인데도 기억력이 예전 같지 않다. 나의 중환자의학 스승님이었던 마취통증의학과 이영주 교수님은 항상 나에게,

"닥터 리는 어떻게 그렇게 환자 이름을 잘 기억해? 나는 아무래도 마취과 하던 게 습관이 되어서인지, 몇 번 방 환자, 몇 번 베드 환자, 이렇게 기억하는 게 편한데, 닥터 리는 항상 어느 환자분 하면서 이름 얘기하더라. 근데 그렇게 환자 이름으로 얘기하는 게 참 좋은 것 같아."

라고 하셨는데, 이것도 이제 옛날 얘기가 되려 한다. 특히 살린 환자, 좋아져서 무사히 퇴원한 환자분들은 오히려 이름도 치료 과정도 잘 기억나지 않을 때가 많다.

"교수님이 OOO 교수 아버지 살릴 때, 중환자실에서 며칠 배를 열어 두셨었다면서요."

"네? 아, 그랬었나요. 기억이 잘 나지….."

이런 식이다.

오히려 살리지 못한 환자, 뭔가 잘 안 풀린 환자, 아쉬운 부분이 많은 환자분들의 이름을 더 오래 기억한다. 왜냐하면 밤에 잠자리에 들면 바로 잠들지 못하고 계속 그 환자들의 치료 과정을 복기하기 때문이다.

'내일은 이런 치료를 해야지, 다음에는 어떻게 해야지, 이렇게 하면 안 되겠다.'

돌아가신 환자분들의 이름은 가슴에 상처로 남아 있다.

올해 8월, 갑자기 커피 두 잔과 케이크 두 개가 세트로 된 선물이 카카오톡으로 날아왔다.

'누가 무슨 일로 이런 선물을 보내는 거지?' 하며 무심히 휴대폰을 열어 확인했는데, 너무 깜짝 놀랐다.

보내는 사람 이름이 '이민수'였기 때문이다.

살린 환자들 중에 몇 년이 지나도 이름을 또렷이 기억하는 환자들이 있는데, 그중에서도 각별하게 기억되는 환자였다. 온 의국원들이 우리 외과, 중환자실에서 치료가 잘 된 환자로 꼽는 대표 환자들 중 한 명이 바로 이민수 환자였다.

이민수 환자는 군 복무 중 휴가를 나와 집에서 쉬던 중, 6층 높이에서 뛰어내려 새벽에 응급실로 들이닥쳤다.

하지와 골반뼈가 다 으스러지고, 복부와 흉부, 장기까지 손상을 입어 상태가 매우 위중하였다. 환자의 부모님들은 환자가 군부대 선임의 전화를 받고 "에이씨"하고 욕을 하면서, 갑자기 거실 창밖으로 나비가 날아오르듯 뛰어내렸다고 진술하였다.

"우리 애는 학생회장도 했고, 축구도 너무 잘하고요. 잘생겨서 항상 인기가 많고 성격도 좋은 애예요. 이런 일을 할 애가 아니에요. 이렇게 된 건 분명히 군에서 문제가 있었기 때문일 거예요. 그러니까 선임 전화를 받고 이런 일을 저지르지요."

군 관계자들도 오고, 많은 사람들과 급박하고도 어수선했던 새벽을 함께 보낸 기억이 어렴풋하다. 다음 날 중환자실에서 우리는 이민수 환자의 정신 건강에 이상이 있음을 감지하였다.

중환자실 간호사들에게 "XX년"이라고 욕을 하고, 옆에 새가 날아간다고 했기 때문이다.

다발성 중증 외상 치료 역시 쉽지 않았다. 중환자실에서 심정지가 두 번 정도 왔었던가. 어머니가 내 앞에서 무릎을 꿇고 울면서 민수를 살려 달라고 빌었던 것, 그리고 최선을 다하겠다고, 한번 살려보겠다고 말하며 그런 어머니를 일으켜 세우고 등을 두드리며 중환자실 밖으로 안내했던 시간들이 있었다.

교수님, 안녕하세요. 저 민수에요. 잘 지내시죠?

저 재활도 열심히 하고 몸도 좋아지고 해서, 취직도 하고 오늘 첫 월급 탔습니다. 월급이 얼마 안 되어서 좋은 건 못 해드려도 제 마음이니 받아주세용!

예전에 고대 기억은 별로 없어서 생각이 잘 안 나지만, 그래도 교수님이 절 살려주신 건 꼭 기억하고 있습니다.

정말 감사합니다.

덕분에 돈도 벌고 면허도 따서 운전도 하고 다녀요. 정말 감사합니다.

이 긴 메시지 다음에 번듯한 대기업 사원증 사진이 전달되었다. 정말 훤칠하게 잘생긴 증명사진 위로 '이민수' 이름이 딱 새겨진 사원증이었다. 사진을 보는 순간 놀라움과 반가움에 목이 메었다.

어머나 세상에! ^^

그 회사에서 무슨 일 해요?

너무 반갑고, 좋은 소식 들려주어서 정말 고맙습니다~

어머니와 아버지, 누나께도 꼭 안부 전해주세요. ♡

네~ 회사에서는 행정 쪽 도와주면서 시료 검사하는 거 조금씩 도와드리고 있어요.

다 교수님 덕분이에요. 근데 너무 안 좋은 소식이 있어요.

제 누나가 갑자기 아파서 3월에 돌아가셨어요.

그래도 지금 열심히 가족들하고 힘 모아서 살고 있어요.

정말 교수님 덕분이에요. 감사합니다!

코로나 좀 진정되면 꼭 한번 걸어서 찾아뵐게요. ㅎㅎ

네? 누나가 왜요?

갑자기 홍반성루푸스 병이 와서, 바로 엄청 심각해져서 손쓸 틈도 없이 검사만 하다가 돌아가셨어요.

이번에는 또 다른 충격으로 무릎이 꺾일 정도였다. 수개월 동안 민수의 입원 병실을 오가며, 똑부러지게 아픈 동생과 부모님까지 챙기던 미영 씨의 얼굴이 떠올랐다. 중환자실에서 민수의 상태가 악화되어 면담할 때, 보호자들이 감정적으로 격해질 수 있는 순간에도 차분히 설명을 잘 이해하던 미영 씨의 야무진 얼굴. 미영 씨는 간간히 민수의 소식을 이메일로 전해주던 고마운 보호자였다.

어느 순간부터 미영 씨에게서 민수 소식을 전하는 이메일이 오지 않았기 때문에, '내가 한 번 먼저 이메일 보내야지.'하고 생각만 하던 채로 흘려보낸 지난 수개월의 시간이 야속하게 가슴속을 파고 지나갔다.

법대를 장학생으로 다니던 미영 씨가 이렇게 안타깝게 세상을 떠나다니…. 아깝다는 탄식이 절로 나오면서도, 민수 어머니가 겪으셨을 슬픔과 아픔은 도저히 헤아려지지 않을 정도였다.

아…. 삼가 고인의 명복을 빕니다.

그래도 열심히 잘 살려고 노력 중이에요. 코로나 잠잠해지면 어머니랑 같이 찾아뵐게요. 그래도 되겠죠. 선생님도 꼭 코로나 조심하시고 건강하세요. 나중에 꼭 찾아뵐게요. 오랜만에 연락드렸는데 받아주셔서 감사합니다.

네, 꼭 만나요. 특히 어머니 많이 생각나요. 어머니께 감사하다고 꼭 말씀 전해줘요.

네. 어머니도 많이 보고 싶으시대요. 건강히 잘 계시래요. 꼭 찾아뵐게요.

나중에 내 휴대폰 번호를 몰랐을 텐데 어떻게 카카오톡으로 나를 찾을 수 있었는지 물어봤는데, 이메일 주소를 넣어 검색해봤더니 교수님 이름이 바로 뜨더라고 하였다. 사실 그동안 계속 연락을 드릴까 말까 망설였는데, 첫 월급을 받고 선물을 꼭 보내드리고 싶어서 용기를 내 연락을 했다고 하였다.

카카오톡 대화를 마친 이후 나는 계속 마음이 일렁이며 설레었고, 또 자꾸 입꼬리가 올라가면서 한동안 무언가가 안에서부터 꽉 차오르는 느낌 속을 헤매었다.

얼른 민수도 보고 싶었지만, 무엇보다 민수 어머니가 보고 싶다는 생각이 들었다. 그리고 정말 조만간 뵙게 될 것이며, 자주 만나게 될 인연이라는 예감이 들었다. 간간히 주고받던 카카오톡 안부 끝에, 11월 어느 날 나는 정말 오랜만에 민수네 가족을 만났다.

민수 집에 초대되어 함께 식사를 하고, 오랜만의 근황을 나누면서 미영 씨의 짧은 투병기도 전해 들었다.

"교수님, 미영이가 잘못되어 그동안 참 힘들었어요. 제가 민수에게 너무 많은 기운을 쏟느라 미영이를 잘 챙겨 주지 못한 것이 미안하고 마음에 걸려요. 우리 가족이 무슨 죄를 지어서 민수에 이어 미영이에게도 이런 일이 생겼는지 모르겠다는 원망도 들고, 죽고 싶다는 생각도 여러 번 했어요. 하늘에서 제 자식을 한 명은 데려가려고 하셨는데, 이렇게 민수가 살아서 대신 미영이를 데려가신 건가 하는 생각도 했었어요."

"아무래도 코로나 상황 때문에 우리 미영이가 더 허망하게 세상을 떠난 것 같아요. 아이가 40도 고열이 났는데, 응급실에 갈 때마다 코로나 검사만 계속 받게 하고 입원이 쉽지 않았어요. 류마티스내과 입원이 결정되어 입원하려 하니 또 일이 꼬여서 확진자와 접촉했다는 연락을 받게 된 거예요. 집에 가서 대기하라고 하면서 입원이 취소되었어요."

"나중에 상태가 많이 나빠져 결국 입원하게 됐는데, 몸이 너무 붓고 밥도 거의 못 먹었어요. 며칠 그렇게 지내더니 갑자기 피가래를 쏟으면서 상태가 순식간에 나빠지더라고요."

"의사 선생님이 중환자실로 내려가야 할 것 같다고 말씀하신 날, 치료 잘 받고 올라오겠다고 미영이와 대화도 하고 아이를 중환자실로 내려보냈는데, 내려가자마자 갑자기 심정지 방송이 들리고, 우리 아이가 죽을 것 같다는 말이 들리더니 정말 그날 밤에 세상을 떠났어요. 루푸스라는 진단명은 아이가 세상을 떠난 뒤 한참 지나서야 나왔습니다."

"공부도 잘하고 정말 예쁜 딸이었는데, 민수 때문에 미영이가 스트레스를 많이 받아 그런 병에 걸린 것 같아요. 얼마 전 가족들과 함께 미영이를 보고 왔습니다."

메일함을 찾아보니, 미영 씨와는 총 16번의 이메일을 서로 주고받았다. 미영 씨가 보낸 이메일의 제목은 항상 "안녕하세요, 민수 누나입니다."였다. 메일함을 열어 편지를 다시 하나씩 읽어보니, 오타 하나 없이 정갈한 미영 씨의 편지가 나를 또 안타깝고 슬프게 했다.

안녕하세요, 이재명 교수님.
민수가 이렇게 많이 좋아진 것 같아 이메일에 영상 첨부하여 보냈습니다.
진작에 찾아뵈면 좋았을 텐데 상황도 상황이고, 더 좋은 모습이 되기 위해 재활에 노력 중이었습니다.
민수가 국군수도병원에서 퇴원한 지 한 달이 지난 지금, 더 건강하고 밝은 모습으로 하루하루를 보내는 것은 민수가 다치고 고대병원에서 보낸 시간에 교수님이 민수를 케어해주신 것이 가장 큰 이유가 아닐까 싶습니다.

민수는 고대병원에서의 기억이 없습니다. 재활을 해주시던 물리치료사 선생님도, 간호사 선생님들조차 기억을 하지 못하지만, 교수님은 기억하더라고요.

민수가 많이 감사하고 보고싶어 합니다. 시간 나실 때, 연락 주시면 병원으로 찾아뵙도록 하겠습니다.

진심으로 감사 인사드립니다.

2019년 10월 9일. 미영 씨로부터 온 편지

'얘가 이렇게 걷는다고?'

나는 멍한 기분이 되어 민수가 옥상에서 뒤뚱뒤뚱 걷는 모습의 비디오를 반복해서 돌려보곤 했다. 부러진 엉치뼈와 요추가 등 뒤로 튀어나와 살을 뚫고 노출되어 있었기에 "이거 좀 덮어주세요." 하며 정형외과와 성형외과에 여러 번 전화했던 기억이 난다.

"이재명 교수, 그 환자 앞으로 걷지도 못할 것 같은데, 너무 그렇게 진 빼지 말아요."라고 말하던 어느 정형외과 교수와의 전화를 끊으며 고개를 떨궜던 일도 있었다.

결국 다른 정형외과 교수가, "제가 한번 해볼게요. 잘 될지는 모르겠는데요, 이재명 교수님이 너무 그렇게 부탁하시니까…."라며 수술을 해 주었지만, 그 수술 부위의 살이 잘 아물지 않고 덧나서 매일 우리 팀이 괴사된 부분을 잘라내며 대공사에 가까운 상처 소독을 해야 했다. 결국에는 피부로 덮이게 만들기까지 지난한 입원 기간이 이어졌다.

민수는 정신분열증에 더해 한껏 망가져버린 신체의 고통과 싸우느라 더욱 힘들었을 것이다. 어머니의 뺨을 때려 어머니를 울리기도 했고, 회진을 돌며 그 모습을 지켜본 나는 분노에 차서 된통 한소리를 하기도 했다. 그러나 민수에게 한바탕 쏟아낸 뒤, 어머니에 대한 걱정과 민수에 대한 안쓰러움이 겹쳐 나 역시 마음이 좋지 않아 힘들었다.

의료진도, 환자도, 보호자도 모두가 고통스러웠지만 표면적으로는 희망을 놓치지 않는 것처럼 발버둥쳤던 그 긴 시간. 그래도 조금씩 앞으로 나아가던 그 시간 동안, 과연 나는 민수가 정말 이렇게라도 걸을 수 있으리라는 믿음을 가지고 있었던가? 아마도 그러지 못했던 것 같다는 생각을 하며 비디오를 반복해서 보던 기억이 떠오른다.

안녕하세요.
이메일 잘 받았습니다. 이렇게 민수가 많이 건강해진 모습을 비디오로 보내주셔서 정말 감사합니다. 그리고 잊지 않고 저에게 민수의 근황을 알려주셔서 더 감사하구요. 그 동안 민수도 그렇지만 가족분들도 고생 많이 하셨습니다.

항상 건강하고, 즐거운 가족이 되시길 바래요.

저는 외래가 수요일 오후에 있습니다. 이때 민수가 혹시 외래와 겹치면 외래 등록 안 하고도 오셔도 돼요.

언제나 환영입니다!

이재명 드림

2019년 10월 9일. 미영 씨에게 쓴 답장 편지

즐거운 가족이 되시길 바란다는 나의 말이 무색하게, 미영 씨는 하늘나라로 떠나버렸다. 하지만 내가 다시 만난 지금 민수의 가족은, 언제 그런 깊은 상처를 입었나 싶을 정도로 밝고 유쾌하게 서로를 보듬고 치유하며 삶을 살아내는 가족이다.

안녕하세요. 이재명 교수님.

민수 누나입니다. 민수 소식 전하고자 이렇게 메일을 보냅니다. 고대병원에서 정신과 진료를 받았는데 지금은 정말 좋아져서 정신과 약을 많이 줄였습니다. 정신과 선생님께서도 민수가 많이 좋아진 것 같다고 좋아하시더라고요. 또, 민수는 재활병원 가기 위해 과장님한테 진료받고 입원 대기 중입니다.

날씨도 춥고 곧 2019년도가 마무리되는 시점인데, 항상 건강하시고 오늘 하루 좋은 날 되시길 바랍니다.

민수 누나 올림

2019년 12월 24일. 미영 씨로부터 온 편지

안녕하세요? 교수님, 잘 계시죠?

저 민수 누나입니다. 다름이 아니라, 이번 주 금요일(17일)에 민수가 국립재활원에 입원하기로 해서 안부 겸 알려 드리고자 연락을 남깁니다. 이렇게 재활을 받고 하루 하루 건강해지는 것은 모두 교수님 덕분인 것 같아 감사드립니다. 지금 계절이 겨울인데도 불구하고 교수님 덕분에 저희 집은 이미 봄을 맞이한 것처럼 따스하게 지내고 있는 것 같습니다. 그리고 누구보다 저희 어머니가 너무 좋아하시고, 교수님께 매 순간 감사하고 계십니다.

날이 추운데 항상 건강 유의하시고, 새해 복 많이 받으셨으면 좋겠습니다.

민수 누나 올림

2020년 1월 15일. 미영 씨로부터 온 편지

우리 병원에서 중환자실과 일반병실에 입원해 있었던 기간도 정말 길었다. 수개월 동안 많은 전공의들이 손바꿈을 하며 민수의 주치의로 애써 주었다. 그렇게 해서 환자를 국군수도통합병원으로 전원 보내기까지, 내 손에서 떠나보내기까지 정말 쉽지 않은 시간이었다.

나와 민수의 시간은 끝이 났지만, 민수네 가족은 아직도 긴 투병 생활을 민수와 함께하고 있구나. 가족들에게 민수는 여전히 환자이고, 함께 이겨내고 있구나.

정말 힘들 것 같다. 잘 이겨내고 있는 민수가 대견하고, 이렇게 힘을 합쳐 위기를 극복해 나가는 가족들도 참 대단하다. 너무 감사한 환자와 보호자들이다.

교수님, 안녕하세요.

코로나로 걱정이 느는 요즘 잘 지내고 계시죠?

항상 바쁘실 텐데, 걱정이 됩니다. 민수는 국립재활원에 입원하여 재활치료를 받았고 퇴원하였습니다.

첨부해드린 영상과 같이 잘 걷고, 잘 다니고 있습니다.

선생님 덕분에 여기까지 온 것 같아 저희 가족 모두 선생님께 진심으로 감사드리고 있습니다. 코로나가 어느 정도 잠잠해지고 나서 휠체어 없이 한번 민수가 찾아뵙길 원하고 있습니다.

그때까지 건강 유의하시고, 안녕히 계세요.

2020년 5월 23일. 미영 씨로부터 온 편지

온몸에 살이 붙고 더 잘 걷는 민수의 모습. 이렇게 걷기까지 얼마나 노력했을지….

중환자실에 입원했을 때 민수는 정말 건강한 20대 초반의 근육질 청년이었지만, 병원을 나설 때는 근육이 다 빠져 근감소증으로 뼈만 남은 듯 보일 정도였다. 비디오 속의 민수는 통통하다 싶을 정도로 뺨과 몸에 살이 제법 붙어 많이 회복한 모습이다. 화면 속에서 웃으며 나에게 양손을 흔들고 있다. 식당을 하셨고 음식 솜씨가 좋으신 어머니가 얼마나 잘 먹이고 애쓰셨을지 안 봐도 비디오다. 민수가 입원 중에 민수 어머니가 해 주신 삼계탕을 당직실에서 전공의와 함께 먹던 기억이 떠오른다.

교수님, 안녕하세요.

어느덧, 2020년의 마지막 날이 되었습니다. 민수와 저희 가족 모두 날씨는 춥지만 마음만은 따뜻한 나날을 보내고 있습니다. 가족끼리 이렇게 시간을 보내는 게 얼마나 행복한지….

사소하게 여겼던 것들이 이제는 정말 소중하고 귀한 시간이라는 것을 알게 되었습니다.

예전 모습을 생각하면 이러한 시간을 보낼 수 없을 것이라 생각했지만 지금은 너무나 행복하니, 이 모든 것이 교수님 덕분이라는 생각밖에 들지 않습니다.

올해 코로나로 인하여, 너무나 힘들었을 것이라 생각됩니다.

내년 신축년에는 올해의 힘듦을 전부 보상받고 건강하시길 바랍니다.

날이 따뜻해지고, 코로나가 어느 정도 잡혀 병원 왕래가 자유로워질 때, 휠체어 없이 두 발로 걷는 민수와 함께 찾아뵙도록 하겠습니다.

다시 한번, 감사드리며 새해 복 많이 받으세요.

민수 누나 올림

2020년 12월 31일. 미영 씨로부터 온 편지

안녕하세요.

안 그래도 민수가 많이 생각나고 소식 궁금하던 차였는데, 이렇게 연락을 주셔서 정말 감사합니다.

가족분들 모두 새해 복 많이 받으시고, 좋은 일 가득하셨으면 좋겠습니다.

화목한 민수네 가족들의 소식을 전해 들으니 제 마음도 따뜻해지는 것 같아요.

민수가 잘 회복하고 재활할 수 있었던 것은 모두 어머님을 비롯해 아버지, 누나의 헌신적인 보살핌과 지지 덕분이었다고 생각합니다.

의사인 저로서도 민수 가족 같은 분들을 보호자로 만날 수 있어서 너무 행복했습니다.

나중에 또 좋은 소식 들려주세요.

건강 잘 챙기시고, 댁내에 행운이 가득하시길 바랍니다.

감사합니다.

이재명 드림

2021년 1월 3일. 미영 씨에게 쓴 답장 편지

미영 씨와 주고받은 마지막 이메일을 읽으면서 끝내 뺨을 타고 눈물이 흘러내린다. 미영 씨가 하늘나라로 떠난 시점은 마지막 이메일로부터 두 달 뒤였다고 한다. 이제 미영 씨로부터 좋은 소식은 더 이상 들을 수 없게 되었다. 미영 씨에게서 이메일을 받을 때마다 내가 얼마나 큰 힘을 얻었는지, 미영 씨가 내게 얼마나 소중하고 감사한 존재였는지 뼈저리게 느낀다.

지금 민수는 마지막 이메일 속 비디오의 모습보다 훨씬 잘 걷는다. 정신과 약물은 완전히 끊었다. 의자에 앉아 대화하는 모습만 보면 건강한 사람 같다. 하지만 걷기 시작하면 균형 잡히지 않은 보행 때문에, 왜 이 사람이 장애인인지 이해하게 된다. 운전도 장애인 차량을 이용해 손으로만 할 수 있다. 자신이 왜 뛰어내렸는지 전혀 기억하지 못하고, 지난 몇 년간의 시간을 너무 속상해한다.

그럼에도 불구하고 민수는 옷을 말끔하게 차려입고 운전을 해서 출근도 하고, 친구들을 만나러 다니며 자신의 일상을 열심히 살아내고 있다.

민수는 다시 나의 환자가 되었다. 지난번 민수네 집을 방문했을 때, 체중이 비정상적으로 많이 실리는 왼발 뒷꿈치에 생겼던 물집이 헐어 욕창처럼 상처가 덧나 피가 나고 있는 것을 확인한 이후, 내 외래 진료를 통해 발 상처 관리를 시작하게 되었기 때문이다. 피부 결손 부위가 직경 2cm 정도 되는데, 살이 차오르고 피부로 덮이는 것이 쉽지 않아 보인다. 조만간 입원해 다시 수술해야만 치료할 수 있을 것 같아 외래 처치와 자가 소독을 하며 추이를 지켜보고 있다.

민수의 부모님은 더 이상 환자의 보호자이기만 한 게 아니라, 이 제 나에게는 이웃사촌이다. 내가 이사한 이후 걸어서 왕래할 수 있 는 거리, 가까운 곳에 살고 있는 한 동네 주민이 되었다. 우리 집에 서 민수네 어머니와 마주 앉아 갈비탕 위에 서로 알타리김치를 얹 어 주면서 밥을 먹는 사이. 서로 계란, 홍시, 식혜, 양념 재운 갈비, 온갖 밑반찬 등 음식과 그릇이 왔다 갔다 하는 사이가 되었다. 민수 아버님은, 관리 못 하는 내 집 마당을 싹 쓸어 정리해주시는, 내게 는 어쩔 땐 남편이나 먼 곳에 있는 친정아버지보다 더 든든한 남자 어른이 되어 주신다.

수많은 환자와 보호자들을 만나지만, 나를 좋게 기억해 주고 감 사한 존재로 여겨 주며, 이렇게 꾸준히 그 마음을 표현해 주는 분들 을 만나는 것은 흔하지 않다. 시간이 흐른 뒤에도 나를 찾아와 "살 려 주셔서 감사하다."라는 말로, 그 무엇으로도 얻을 수 없는 용기 와 가슴 벅찬 보람을 안겨 주는 분들을 만난다는 것은 의사에게 정 말 큰 행운이라고 할 수 있다.

워낙 생사를 다투는 환자들을 관리하며 중환자실에서 일하다 보 니, 환자를 잃은 날에는 마음이 헛헛해져 힘든 날도 많다. 가끔 원 하지 않게 내 환자나 다른 과의 의료소송에 휩싸여 괴로울 때도 있 다. 이 고통은 직접 겪어 보지 않으면 알 수 없을 것이다. 그래도 지 치고 마음이 가라앉아 힘들 때마다 나를 일으켜 세워 줄 수 있는 그 무엇이 존재한다. 바로 나를 믿고 응원해 주는 환자와 우리 곁에서 함께 병을 이겨내는 보호자 분들이다.

"그래, 그래도…. 나도 이제야 환자를 좀 살려보나 싶은데. 앞으로 더 힘내서 일해야지."

마음속에서 보람으로 새겨지는 환자의 이름이 하나라도 있는 의사라면, 아마도 그 이름에서 다시 힘을 얻고 앞으로 나아갈 수 있지 않을까.

민수네 가족과 나의 인연은 환자와 보호자, 담당 의사의 관계로 시작되었지만, 이제는 서로 더 의지하고 도움을 주고받는 일상의 이웃사촌 같은 관계로 흘러가고 있다. 앞으로 더 기대되는 인연이다.

나에게도 너무 감사하고 소중한 인연이다.

시크릿 쥬쥬만 기억해

단국대학교병원 권역외상센터 외상외과

허윤정

"외상콜입니다. 원은아 여/3세. 외상팀 활성화되었습니다. Stab injury."

"아…."

외상 센터로 실려 오는 모든 환자는 기구한 사연과 아픔을 가지고 있지만, 그중 단연 만나고 싶지 않은 환자는 소아 환자다. 이것은 아마 모든 외상 센터 의사들이 동의하는 바일 것이다. 나에게도 세 살짜리 딸이 있다. 세 살이라니, 그것도 칼에 찔린 세 살 아이라니. 나는 외마디 비명을 삼키며 소생실로 향했다. 조현병에 잠식당한 엄마는 아이의 작은 몸에 깊은 관통상을 남기고 말았다. 상복부 두 군데, 우측 후흉벽 한 군데였다. 다행히 혈압은 안정적이었고 의식도 있었다. 칼에 찔려 내원하는 아이들은 보통 말을 하지 않는다. 그저 힘겹게 눈을 떠 허공을 응시할 뿐이다. 그럴 때면 의식이 온전하다는 사실이 오히려 불행하게 느껴지기도 한다.

"은아야, 배 안 아파?"

"아파요….""

오장이 찢기는 고통이 있었을 텐데, 아프면 아프다고 좀 하든지, 소리라도 지르지. 울컥 무언가 올라오려 했지만, 마약성 진통제를 처방하고 재빨리 응급수술 준비에 들어갔다. 야속한 칼날은 아이의 위와 소장 여러 군데, 간 표면, 흉막에 열상을 남겼다. 뚫린 곳을 꿰매고 오염된 뱃속을 씻어낸 뒤 수술은 마무리되었다. 본 수술만큼이나 피부 봉합에도 긴 시간을 들였다. 작고 소중한 배에 생긴 커다란 수술 상처가 평생의 흉터로 남지 않게 해주고 싶었다.

다행히 수술 후 회복은 빨랐다. 기흉은 점차 흡수되었고 식사도 곧잘 하게 되었다. 다만 수술 부위 소독을 위해 드레싱을 떼어낼 때만 엉엉 울 뿐이었다. 이제는 아프다고 울기라도 하는 모습을 보니, 처음 소생실에서의 비정상적인 모습보다는 나아 보여 나도 모르게 웃음이 났다.

"선생님, 은아가 말을 안 들어서 엄마가 그랬어요."

아, 그런데 이 말을 듣는 순간 억장이 무너질 것 같았다. 아이가 이 일을 이렇게 기억해서는 안 된다. 평생 자신에 대한 죄책으로 남아서는 안 된다.

"은아야, 그게 아니고 엄마가 마음의 병이 있으셔서 그랬던 거야. 여기랑 여기가 아파서. 은아는 잘못한 게 하나도 없어. 은아는 너무너무 말을 잘 듣는 아기야."

아이의 심장이 있는 곳을 가리키며 나는 아이를 이해시키려고 애써 보았지만, 만 세 살 아이가 이해하기에는 너무 어려운 일이었다. 다음번 소독에는 아이가 가장 좋아한다고 했던 시크릿 쥬쥬 기타를 동원하기로 했다. 이 땅에 사는 꼬마 아가씨 중 치링치링 쥬쥬에게 넘어가지 않을 아이는 없다. 예상대로 은아가 더는 우는 모습을 볼 수 없었다. 드디어 아이가 퇴원하던 날, 아이 아버지는 기타를 고이 봉투에 넣어두고, 한동안 나를 기다리고 계셨다.

"선생님, 그동안 정말 감사했습니다. 이 기타는 돌려드리려고요."

"아니에요, 아버님, 그건 선물이에요. 줬다 뺏는 게 어디 있어요~."

마스크 너머로 아이의 입가에 함지박 같은 미소가 드리워진다. 은아야, 여기에서 있었던 일은 아무것도 기억하지 마. 너무 아팠던 그날도, 중환자실도, 산소호흡기도, 그리고 선생님도 다 없었던 일처럼 잊어버려.

그리고 그냥 시크릿 쥬쥬만 기억하렴.

압도적 실력과, 지극한 정성으로, 환자를 살린다

고려대학교 안암병원 중환자외상외과

이재명

시리즈가 나올 때마다 '강철부대'라는 예능 프로그램을 즐겨 보곤 했는데, 한때 군인이었던 분들이 강인한 체력과 정신력으로 여러 미션에서 서로 실력을 뽐내고 겨루는 모습이 너무 멋져 보였기 때문이다. 그리고 여러 부대의 특색 있는 구호 역시 관심 있게 듣곤 했는데, 내가 유독 좋아했던 구호 중 하나는 특전사의 "안 되면 되게 하라"이다. 이 구호는 들을 때마다 인턴 시절 옥포대우병원에 파견 나가 보았던, 태권도장 봉고차 뒷유리에 붙어 있던 문장들을 떠올리게 한다.

"하면 된다! 할 수 있다!! 안 되면 될 때까지!"

이걸 보고 거제도 지방 특유의 깡다구 넘치는 구호에 엄청 소리 내어 웃었던 기억이 난다. 중년이 지나면서는 살면서 때때로 "나는 못 해요."라고 말할 줄 아는, 나의 부족함을 인정하는 용기도 필요하다고 느끼게 되었지만, 그때는 어린 나이에 "그래! 안 되면 될 때까지 부딪혀 보는 거지." 싶었었다.

특전사 구호보다 내가 더 좋아하는 군부대의 구호는 707특임단의 구호이다.

"행동으로 논리를 대변하고, 결과로서 과정을 입증한다."

이 구호를 듣자마자 나는 완전히 매료되어 버렸다. 나는 특수부대 군인도 아닌데…. 결국 환자가 살아야 의료진과 환자, 보호자가 서로 편하게 웃을 수 있는 중증 외상과 중환자 관리를 해 오는 의사에게는, '결과'라는 말이 얼마나 와 닿는지 모른다.

결과로서 나의 노력과 과정을 입증한다! 그래, 그래야지. 우리가 하는 일은 결국 환자를 살려야 빛을 보는 일임이 분명하다. 아무리 애를 썼어도 환자가 돌아가시면 때로는 소송에도 휘말려 더욱 상처받고 좌절하게 되니까….

내 중환자 의학 교과서 표지 바로 뒷장에는 내가 정한 우리 팀(고려대학교 안암병원 중환자외상외과)의 구호가 적혀 있다.

"압도적 실력과, 지극한 정성으로, 환자를 살린다!"

교과서가 새로 발간되어 나온 지 얼마 안 되어 팀원들과 교과서 읽기를 같이 하던 때였는데, 어느 날 우리 팀 구호는 이거라고 선언

했더니 팀원들이 너무 비장하지 않느냐면서 웃어 버렸다. 하필이면 이 구호를 정한 그 주에만 환자가 다섯 분이나 돌아가셔서, 나부터도 "안 해! 안 해! 환자를 살리긴 개뿔…. 다 돌아가시네!" 하며 좌절했고, 오히려 팀원들이 교수이자 팀 리더인 나를 다독여주었다.

이렇게 우리 팀의 구호는 1주일 천하로 끝나 버려 지금은 아무도 모르지만, 내 마음속에서는 항상 저 구호대로 살리라는 다짐이 살아있다.

2025년 1월 29일, 설날이다. 외과 의사의 삶을 살아온 이후로 줄곧 그래왔듯이, 여느 해와 비슷하게 명절 연휴에도 나는 당직을 서기 위해 출근하여 아침 회진을 돌았다. 병동에서 퇴원을 이틀 남겨 둔 환자의 보호자께서 갑자기 아버지와 선생님들과 같이 사진을 찍어도 되냐고 요청하셨다.

"그럼요, 그럼요~. 사진은 왜요?"
"회진 때마다 느낀 건데, 교수님 피부가 너무 좋아서요, 흐흐."

뜬금없는 환자 따님의 농담에 "제 몸에서 좋은 건 피부밖에 없어요."라고 응수하며 포즈를 취해 보았다.

"혹시 선생님들 사진 다른 곳에 올려도 될까요?"
"아, 그럼요~. 누가 알아보지도 않을 텐데요, 뭘. 유명한 건 제 이름밖에 없어요."

환자들과 사진을 찍고 나 자신이나 우리 팀을 홍보하는 일은 쑥스러워서 잘 하지 않았지만, 오늘 보호자분의 제안 덕분에 잘 살려서 퇴원시키는 환자와 기념사진을 남기게 되어 뿌듯하기도 했다.

환자는 자동차와 담벼락 사이에 얼굴과 전신이 끼어 먼저 고대구로병원으로 실려 가셨다가, 안면부 복합 골절에 대한 성형외과 수술이 더 빨리 진행될 수 있는 고대안암병원으로 전원되어 중환자실에서만 한 달 가까이 지내시고 잘 회복하신 분이다. 힘든 시기를 이겨내시면서도 항상 점잖은 인품으로 우리를 감탄하게 한 김영훈 환자분, 고생 많으셨습니다. 보호자 분들도 고생 많으셨어요!

오늘 뿌듯한 일이 이뿐만은 아니었다. 점심 무렵, 카카오톡으로 안부 인사가 왔는데 발신자는 '살린 환자 안민준'이었다. 내가 정말 '살린 환자'로 저장해 놓은, 내가 살렸다고 생각하는 환자이다.

"교수님, 안녕하세요, 안민준입니다!! 오래 찾아뵙지 못했지만 항상 감사한 마음 간직하고 살고 있습니다. 덕분에 결혼하고 건강하게 지내고 있고, 올해 4월에 출산을 앞두고 있어요! 서울로 발령받았는데 최근 들어 더 바빠진 느낌이네요. 새해에도 건강과 행복이 가득하시길 바라며, 올해에는 꼭 인사드리러 가겠습니다. 새해 복 많이 받으세요!"

사실, 오늘 앉아서 이런 글을 써 보는 것도 이 안부 인사와 이 환자에 대한 기억 때문이다.

안민준 환자는 자전거를 타고 가다가 굴러서 몸이 수 미터 날아가 떨어진 후 응급실로 실려 왔던 환자였다. 외상중환자외과학회 마지막 날, 초록 발표 세션에서 우리 과 전공의가 나와 함께한 연구에 대한 발표를 막 끝낸 무렵에 병원에서 전화가 왔다. 환자 영상 사진도 함께 도착했다. 골반골이 위아래로 완전히 어긋나 있어서 보자마자 '헉!' 하며 놀랐는데, 옆에서 사진을 같이 보던 교수님이 "이 환자는 죽겠네."라고 말씀하시면서 "지금 병원에 가 봐도 못 살릴 것 같은데?"라고 하실 정도였다.

먼저 정형외과에 전화를 했는데, 아뿔싸! 정형외과도 학회 기간이라 골반을 보는 팀이 전부 여수에 내려가 있다는 것이었다. 외고정술을 해야 환자를 안정시키고 살려 볼 수 있는 상황이라 여수에 내려간 정형외과 교수님과 통화를 했더니, 환자를 빨리 고대구로병원으로 이송하는 게 최선일 것이라고 하셨다. 구로병원에는 학회에 가지 않은 정형외과 골반 수술 가능 의사가 남아 있다고 하시면서….

그런데 문제는 환자가 이송을 갈 만큼 바이탈이 안정되지 않았다는 점이었다. 덜컹덜컹 앰뷸런스로 이송하는 과정 중에 골반 골절과 복부 내상이 더 불안정해져 환자 상태가 악화될까 걱정이었다.

고대구로병원 중환자외상외과팀 연락을 거쳐 정형외과 외상팀의 오종건 교수님과 통화를 할 수 있었다. 지금은 외상학회장을 맡고 계신 대가이시고, 나는 소문으로만 알던 분과 처음 연락을 하는

터라 긴장이 되기도 했지만,

"아이고, 여기까지 보내만 주면 우리가 받아 줄 수 있는데…. 들어보니 환자가 오기 만만치 않네."

라는 친절한 응대에 감동하여 용기를 내어 제안하였다.

"교수님, 거기 정형외과 선생님을 안암으로 보내 주실 수 있으실까요?"
"응? 지금까지 그런 적 없었는데…. 그게 가능하나? 병원장 허락을 받아야 할걸?"
"아, 그런가요? 그럼 제가 전화 돌려 보고 다시 연락 드릴게요."

그리고 곧바로 외과 과장에게 부탁 전화, 외과 과장이 또 병원장에게 보고 전화(지금의 나는 의무부총장, 병원장 가리지 않고 곧바로 전화하고 문자를 날릴 수 있지만, 그 당시의 나는 안암병원으로 이직을 한 지 얼마 안 된, 여러 단계를 거쳐야 문제를 해결할 수 있는 어린 교수였다.) 이후 "그렇게 해~. 잘 해 봐!"라는 연락이 와서 안암 지하철역을 내려 병원으로 뛰어들어갈 때, 구로병원 정형외과 골반팀에서 수술을 해 주러 안암병원에 오기로 어레인지가 되었다.

움직인 건 나를 안암까지 옮겨 준 지하철이었고 나는 거기에 타고만 있었지만, 이런저런 전화와 부탁, 마음 졸임으로 이미 몇십 분 달리기를 한 것처럼 녹초가 되어버렸다. 하지만 X-ray로만 만났던 환자를 직접 보러 응급실로 뛰어들어갈 즈음에는 구로에서 지금 출발한다는 연락이 왔고, 그 전화로 용기백배가 되었다.

"됐다! 할 수 있어! 왠지 살릴 수 있을 것 같아. 한 번 해 보자!"

나는 환자를 직접 보고 난 후 이 환자를 꼭 살리고 싶다는 생각이 더욱 커져서 열심히 매달렸다.

내내 환자 바이탈을 잡다가 구로병원 정형외과 선생님이 도착했다는 전화를 받고, 환자를 수술방 입구까지 데려다 놓았다. 나는 병원 정문까지 직접 마중 나가 수술방까지 안내했고, 수술방 앞에서 대기하고 있던 정형외과 전공의들이 그 교수를 인계받아 수술방으로 모시고 들어갔다. 내게 꾸벅 인사를 하고 수술방으로 들어가던 정형외과팀의 뒷모습은 든든했다.

학회 기간이 겹친 불운이 있었고 환자가 정말 심하게 다쳤지만, 우리 병원에서 할 수 있는 최선의 대처로 수술을 진행할 수 있었고 환자를 빠르게 안정화시킬 수 있었다.

중환자실에서 차차 알게 된 안민준 환자는 왼팔이 살짝 짧은 선천성 장애를 갖고 있었고, 이번 자전거 사고로 다발성 골절에 안면부 손상도 심해 치아 골절로 위아래 치아가 여럿 없어지고 얼굴이 크게 손상된 상태였지만, 평소에는 꽤 준수한 외모를 가졌으리라 생각되는 청년이었다.

대학원생으로서 공부를 마치고 자전거로 집에 돌아가다가 사고가 났다고 했다. 몸에 장애가 있어 더욱 운동을 열심히 하고 일부러 자전거로 통학했다고 했다. 지난하고 고통스러운 입원 기간 동안 부모님과 여동생까지 모두 환자에게 지극한 정성을 쏟았다. 안민준 환자 역시 참 점잖고 친절한 사람이었고, 온 가족이 늘 의료진에게 환자를 살려 주어 감사하다고 거듭 인사를 전해주셨기에 우리도 큰 보람을 느끼며 더욱 정성을 쏟을 수 있었다. 환자는 건강히 회복되어 퇴원했다. 돌이켜보면, 결과로 모든 과정이 입증된 치료였다고 생각한다. '살린 환자'라고 당당히 말할 수 있는 환자로 남아주어 감사하다.

퇴원하고 1년이 넘게 시간이 흘러, 내 기억에서도 환자가 어느 정도 멀어진 무렵의 어느 날, 안민준 환자가 외래로 찾아왔다. 그는 잘 걸어서 방 안으로 들어왔고, 마스크로 얼굴을 가린 채 치과 외래 진료를 계속 다니고 있다고 했다. 아직 치료가 한참 남아 마스크를 쓰고 다닌다고도 말했다. 교수님이 바쁘실까 봐 미안해서 찾아뵙지 못했는데, 오늘은 정말 보고 싶어 들어왔다며 결혼 준비 중이라고 밝혔다.

"아니, 언제 연애를 했대? 퇴원하자마자 누구를 만났나 보네?"

하고 묻자, 그는 "사실 그때 저희 가족이 동생이라고 알려드렸던 사람이 여자친구였어요. 선생님 덕분에 살아서, 제가 그 친구와 결혼하게 되었어요."라고 대답해 나를 깜짝 놀라게 했다. 이후 시간이 흘러 청첩장을 보내왔고, 결혼식 사진도 전해왔다. 이제는 임신 소식까지 알려주니 참 기쁘다.

이 글을 쓰는 동안 버스와 봉고차 사이에 끼인 환자가 응급실로 실려 와 진료를 받고 중환자실에 입원한 뒤, 나는 다시 방으로 돌아왔다. 외과 전문의이자 중환자의학 세부 전문의가 된 이후 나의 병원 일상은 계속되어 왔고, 나는 살려야 하는 환자, 살리고 싶은 환자들을 끊임없이 만나 왔다. 그리고 이 일을 그만두는 날까지 중환자들을 계속 만나게 될 것이다. 나는 언제나 어떠한 상황에서도, 결국에는 환자를 살리고 싶다는 소망을 가지고 있다.

군의관 선배를 면회하러 갔다가 본 그 부대의 큰 비석에는 '살려야 한다.'라는 문구가 새겨져 있었다. 그렇다. 살려야 하는 것이다. 결과로 과정을 입증해야 좋은 의사, 기억에 남는 의사, 스스로 보람된 의사, 그리고 환자와 좋은 소식을 주고받으며 안부 인사로 또 힘을 얻을 수 있는 의사로 살아갈 수 있다.

설날인 오늘 나는 스스로에게 다짐한다. 환자를 살려 더 큰 힘을 낼 수 있는 의사가 되자고, 올해도 지치지 말고 파이팅하자고 응원을 보낸다.

02
간호사의 곁에서…

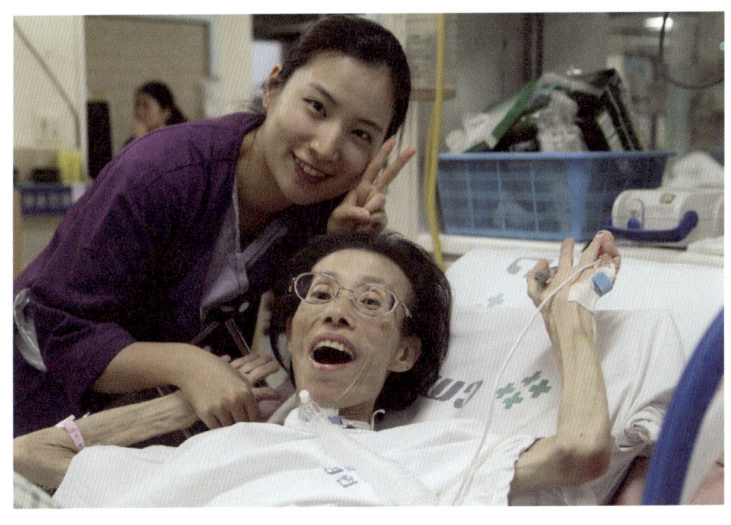

환자에게 희망을
부천성모병원 외과중환자실
2014 출품작

차가운 생각 위에 피는 마음이라는 꽃

분당서울대병원 외과계 중환자실
손수진

외과계 중환자실에 입사하여 이곳에서 9년 남짓, 한 근무를 책임지는 책임간호사로 새로 입사한 간호사들에게 배움을 주는 프리셉터 간호사로, 어느덧 역할도 직책도 많아진 간호사들 사이에서 하는 말로 소위 '올드'한 간호사가 되어 여전히 이곳에서 중환자실 간호사로 일하고 있다.

흔히들 말하는 3D 업종이라 함은, '더럽고(Dirty), 어렵고(Difficult), 위험한(Dangerous)' 분야의 업종을 아우르는 말이라고 알고 있다. 중환자실 안에서 우리는 늘 보통의 사람들이 '더럽다' 일컫는 것들을 담담히 받아들여야 하고, 어려운 상황과 사람을 마주하며 각종 위험에 노출될 수밖에 없는 '중환자실 간호사'이다.

"그대는 왜 중환자실 간호사가 되었나?"라는 질문을 나는 종종 여러 사람에게서 받는다. '왜 중환자실에 남아 있는지'와 비슷한 맥락의 질문들을 의아한 듯 던지곤 한다. 내가 스스로 지원하여 다른 곳이 아닌 중환자실 간호사가 되겠다고 마음먹은 데에는 사실 이유 아닌 이유가 분명히 있었다. 설레는 마음만으로 입사를 기다리던 때, 나는 『잠수복과 나비』라는 책을 읽게 되었다. 아무런 생각 없이 그저 제목에 이끌려 펼쳐 든 그 책은 불의의 사고로 'Locked-in syndrome'이라는 희귀병을 앓게 된 주인공 보비의 이야기였다. '몸은 고개도 손가락도 하나 움직이지 못하는 육체에 갇혀, 오직 의식만 온전한 상태로 남아 있는 희귀병'이었다. 사고 후 그가 세상과 소통할 수 있는 유일한 수단은 왼쪽 눈꺼풀이었고, 그는 스스로 엄청난 잠수복에 갇혀 있는 것 같다고 자주 표현하곤 했다. 잠수복에 갇힌 지 6개월여가 지난 후부터 그는 대필자를 두고 왼쪽 눈꺼풀을 20만 번도 넘게 깜빡이며 15개월 만에 이 책을 완성했다. 그렇게 나는 각자의 잠수복에 갇힌 그들 곁에서 함께하리라 마음먹고 중환자실 간호사가 되었다.

중환자실 입사 3년 차, 이제는 중환자실에 입실하는 어떤 환자든 두려움 없이 감당할 수 있겠다는 단단한 마음이 생기기 시작하면서 한창 환자 보는 일이 설레기 시작했다. 그 무렵 나는 나의 첫 프리셉티를 맞이하게 되었다. 다른 병원 중환자실에서 나와 비슷한 시간 동안 간호를 하였고, 이곳으로 와서 나를 만나게 된 동갑내기 간호사였다. 아직 나 또한 모르는 것투성이에 배워 나가는 순간의 연속이었기에 둘이 함께 남아 공부하며 이겨내 보자는 다짐 하나로 나의 첫 프리셉티와 나는 함께하게 되었다.

하지만 하루하루 지날수록 다른 환경에 다이내믹한 상황들이 많이 버거웠던 것 같다. 너무 무섭다고 했다. 자신 없다고도 말했다.

그렇게 나의 첫 프리셉티는 독립을 며칠 앞두고 나를 떠났다. 사실 무척 속상했고, 많이 허무했고 야속하기까지 했다. 동료로서의 인연은 끝났지만 우리는 여전히 서로 안부를 묻는 친구로서 소식을 전하곤 한다. 대학 졸업 후 갓 입사한, 이른바 '生신규' 간호사를 프리셉티로 맞이하던 날의 긴장감은 아직도 잊을 수 없는 떨림으로 가슴에 남아 있다. 그리고 내가 프리셉티였던 시절의 모습을 그대로 보여 주던 '생신규' 간호사의 행동에 전에 없던 흥분과 분노가 치밀어 오르는 순간들을 지나며, 다행히도 우리의 시간은 무사히 흘러갔다.

그렇게 '딸'이라는 이름으로 나에게 다가와 '가족'이라는 우리의 둥지 안으로 들어와 함께 울고 웃으며, 치열했던 순간에도 즐거운 순간에도 이곳에 함께하고 있다. 물론, 그 사이 또 누군가는 이곳을 떠났다. 버텨내지 못한 것이 야속하기보다는 스스로 후회하지 않기를 진심으로 바랐고, 후회 없는 선택을 할 수 있도록 많은 이야기를 나누는 것이 내 역할이라 생각했다.

모두를 다 담으려 애쓰지 말라고 했다. 몇 사람은 흘려보내고 또 몇 사람은 주워 담으며 살아가는 것이 삶이라는 것을 어느 책 구절에서 읽은 적이 있다. 나는 여덟 명의 가족을 만났고, 그중 두 명은 떠나보내야 했으며 여섯 명은 동료로 내 곁에 남아 있다. 이제는 나의 프리셉티가 누군가의 프리셉터가 되어 한 근무를 책임지는 간호사로서 나와 함께 고민하고 의지하며 우리는 여전히 함께

하고 있다.

"누군가의 처음을 함께 시작하는 일이란?"
"나로 인해, 나로부터, 나 때문에…."

그 마음이 참 부담스러웠고 무척이나 무거웠다. 가장 중요하지만 제일 어려운 것, 그래서 가끔은 모른 척했던 것, 그건 아마도 '자존감을 채워 주는 일'이었던 것 같다. 여덟 명의 프리셉티를 만나면서 나는 세 가지를 다짐했다.

하나, Timing — 지금이어야 하는 것과 기다려 주어야 하는 순간의 타이밍을 구분할 것.
둘, Stop — 감정 또는 생각의 동요가 오는 순간에 말이나 행동을 하기에 앞서 우선 잠깐 멈추어 한 번 다시 숨을 고르는 Stop.
셋, 30cm — 뒤에 바짝 붙어서 감시하듯 보지 말고, 30cm 떨어져서 살펴보고 지켜봐 줄 것.

함께하는 상황 속에서 서로 지켜주며 때로는 의지하며, 물론 누구보다 엄격하게 다독여주며 우리는 이곳에서 그렇게 함께하고 있다.
내가 일하는 이곳 외과계 중환자실은 소아 중환자실을 품고 있다. 흉부외과와 소아과 환자를 주로 만나게 되고, 수술 후 입실하게 되는 여러 환자들을 마주하게 된다.

2014년 가을, 급성 백혈병 진단을 받고 갑작스러운 상황 속에서 힘든 시술과 치료에 많이 지쳐 있던 중학생을 만났다. 살도 많이 빠졌고 푸석한 머리카락도 빠지고 있는 중이었다.

아이는 이혼 가정에서 자랐고, 아버지는 조현병을 진단받아 치료 중이었으며 어머니와는 떨어져 지냈다. 형은 몇 년 전, 아이와 비슷한 나이에 스스로 삶을 마쳤다. 고모가 아이의 양육을 담당하고 있었고, 친할머니가 치료 내내 아이 곁을 지켰다.

그래서인지 또래의 얼굴에서는 드문 그늘이 아이에게는 드리워져 있었고, 가녀린 몸만큼이나 마음도 많이 지쳐 있어 늘 위태로워 보였다. 그만큼 곁을 지키는 할머니에 대한 의존이 강했고, 그 관계는 애틋했다. 어느 날 야간 근무 중이던, 나는 근무 책임 간호사로서 여느 때와 같이 아이에게 인사를 하려고 격리방에 들어섰다. 바닥에는 이불을 한 장 펼쳐 놓고, 차가운 바닥에 이불을 덮어쓴 채 주무시고 계시는 아이의 할머니가 누워 계셨다. 사실 중환자실은 면회 시간 이외에는 보호자가 환자 곁에 머물 수 없는 것이 원칙이고 약속이다.

가을이 끝나갈 무렵, 유독 차가운 밤이었다. 환자 없이 비어 있는 침대가 있었고, 나는 그 침대의 매트리스를 떼어와 할머니께 깔아드렸으며 이불도 다시 곱게 펼쳐드렸다. 많이 차갑고 딱딱했지만, 머무를 수 있게 해 준 마음이 고마워 참고 잠을 청했던 할머니는 미안하다고 하셨고, 고맙다고도 하셨다. 나는 할머니의 손을 꼭 잡았다. 역시나 많이 차가웠다. 되레 죄송한 마음이 들었다. 잠든 줄 알았던 아이가 깨어 있었던 모양이다. 분명 어두운 방에서 할머니와 내가 나지막한 목소리로 소곤거리던 중이었는데, 정적을 깨는 흐느끼는 소리에 우리는 동시에 침대 쪽을 보았다. 침대에 기대 앉아 잠든 줄 알았던 아이는 고개를 푹 숙이고, 어린아이처럼 눈을 쓱쓱 비비며 흐느껴 울고 있었다.

"OO야, 너 지금 우는 거야? 갑자기 왜?"

무거운 정적을 깨려고 일부러 장난하듯 가벼운 말투로 툭툭 던지듯 묻는 나에게 아이는 잠시 멈추지 못하고 흐느껴 울더니 이렇게 말했다.

"선생님이 너무 고마워서요. 할머니 매트 주셔서, 할머니가 편하게 주무실 수 있어서 좋아서 그래요."
"너무 고마워서 눈물이 나요."

할머니와 나는 동시에 웃음이 터져 나와 버렸다.

"아이구. 이게 뭐라고, 선생님이 늦어서 미안해."

그렇게 나는 또 아이의 어깨를 툭툭 토닥여 주었다. 정말이지 늦어서 미안했고, 우는 모습이 그저 귀여웠으며, 할머니를 생각하는 그 마음이 짠했다.

며칠 후 아이는 병동으로 전동을 갔다. 늘 중환자실을 떠나는 환자들에게 으레 하는 헤어짐의 인사로

"중환자실에서는 다시는 만나지 말자."

라고 건네며, 대답 대신 환한 웃음을 남기고 우리는 그렇게 헤어졌다.

그렇게 모르는 사이에 3년이라는 시간이 지나고 얼마 전, 소아과 자리 배정 연락이 왔고 환자가 전동을 왔다. 고등학생쯤 되어 보이는, 머리카락이 군데군데 빠져 있는 그저 낯선 환자였다. 멀리서 언뜻 보아도 온몸의 근육을 써 가며 거친 숨을 몰아쉬던, 얼굴색이 푸른빛을 품은 자주색에 가까운 환자였다. 그래서 잠깐 눈길이 머물렀는지도 모르겠다.

책임 간호사도 아니었고, 내 담당 환자와 우리 섹션이 많이 분주한 상황에서 나는 유리벽으로 가려진 소아 섹션에서 들려오는 신음 소리인지, 섬망이 시작된 환자의 혼잣말인지 모를 소리를 무심히 지나치며, 어쩌면 모른 척하며 내가 해야 할 일에만 주의를 기울였다.

그렇게 이틀인지 삼일인지 모를 시간이 흐르고 어느 날, 문득 지나치던 나는 그 침상 앞에 멈췄다. 침상 발치에 붙어 있는 그 이름이 너무 낯익었다. 그 사이 아이는 헤어져 있던 엄마에게 조혈모세포 이식을 받았고, 거부 반응과 면역력 저하로 인한 감염의 징후로 다시 중환자실에 왔다. 면회 시간을 기다려 할머니를 만났고, 단번에 나를 알아본 할머니는 그저 말없이 나를 깊이 안아주셨다.

그렇게 다시 내가 아이를 알아보았을 때, 이미 아이는 기관 삽관을 하고 수면 진정 치료 중으로 깊이 잠들어 있었다. 그때는 며칠 뒤면 깨어나 나를 알아봐 줄 거라고 확신했고, 그 와중에도 많이 불안했으며 그래서 또 우리는 정성을 다했다.

아이를 알아본 후로 나는 면회 시간이면 늘 할머니를 찾았다. 그냥 할머니 등을 휘휘 문지르고 할머니 손을 꼭 잡는 것이 전부였지만, 곁에 있었다.

"참, 잘생겼었는데. 그렇죠?"라는 뜬금없는 내 말에 할머니는 "아무렴, 아이돌 얼굴이지."라며 찰떡같은 응대를 해주셨다. 역시 할머니는 한 수 위, 참 단단한 분이셨다. 치료받으며 지내는 동안 검정고시도 합격하고, 이제는 대학생이 될 준비를 하는 어엿한 청년으로 남들보다 치열하게 잘 자랐다고 했다. 그러나 시간이 지날수록 변해 가는 아이의 모습이 간혹 무섭기까지 했다.

서로 말하지 않아도 이제는 모두가 짐작했다. 전처럼 깨어나 웃으며 마주 볼 수 없을 것 같다고. 그리고 그런 날이 무심하게도 멀지 않은 시간에 왔다.

　중환자실에서 우리는 가끔 아니, 자주 죽음이라는 것을 함께 기다리는 입장이 된다. 삶과 죽음의 경계는 그렇게 찰나인 것이라서, 짐작을 한다는 것이 허망하기도 하고 두렵기도 하지만,

　"얼마 남지 않은 것 같아. 오늘 밤이 될 것 같아."

라는 무서운 짐작을 하면서 그런 밤에 근무를 했다. 그 경계에서 나는 단지 무심하게 지나쳤던 나에 대한 죄책감, 또는 할머니의 모습을 곁에서 지켜봐야 하는 나의 감정 소모에 대한 걱정과 감당 안 되는 감정을 추스르는, 그저 '나'에 대한 생각들로 두려움에 떨고 있었다. 실은 피하고 싶었다. 보내 줄 자신이 없었다.

　아이의 오랜 친구들이 연이어 면회를 했다. 아이의 심장은 잘 버텨 주었고, 가족에게 준비할 시간도, 마음껏 아파할 시간도 주었다. 그 밤을 버틴 다음 날, 아이는 형이 있는 먼 곳으로 갔다. 스스로의 죽음을 본인도 받아들이지 못하고, 할머니에게 인사도 전하지 못한 채 그렇게 멀리 갔다.

　아이가 버텨 주던 그 밤에, 아이 대신 할머니를 꼭 안고 함께 울었다. 서로 아무런 말 없이 그냥 가만히 꼭 안았다. 아이 곁에서 단단하게 버텨 준 할머니의 품은 참 따뜻했고, 그에 반해 생각이 많은 내 가슴이 상대적으로 차가운 것 같아 죄송한 마음이 들었다.

보비가 그러했듯이, 유난히 무거웠을 잠수복을 벗어놓고 늘 남몰래 동경하던 나비가 되어 가볍게 날아갔으리라.

외과계 중환자실에서 우리는 누군가의 부모, 누군가의 형제자매, 또는 누군가의 아들딸을 마주하게 된다. 나 자신도 모르는 사이에 처음보다는 마음이란 것이 참 많이 무뎌졌다. 그리고 스스로도 무서울 만큼 참 많이 무덤덤해졌다. 기계를 보고 있는지 환자를 보고 있는 것인지 분간하지 못하고 지나가는 하루도 있다. 화장실에 갈 시간도, 일하며 물 한 잔 마시는 것도 사치인 날도 많다. 해줄 수 있는 유일한 일이 죽음을 그저 함께 기다리는 일인 날도 너무나 많다.

중환자실 간호사로서 나와 우리는 늘 잊히는 존재로 살아간다. 가장 긴박했고 많이 아팠고 말할 수 없이 고통스러운 순간에 함께 있는 나는, 그들에게는 악몽 속 기억일 뿐이다. 그래서 어쩌면 잊혀져야 마땅한 존재라는 것도 잘 알고 있다. 기억에 남고 싶은 것이 아니라, 그들의 지나간 기억이 악몽이 아닌 추억이 되게 만드는 일을 하고 싶다는 마음을 늘 품고 일하고 있다.

중환자실에서의 기억이 잊혀져야 하는 악몽이나 끔찍한 기억이 아니라, 마음으로 되새기고 기억에 남겨질 추억이 되어 그들이 본래의 자리로 돌아가는 데에 해가 되지 않기를 바라는 마음, 그 마음이 전부이다.

이곳에서 가장 행복한 순간도, 가장 불행한 순간도 그렇게 마주하게 되는 매 순간, 무뎌지지도 무너지지도 말고 한결같은 마음으로 진심을 다하리라 오늘도 다짐해 본다.

천사들의 기도
부천성모병원 외과중환자실
2014 출품작

작은 카드에서 비롯된 사랑의 나비효과

가톨릭대학교 은평성모병원 신경계 중환자실

박찬송

2019년 4월 1일.

처음으로 은평성모병원에서 신경외과 환자를 만나고 나서 지금에 이르기까지 이곳의 모든 간호사들이 힘을 합쳐 새로운 병원에 적응하고, 여러 체계를 만들어 가느라 바쁜 나날을 보냈다. 그렇게 힘들고 불안정한 시기를 지나 점차 안정기에 접어드는 중, 하반기 부서 내 사업의 일환으로 쾌유를 바라는 간호사들의 마음을 환자와 보호자에게 전달하기 위해 '퇴실 환자 방문 카드'를 만들기로 했다.

직접 카드 디자인을 고르고, 카드로 쓸 종이를 구매하고, 카드 안에 들어갈 문구를 고심하여 정하고, 제작하기까지 카드를 만들기 위해 열심히 움직였고, 드디어 완성본이 제작되었다.

퇴실 환자 방문을 시작한 지 3개월째 되는 2019년 10월의 어느 날, 부서 담당으로서 데이 근무를 마치고 중환자실 퇴실 환자의 안부를 묻기 위해 신규 선생님과 함께 이웃 병동을 방문했다.

"선생님, 일주일 전에 제가 마지막으로 병동으로 보내드렸던 환

100 ICU, 희망의 기록

자분이라서 잘 지내고 계실지 궁금해요."

　신규 선생님은 퇴실 환자 방문이 처음이라며 기대에 찬 어조로 내게 이야기했지만, 나에게는 그저 근무 후 해야 하는 일이라는, 부서 사업을 위한 사명감만 남아 있을 뿐이었다.

　우리가 방문한 환자는 뇌혈관이 막혀 혈전제거술을 시행하였고, 이후에도 뇌부종이 생겨 두개골까지 절제한, 결혼한 지 얼마 안되어 보이는 젊은 아내가 있는 30대 남자 환자였다. 의식이 저하된 이후에는 기도 유지를 위해 기관절개술까지 시행할 정도로 기본 간호 요구도가 매우 높았다. 중환자실을 나가는 그 순간까지도 간호사들과 눈을 맞추지 못해 중환자실 천장만 바라볼 수 있었으며, 간병인을 사용해야 할 정도로 의식 회복이 더딘 환자였다.

　1인실을 사용하고 있는 환자의 병실 문을 열자마자, 중환자실과는 사뭇 다른 상쾌함이 느껴졌다. 깨끗하고 신식인 병실 환경도 물론 좋았지만, 은평성모병원이 자랑하는 창문 밖 포레스트 뷰가 한몫을 하는 듯했다. 환자는 직접 간병을 맡은 아내와 함께 침상에 앉아 있었고, 보호자는 마치 우리가 방문할 것을 예상이라도 한 듯 따뜻한 수건으로 정성스럽게 환자의 얼굴을 닦아주고 있었다. 환자는 보호자의 손길을 따라 전보다 훨씬 말끔해졌으며, 두 분의 표정도 매우 밝아 보였다.

"OOO님, 안녕하세요. 저희는 중환자실에서 환자분을 담당했던 간호사들이에요. 몸은 좀 괜찮으세요? 중환자실에서 불편한 점은 없으셨어요?"

　　늘 그렇듯 우리의 소개를 마친 뒤, 중환자실에서 불편함은 없었는지, 재활치료는 잘 받고 계신지 물었다. 보호자 역시 반가운 기색을 내비치며 우리를 맞아주었다.

　　"선생님, 안녕하세요. 오빠, 중환자실 선생님들이시래. 그때 기억나?"

　　보호자가 환자에게 물었다. 의식이 없었던 환자였음을 기억하며 환자를 바라보는데, 그때 환자가 고개를 절레절레 저었다. 그러고는 입 모양으로 "기억 안 나."라고 말했는데, 우리에게는 매우 뜻밖의 일이었다. 혼미상태의 의식 수준으로만 생각했던 환자가 묻는 말에 대답할 정도로 의식이 회복되다니. 중환자실 안에서 의식 혼돈과 사지 위약감이 있던 환자가 일반병실로 이실한 뒤 호전되어 병원 내를 자유롭게 돌아다니는 모습을 본 적은 있었지만, 말도 못 하고 누워만 있던 환자가 간호사들의 질문에 고개를 끄덕일 수 있다는 사실은 나에게도 꽤 신선한 충격이자 감동으로 다가왔다.

"환자분, 남은 치료도 잘 받으시고 퇴원까지 조금 더 힘내세요."

"고맙습니다."

"중환자실 선생님들, 정말 너무너무 감사했어요."

눈에 띄게 좋아진 환자의 모습을 보고 나서, 괜히 간호사로서 내가 부족한 케어를 했던 것은 아닌지 잠시 생각해 보기도 했지만, 진심을 다한 간호의 힘이 얼마나 큰 영향력을 갖는지 또한 되새기게 되었다. 그렇게 환자 방문을 마치고 문을 닫고 나오자마자 또다시 뜻밖의 일이 일어났다. 동행했던 신규 선생님의 눈시울이 붉어진 것이었다.

"제가 계속 담당했던 환자분인데, 그때랑 다르게 이렇게 말하고 앉아 계시는 걸 보니 제가 간호사로 일하고 있는 게 뿌듯해요. 환자가 좋아져서요."

이 말을 듣는 순간, 내 머릿속에서 '뎅~' 하고 종이 울리는 듯했다. 그간 일만 하며 정신없이 달려온 나에게, 왜 내가 간호사가 되고 싶었는지 다시금 되돌아보게 할 만큼 신규 선생님의 따뜻한 마음이 느껴졌다. 그렇게 다시 중환자실로 돌아와 생각해 보니, 우리와 크게 다를 것 없던 그 1인실이 상쾌하게 느껴졌던 것은 그 공간에 가득한 진심 어린 사랑의 힘 때문이 아니었을까 싶다. 신경외과 환자의 특성상 의식이 저하된 환자가 대부분인데다, 특히 중환자실은 급성기의 환자들이 주로 머무르는 공간이기 때문에 이후 온전히 회복되기까지 지켜볼 기회가 거의 없다.

그러나 이번 퇴실 환자 방문을 통해 소중한 경험을 하게 되었고, 이 경험이 앞으로 간호사로서 환자들을 돌보는 나에게 또 다른 차원의 동기부여가 될 것 같다. 환자의 가족들만큼의 사랑을 담아 간호할 순 없겠지만, 이곳에 오는 모든 환자가 우리들의 할머니, 엄마, 남편, 동생, 그 누군가가 될 수 있다는 마음으로 간호하는 중환자실 간호사가 되었으면 한다.

그리고 그러한 우리의 진심이 모든 환자와 보호자들에게 전해지기를 바란다. 작은 카드 한 장에서 시작했지만, 그 '종이 한 장'이 열심히 일하는 간호사들과 환자, 보호자의 마음을 이어 서로를 위로하고 응원하는 중요한 매개체가 되었으리라.

이것이 바로 사랑의 나비효과가 아닐까.

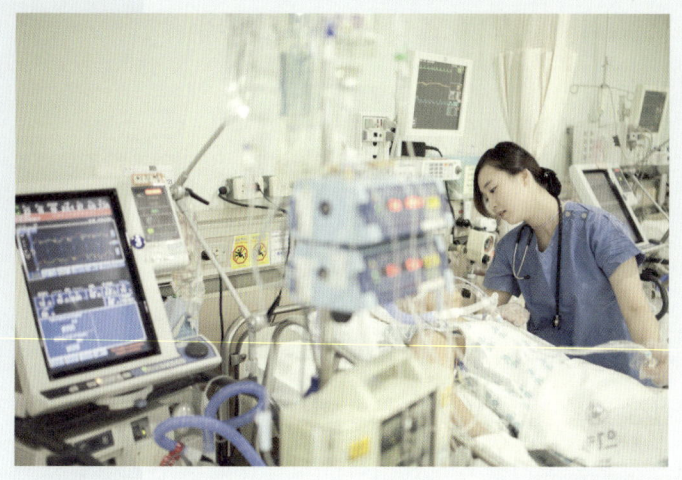

나는 ICU 간호사다
인하대학교병원 내과계 집중치료실
2013 출품작

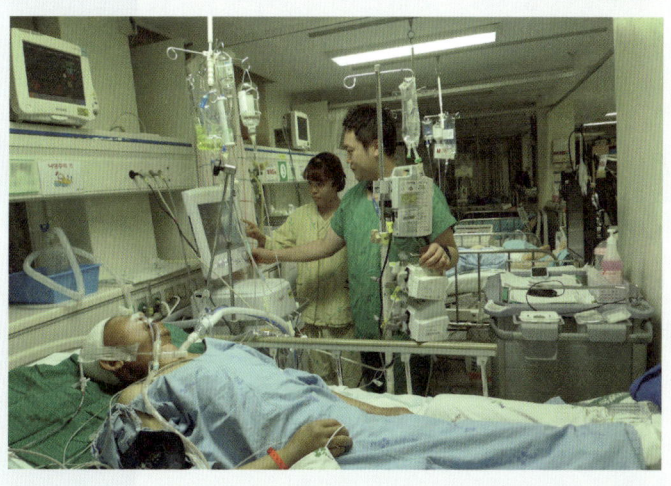

환자와 의료인이 아닌 서로의 든든한 버팀목이 되어
부산대학교병원 신경외과 중환자실
2013 출품작

기억하고 찾아줘서 고마워

세브란스병원 심혈관외과계 중환자실
김경민

2019년 8월.

중환자실에 소아 심장과 환아가 입실했다. 한동안 잘 먹지 못했던 아이는 겉으로 보기에도 지친 기색이 역력했고, 낯선 사람들로 인해 잔뜩 긴장한 상태였다. 초록색 옷을 입은 사람들이 얼굴을 반쯤 가린 채 분주히 움직이는 풍경은 어린아이에게 낯섦을 넘어 두려움을 주기에 충분했다.

담당 간호사였던 나는 아이를 진정시키며 지금 상황을 이해할 수 있도록 다독여 주었다. 치료 과정이 얼마나 길어질지 알 수 없는 상황이었기에 아이가 받아들일 수 있도록 설명해 주는 것이 중요했다. 그래야 이후에 만날 의료진에게도 마음을 열고 병원 생활에 잘 적응할 수 있을 테니까. 게다가 중환자실은 보호자가 함께 있을 수 없는 환경이므로 아이가 심리적으로 불안해하지 않도록 세심한 배려가 필요했다.

그날 오후, 아이는 병원에서 나온 밥을 전혀 먹지 못했다. 좋아하는 유튜브 채널의 무제한 시청을 약속했는데도 한 수저 이상은 먹지 못했다. 아이가 가지고 있는 심장질환이 식욕부진의 가장 큰 원인이었겠지만, 영양 공급이 적절히 이루어지지 않아 그로 인해 더 기운이 없어지는 악순환이 반복되고 있었다. 문득 출근길에 사 왔던 초코 우유가 떠올랐다. 그거라면 아이가 먹지 않을까 하는 생각이 들었다.

초콜릿을 싫어하는 어린이는 없으니까. 예상대로 아이는 초코 우유를 받자마자 연이어 들이켰고, 이내 달콤한 맛에 취해 옅은 미소를 지어 보였다. 그 또래의 아이들에게서만 볼 수 있는 참 솔직한 표정이었다. 별말은 하지 않았지만, 오랜만에 느끼는 행복감을 맛보고 있다는 걸 알 수 있었다. 그것만으로도 내겐 참 감사한 일이었다.

회복되는 과정에서 환자들이 보여주는 미소는 고된 중환자실 일을 계속할 수 있게 하는 원동력이다. 하지만 그날 아이의 미소를 보며 내 안에서는 걱정과 안쓰러움이 먼저 느껴졌다. 그 여린 몸이 견디기에는 너무나도 가혹하고 지난한 싸움이 곧 시작될 것이었기 때문이다. 가녀린 몸만큼이나 약했던 아이의 심장은 충분히 수축하지 못하고 있었고, 갑작스럽게 생명이 위태로워질 수도 있는 상황이었다.

혈압이 떨어지기 시작하면 체외막산소공급장치ECMO를 넣을 수도 있으니 준비해 달라는 교수의 당부가 있을 정도였다. 아이의 심장 기능이 안정된 것은 아니었지만, 응급수술을 할 상태 또한 아니었기에 약물치료를 받으며 소아 심장 중환자실로 이동하게 되었다.

2019년 9월.

아이가 어떻게 치료받고 있는지 궁금했지만, 한동안 소식을 들을 수 없었다. 그러던 어느 날, 전공의로부터 아이가 심실보조장치 이식 수술을 받기로 결정됐다는 소식을 듣게 되었다. 소아 환자의 심장 수술은 심혈관외과 소아 파트와 소아 심장과 간의 충분한 협의를 거쳐 치료 방향이 결정되기에, 현재로서는 심실보조장치가 아이를 위한 최선의 선택이었다.

수술 후에는 몸에 이식된 장치와 함께 살아야 했지만, 기계의 도움 없이는 심장이 더 이상 버티지 못하고 있었다. 수술을 맡아 주실 주치의는 내 가족이라도 믿고 맡길 수 있겠다고 생각해 온 교수였기에 그 또한 감사했다.

아이는 수술을 잘 마치고 회복을 위해 다시 중환자실로 오게 되었다. 심장 수술 직후에는 혈역학적으로 매우 불안정한 상태이므로, 중환자실에서 인공호흡기 치료와 강심제 등의 약물 치료를 통해 심폐 기능이 회복되기를 기다리게 된다. 다행히 아이의 활력 징후는 서서히 안정을 찾아갔고, 인공호흡기 치료도 끝나 다시 말을 할 수 있게 되었다.

아이는 애교가 참 많았다. 존재만으로도 사랑스러운 아이였고,

누가 봐도 사랑을 많이 받고 자라온 막내였다. 밥을 먹여 달라는 투정조차도 전혀 밉게 느껴지지 않을 만큼 귀여움이 가득했다. 아이는 고맙게도 내가 줬던 초코 우유를 기억하고 있었고, 나를 '초코 선생님'이라고 불러 주었다. 그 마음이 고마워 나는 출근길마다 작은 초코바 한 개씩을 건네주곤 했고, 우리는 그렇게 친구가 되었다.

아이는 천천히 중환자실 생활에 적응해 갔다. 근무 중인 간호사들과 손을 흔들며 인사하기도 하고, 자신이 좋아하는 게임을 자랑하며 기분 좋은 날에는 소중한 과자를 나눠 주기도 했다.

한편으로는 수술 이후 변화된 신체상을 아이가 받아들이지 못할까 하는 우려도 있었다. 그러나 다행히 아이는 심장에 연결된 기계를 몸의 일부로 받아들였고, 소중히 여겨 주었다. 간호사들이 기계의 정상 작동 여부를 확인할 때마다 함께 거울을 보며 기계가 잘 뛰고 있는지 확인해 줄 정도였다.

이렇게 잘 지내는 줄로만 알았던 아이에게도 문제가 생겼다. 어느 순간부터 밤에 잠들지 못하고 있었던 것이다. 중환자실 치료를 오래 받다 보면 여러 소음 때문에 환자들이 숙면을 취하지 못하는 경우가 많기에, 나 역시 아이도 그럴 것이라 지레짐작하고만 있었다.

그러던 어느 날, 나이트 근무를 하며 아이를 재우던 밤이었다. 애착 이불로 감싸 주고 잔잔한 음악을 틀어 놓아도 전혀 잠들 기미가 보이지 않았다. 이런저런 이야기를 나누던 중 무심코 아이에게 왜 잠들지 못하는지 물었는데, 돌아온 답변에 말문이 막혀 버렸다.

"잠들었는데 눈이 다시 안 떠지면 어떻게 해. 무서워."

5살 아이가 죽음에 대한 두려움을 느끼고 있었던 것이다. 왜 이 부분을 생각하지 못했던 걸까. 아이의 마음속을 조금 더 들여다보지 못한 내 무심함이 부끄러웠고, 아이에게 미안했다. 의료진들이 나눈 대화를 듣고 아이가 두려움을 느끼게 된 것은 아니었기를 바랐다. 누군가에게 따뜻한 말 한마디 전하는 것을 어려워하던 나였지만, 괜찮다고 안심시켜 주고 싶었다.

"선생님이 여기서 계속 지켜보고 있을 거니까 걱정하지 말고 오늘은 푹 자도 괜찮아."

투정을 부리던 아이는 토닥이는 손길에 스르르 잠들었고, 다행히 그날 밤에는 더 이상 깨지 않았다. 안타깝게도 아이의 불면은 한동안 이어졌지만, 아빠와 함께 저녁 시간을 보내게 된 뒤부터는 푹 잘 수 있었던 것으로 기억한다. 중환자실에서 간호사들이 아무리 잘 돌봐 준다 해도 엄마와 아빠가 곁에서 챙겨 주는 것만큼은 안정감을 줄 수 없기에, 아이의 정서 안정을 위해 병실로 이동하여 치료를 이어가기로 결정되었다.
그렇게 아이는 한 달여의 고된 중환자실 치료를 마치고 마침내 엄마, 아빠 품으로 돌아가게 되었다.

2020년 4월.

겨울이 지나 봄이 오는 동안 종종 아이의 근황을 들을 수 있었다. 병동에서는 오늘은 어떤 간호사가 자기 곁을 지켜주면 좋을지 그런 이야기를 한다더라.

요즘은 엘리베이터 앞까지 한 번씩 산책한다고도 했다.

얼마 전에는 노래를 틀어 놓고 춤추다가 침대에서 낙상했다는 소식도 들려왔는데, 정말 위험할 수도 있는 상황이었지만 천만다행으로 큰일은 없었다.

이런저런 소식이 들려올 때면 길에서 우연히 마주치기라도 하면 좋겠다는 생각이 들었다. 대부분의 환자들이 그러하듯 중환자실에서 치료받던 시간은 잊었을 테지만, 그래도 혹시 볼 수 있을까 하는 마음에 한 번씩 병동에 올라가 슬쩍 둘러보곤 했다.

그러던 어느 날, 아이의 이식 대기가 2순위까지 올라가 곧 심장 이식 수술을 받을 수도 있다는 소식이 들려왔다. 어느 곳에서는 귀중한 한 생명을 떠나보내야 하기에 마냥 기뻐할 수는 없었지만, 그래도 감사한 마음이 들었다. 한 천사가 남겨 준 선물로 인해 아이는 새 삶을 시작할 수 있다는 희망을 얻게 될 테니까.

아이가 수술을 받은 날은 마침 휴무였는데, 수술이 잘 끝났다는 소식을 전해 듣고 나서야 나도 마음 놓고 쉴 수 있었다. 감사하게도 다른 심장이식 환자들처럼 아이도 수술 후 빠르게 안정을 되찾았고, 기다렸던 만남의 시간이 찾아왔다.

아이는 기운이 없었지만 창문 밖에서 인사하는 나를 향해 손을 흔들어 주었다. 놀랍게도 작년에 중환자실에서 치료받던 일을 기억하고 있었고, 다시 나를 '초코 선생님'이라고 불러 주었다. 아이는 함께 있는 것만으로도 많은 사람들에게 행복을 주는 존재였기에 좀 더 곁에 있기를 바랐지만, 심장이식 환자는 감염에 매우 취약한 상태라 중환자실에 오래 머물 수는 없었다. 그렇게 아이는 다시 다른 병동으로 이동하게 되었다.

2020년 5월.
오늘 아침, 느지막이 일어났는데 동료로부터 카톡이 와 있었다.

"초코 선생님이세요?"

잠이 덜 깬 상태였던 나는 처음엔 무슨 말인가 의아했다. 그냥 다시 누우려던 찰나, 왠지 그 아이로부터 온 연락일 수도 있겠다 싶어 답장을 했다. 웬걸! 아이가 오늘 퇴원하는데 나를 찾았다고 한다! 퇴원 전에 만나고 가고 싶다고 해서 병동 간호사를 통해 연락이 전달된 것이었다.

아침부터 생각지도 못한 일이 벌어졌지만, 들뜬 마음에 선물을 사서 곧장 병원으로 출발했다. 아이는 전과 달리 포동포동 살이 찐 모습으로 변해 있었다. 하지만 목소리에는 영락없이 어리광이 가득한 아이의 모습 그대로였다.

중환자실에 있는 동안은 침상 위에서만 생활했기에 처음으로 아이가 뛰는 모습도 볼 수 있었다. 함께 사진을 찍으며, 아이가 나중에 심심할 때 전화하겠다고 하기에 번호도 교환했다. 앞으로 간호사로 살면서 이런 가슴 벅찬 보람을 느낄 날이 또 있을까 싶을 정도로 정말 행복한 하루였다.

그동안 중환자실에서 좋지 않은 결과로 떠나보내야만 했던 환자들을 보며 '의학이 첨단으로 발전해 가는 것이 과연 옳은 것일까?' 하는 의문이 들 때가 자주 있었다. ECMO 치료를 받다가 결국 회복하지 못하고 사망하게 되는 환자들, 수술이 잘 끝났으나 불가항력적 원인에 의해 심각한 부작용을 겪는 환자들…. 이런 환자들을 보면서 안타까운 마음과 더불어 내가 하는 일에 대한 회의감이 들기도 했다.

하지만 오늘 아이가 건강하게 퇴원하는 것을 지켜보고 나니, 앞으로도 또 다른 환자들이 치료받을 기회를 가질 수 있도록 기술이 인간을 위해 이롭게 쓰이길 바라야겠다는 생각을 하게 됐다. 어린 생명을 살리는 것은 그 어떤 것과도 비교할 수 없이 가치 있는 일이 아니겠는가!

이제는 아이가 퇴원했기에, 휴대폰에 저장해 두었던 이 일기장에 마침표를 찍으려고 한다. 2019년 8월의 나는 연초부터 계속된 악재에 몹시 지쳐 있는 상태였다. 쉬는 날이면 무엇을 하며 시간을 보낼지 몰라 방황하였고, 끝이 보이지 않는 우울감과 무기력에 잠식되어 가고 있었다. 지금은 이해되지 않지만, 그때는 병원에 일하러 가는 것만이 잡념을 떨쳐 낼 수 있는 유일한 탈출구였다.

이렇게 개인적으로 힘든 시기를 보내던 중 우리는 만났고, 아이는 내게 또 하나의 버팀목이 되어 주었다. 아이가 주치의를 잘 만나 회복할 수 있었던 것처럼, 나 또한 아이를 만났기에 조금 더 빨리 회복할 수 있었다고 생각한다. 아이와의 귀한 만남을 통해 배운 것을 마음에 새기며 앞으로도 간호사라는 내 역할 안에서 최선을 다하고, 진심을 담아낼 수 있도록 노력해야겠다.

기억하고 찾아줘서 고마워.

천사의 날개
전남대학교병원 응급중환자실
2012 출품작

1993년, 그날의 기억

가톨릭대학교 서울성모병원 내과 중환자실
강민영

"삐~ 삐~ 삐~."

 시끄러운 기계음과 비릿한 피 냄새, 그리고 알코올 향이 가득한 곳.

 9살 생애 처음 느껴보는 차가운 공기 속에서 나는 침대에 누워있는 아빠를 마주했다. 하얀 캡과 하얀 가운을 입은 사람들이 내 앞에서 분주히 뛰어다녔고, 여기저기 울음소리가 난무했다. 1993년, 눈 내리던 어느 겨울날 나는 처음으로 중환자실이라는 곳에 발을 내딛었다.

 사람에게는 누구나 시간이 흘러도 잊히지 않고 각인되는 순간이 하나쯤은 있을 것이다. 나에게는 중환자실을 처음 접했을 때가 그런 순간 중 하나였다. 아침에 출근한다고 나가시던 아빠는 그날따라 이상하리만치 뭐에 홀린 듯 시간을 재촉하며 서둘러 나가셨고, 얼마 지나지 않아 엄마에게 전화 한 통이 걸려왔다. 큰 교통사고가 났다는 말과 함께 성모병원 응급실로 빨리 오라는 연락이었다.

초등학교 2학년이었던 나는 곧 연락할 테니 집에서 기다리라는 엄마의 말을 되새기며 혼자서 밤새 하염없이 기다리고 또 기다렸다. 다음 날이 되어서야 성모병원 중환자실로 오라는 연락을 받고, 무섭지만 혼자 택시를 타고 병원으로 향했다.

병원에 도착했지만 어린 나이여서 감염 위험성 때문에 면회가 안 된다는 말에 쏟아지는 눈물을 감추지 못하고 있던 그때, 머리에 하얀 캡을 쓴 어떤 여자 선생님이 내 손을 잡고 "아가야, 이리 와 봐."하며 초록색 천으로 된 이상하게 생긴 가운과 파란색 모자, 슬리퍼를 내어 주었다. 그리고는 엉거주춤하게 옷을 입은 나를 데리고 아빠가 누워 있는 곳으로 안내했다.

오토바이를 타고 출근하시던 아빠는 덤프트럭에 깔려 왼쪽 다리뼈가 셀 수도 없이 부러지고 으스러져 있었으며, 장과 여러 장기가 파열되어 고통에 신음하고 있었다. 어린 나이에도 심각한 상황임을 직감할 수 있었다. 오래 살지 못한다고 했다. 눈물이 끊이지 않았다.

그때부터 아빠의 기약 없는 중환자실 생활이 시작되었다. 엄마와 나는 병원 보호자 대기실에서 지새우는 날이 길어졌고, 그때마다 그 하얀 캡을 쓴 천사 같은 선생님은 우락부락하고 무서운 안전요원을 뒤로하고 나에게 초록색 가운을 입혀 아빠와 몰래 만나게 해 주었다.

하루는 너무 슬퍼하는 나를 스테이션에 앉혀 사탕을 주며 위로

해 주었고, 또 어떤 날은 "아빠는 잘 싸우고 있노라."라며 자상하게 이야기해 주기도 했다. 힘들어하는 아빠의 손을 잡아 주기도 했으며, 원더우먼처럼 멋지게 주사를 놓아 주기도 했다. 처음에는 차갑고 무섭게만 느껴졌던 중환자실이 시간이 지날수록 따뜻하고 활기찬 공간으로 인식되기 시작했다. 아마 그때부터였을 것이다. 마음속 깊은 곳에서 나도 천사같이 멋진 저 선생님처럼 이곳에서 일하고 싶다고 생각한 것이….

아빠는 패혈증으로 목숨을 잃을 뻔한 고비를 여러 차례 넘기고, 아주 조금이나마 호전 추세를 보이며 중환자실에서 수개월을 보내게 되었다. 한 번은 으스러진 뼈를 고정하기 위해 심어 둔 철심들이 심각한 염증을 일으켜 다리를 절단해야 하는 상황까지 왔었는데, 그 당시 성형외과와 정형외과의 여러 차례 대수술이 진행되었고 간호사 선생님들의 정성스러운 간호도 이어졌다.

그 덕분에 비록 지체 장애와 장루를 평생 갖고 살아야 했지만 절단은 피할 수 있었다. 그때 확실하게 느낀 것은 환자의 바로 옆에서 24시간 동안 돌보는 간호사라는 직업이야말로 정말 멋지다 못해 숭고하다는 것이었다. 시간이 흘러 직장에 다니게 되어서도 마음속에 품었던 '중환자실 간호사'라는 꿈을 떨쳐 낼 수는 없었다. 나는 결국 잘 다니던 회사를 돌연 그만두고 다시 시험을 치른 후 간호대에 입학했고, 거짓말처럼 30살의 느지막한 나이에 성모병원 중환자실 신규 간호사가 되어 있었다.

내가 간호사가 된 것을 신기해하시며 기뻐하던 것도 잠시, 사고 이후 30여 년 가까운 생을 이어 가다 작년 5월 아빠는 우리와 영원한 이별을 했다. 설상가상으로 엄마도 암 진단을 받고 오랜 투병 생활을 시작하게 되었다. 부모님의 투병 생활과 불우한 과거에 갇혀 세상을 원망했던 나날도 많았고, 나에게는 왜 평범한 삶조차 허락되지 않는 것인지 삶이 꼭 벌을 받는 것처럼 버겁기만 했다. 하지만 그럴 때마다 마음을 다독이며 '분명 이런 시련을 주는 이유는 있을 것이다. 이런 경험을 바탕으로 환자들을 더 잘 보살피라는 그 누군가의 뜻이리라.'라고 스스로를 다잡았다.

아파 본 사람만이 아픈 이의 마음을 가장 잘 이해한다고 하지 않던가. 그 누구보다 환자와 보호자의 마음을 잘 알기에 나는 오늘도 그들 모두를 내 가족과 같은 따뜻한 마음으로 대하며, 또 그 안에서 내가 위로와 치유를 받고 있는지도 모르겠다.

신규 시절을 지나 어느덧 9년 차 간호사가 된 지금, 여전히 환자들의 상태 악화와 임종 앞에서는 가슴 한켠이 먹먹해지는 것을 감출 수 없다. 육체적·정신적으로 지치고 힘든 날들의 연속이지만, 그럼에도 불구하고 누군가 이 길을 선택한 것을 후회하냐고 묻는다면 "No", 또다시 이 길을 선택할 것이냐고 묻는다면 "Yes"라고 답하고 싶다.

30년 전, 목숨을 잃을 뻔한 상황 속에서도 간호사들의 보살핌이 없었다면 아빠의 삶은 어떻게 바뀌었을까. 그들의 따뜻한 간호가 있었기에 지금의 내가 있는 것이 아닐까 하는 생각과 함께, 지금 이 순간 나의 작은 보살핌과 환자에 대한 관심이 결코 헛된 것이 아님을 종종 깨닫게 된다. 그렇기에 나는 환자들의 매 순간에 힘이 될 수 있음에 감사하며 오늘도 그들의 치료와 간호에 그 누구보다 진심으로 임하고 있다.

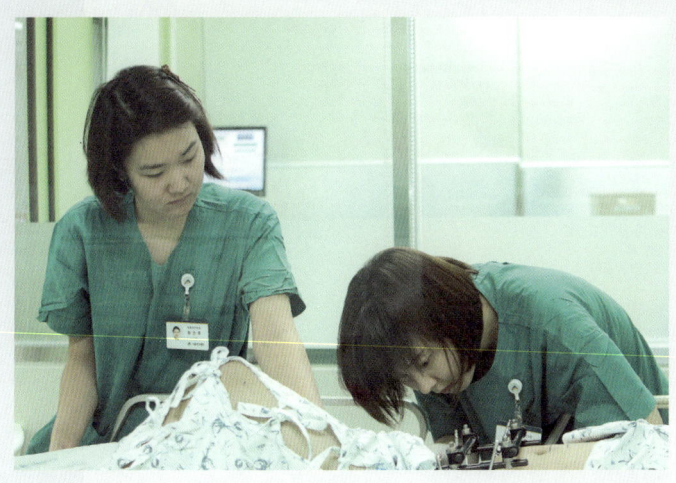

집중
서울아산병원 외과중환자실
2012 출품작

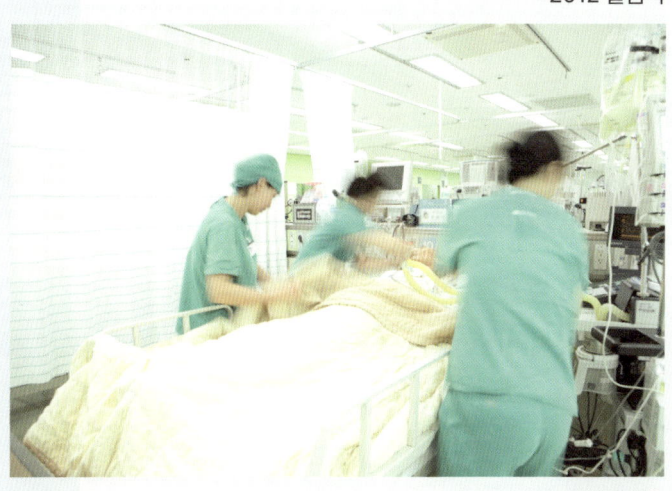

진심 하나로
서울아산병원 중환자실
2010 출품작

행복한 중환자실 간호사

원주세브란스기독병원

박세영

시간이 지나도 익숙해지지 않는 알람 소리

삐삐삐. 사방에서 익숙한 기계음과 함께 요란한 알람 소리가 울리기 시작하면 그 알람 소리보다 조금 더 크게 내 심장 소리가 귓가에 울리는 것만 같다. 익숙해질 법도 한 알람 소리는 익숙해지지 않고 들을 때마다 낯설고 두렵기만 하다. 내게 주어진 역할이 심정지 환자를 위해 기도 삽관 보조의 역할을 하든, 정맥 주입 경로 확보 후 약물을 주입하는 것이든 흐르는 식은땀과 떨리는 손은 좀처럼 진정이 되지 않는다.

차라리 병원에 입사한 직후였다면 "이것 가져와, 저것 가져와." 라는 선배의 말에 따라 정신 차리고 부지런히 움직이기만 했으면 되었을 텐데, 시간은 흘렀고 그런 역할을 하고 있는 후배들을 보면서 그마저 허락되지 않는 것을 느낀다.

보는 눈이 많아 담담하고 침착한 척을 해야 하지만, 내게 들리는 나의 심장 소리가 다른 의료진들에게 들릴까 걱정되고 그들의 평정심 또한 방해하지는 않을까 우려가 앞선다. 이런 마음을 들키는 것이 왠지 미숙해 보일 것만 같아 담담한 척하지만, 마스크 안으로는 연신 "제발 그만!"을 외쳐 댄다.

긴박하게 돌아가는 상황 그 자체도 예민한 사람들 속에서 더 예민해지는 나의 모습도 내게는 버겁지만, 무엇보다 참을 수 없는 것은 누워 있는 중환자실의 수많은 환자의 얼굴을 마주한 순간이다. 그 순간 많은 생각들이 머리를 스치며 나의 스트레스를 가중시킨다.

내가 이런 순간에 바라는 것이 다시 환자의 심장이 뛰기 시작해 환자가 눈을 뜨고 나를 마주하는 것인지, 회생 가능성이 희박한 환자의 죽음의 순간을 늦추기 위한 목적 잃은 기계적 치료를 중단하는 것인지, 아니면 그저 이런 바쁜 응급 상황을 회피하고 다시는 마주하고 싶지 않은 것인지 알 길이 없다. 시끌벅적 도떼기시장과 흡사한 상황 속에서 더 시끄러운 머릿속을 애써 고개를 저으며 모른 체하고, 기계적으로 해야만 하는 일들을 한다.

그 순간의 나는 간호사로서 해야 하는 일이 아니라, 하지 않으면 안 되는, 반드시 해야만 하는 일들에 집중하게 된다. 그러면 머릿속을 복잡하게 하던 잡다한 고민들은 사라지고, 오직 다음 할 일과 그다음 할 일들만 떠오른다. 그렇게 오늘도 상황은 정리된다.

더러워진 옷과 산발이 된 머리를 정리할 겸 개수대로 가 손을 씻고 머리를 고쳐 묶으며 거울을 마주한 순간, 회색빛 얼굴과 초점 없는 눈, 잔뜩 짜증 섞인 표정의 나와 마주한다. 내가 여기서 무엇을 하고 있는 것인지 잠시 미뤄 두었던 수많은 생각들이 다시 떠올라 혼란스럽기만 하다. 아마 머릿속이 시끄러운 이유는 저 많은 생각들과 함께 떠오른, '절대 닮지 말아야지.'했던 학생 시절 바라본 간호사 같지 않았던 간호사의 모습이 내게서 보였기 때문일 것이다.

수많은 중환자실의 기계음, 말 못 하는 환자들의 아우성

처음 중환자실에 입사했을 때, 중환자실 간호사가 알람 소리를 구분하지 못한다거나 알람 소리에 민감하지 않다는 이유로 얼마나 혼이 났는지 모른다. "알람 소리에 민감해야 한다."는 말이 인이 박혀서인지, 나는 모든 알람 소리에 반응하고 원인을 확인해야만 불안한 마음이 해소되었다.

후에 함께 근무하던 선배 간호사들은 나이트 근무 중 야식을 먹다가 들려오는 알람 소리에 움찔거리며 뛰쳐나가려는 내게 "환자가 기침했나 봐, 그냥 밥 먹어." 혹은 "손 좀 가만히 계시지, 자꾸 움직이시나 봐."라며 알람 소리를 감별해 주곤 했다. 그때는 그런 선배들의 모습이 그저 신기하고 부럽기만 했다.

훗날 나는 그 선배들의 모습이 단순한 무심함이 아니라, 입원해 있는 모든 환자의 특성이나 중증도, 부착된 기계, 주입 중인 약물 등을 종합적으로 파악한 베테랑 간호사들의 나름 이유 있고 근거 있는 감별이었음을 깨닫게 되었다.

"알람 소리에 민감해야 한다."는 말은 중환자실 간호사에게는 당연한 지침이었지만, 그것이 단지 기계가 내는 기계음에 반응하라는 의미만은 아니라는 사실을 깨닫게 된 것은 입사 몇 년 차에 접어들었을 무렵이었다.

기도 삽관 환자의 경우, 우발적으로 자신의 기관 내관을 스스로 발관하는 일이 많기 때문에 이러한 사고를 예방하기 위해 대부분 억제대를 적용하는 것이 보편적이다. 기도 삽관 직후의 환자는 진정 수면 상태에 있기 때문에 흥분하여 비협조적인 경우가 많지 않다. 그러나 삽관 후 시간이 흐르고 진정제 투여를 줄이게 되면 상황은 달라진다.

눈을 뜬 환자가 마주하는 것은 생소한 병실의 천장, 나오지 않는 목소리와 입과 목 안의 이물감, 묶여 있는 팔과 다리, 차가운 중환자실의 공기, 그리고 요란하게 울려대는 낯선 기계음이다.

거기에 더해 가족, 친구 등 내가 아는 사람들은 그 어디에도 보이지 않는다. 내가 누워 있는 침대 옆을 바쁜 걸음으로 지나다니는 간호사들은 내게 눈길도 주지 않고, 내가 눈을 뜨고 당신을 바라보고 있다는 사실조차 인지하지 못하는 것 같다.

그런 환자들이 선택할 수 있는 방법은 하나다. 손을 풀어 달라고 있는 힘껏 손목을 흔들어 침상을 흔드는 것, 나오지 않는 목소리를 대신해 기침을 하는 것, 지나가는 의료진에게 나를 돌아봐 달라고 고개를 흔드는 것뿐이다. 그때마다 요란하게 울려대는 무수한 알람 소리에 나의 스트레스는 더해지지만, 돌이켜 생각해 보면 그것은 그들의 외침이었고 나는 그들의 소리에 반응해야만 했다. 왜냐하면 나는 사람을 상대하고 싶었고 그래서 간호사가 된 것이며, 그렇게 간호사가 되어 그 자리에 서 있을 때의 나는 그들이 느낄 수 있는 어쩌면 유일한 사람이었을지도 모르기 때문이다.

그런 사실을 깨닫게 되었을 때 나는 화장실을 가지 못하고 밥도 먹지 못할 정도로 바쁜 간호 업무에 지친 것이 아니었다. 나의 위치와 역할을 실감한 것이고, 그로 인한 부담감에 지레 겁을 먹고 지쳐 버렸는지도 모른다.

숨을 제대로 쉬지 못하는 환자에게 저하된 산소포화도로 인한 알람 소리, 불안한 환자의 마음을 대변하기 위해 요란하게 울려대는 심전도의 알람 소리, 가쁜 숨을 대변하듯 시끄럽게 울리는 인공호흡기의 알람 소리가 들려오면 그와 함께 한바닥 늘어난 처방에 의해 바빠지는 손과 마음은 누군가에 쫓기듯 다급하기만 했다.

'얼마나 숨이 찰까, 나라면 어땠을까. 차라리 잠들어 아무것도 느끼지 못하면 덜 괴로울까.'

무수한 생각들이 머릿속에 떠오르면서 숨찬 환자의 상황에 이입될 때면 기계적으로 약물을 준비하여 주입하고, 기계를 조작하는 내 모습이 못마땅하기까지 했다. 그런 생각이 짙게 들었던 날이면 어김없이 꿈을 꾸곤 한다. 꿈속 나는 잠에서 깨어 천장을 올려다보고 '여기가 어디지?' 싶은 생각에 엄마를 부르려 하지만 내 입에 자리 잡은 굵은 관은 내게 이를 허락하지 않는다.

내가 인간이기에 내게 주어진 언어라는 의사소통 방법은 나의 의지와 상관없이 박탈된 것이다. 이를 대신하기 위한 나의 손짓과 발짓 역시 묶여 버린 탓에 제한되었고, 답답하고 두려운 나의 감정을 전달하기 위한 내 얼굴 표정은 나를 외면하는 사람들로 인해 묵살되었다.

'어쩌다 이런 일이… 제발 꿈이었으면….'

되뇌며 잠에서 깨고 나서 느끼는 그 불쾌한 감정이란 이루 말할 수 없었다. 환자 중심의 간호, 환자를 생각하는 간호라는 것이 이런 환자의 입장을 경험하는 역지사지에서 비롯되는 것일까라는 의문이 들기 시작하면서 나는 그런 환자 중심의 간호를 하는 간호사가 될 자신이 없어져 버렸다.

정신없고 바쁜 상황 속에서 냉철한 판단과 능숙한 수기술에 더해 환자의 입장을 생각하고 이를 이해하는 사려 깊은 마음까지는 도저히 자신이 없어졌다.

"그렇다면 결국 나는 왜 간호사가 된 것일까. 간호사가 되어서 내가 병원에, 그리고 그 병실에 존재하는 이유는 무엇일까?"

궁극적인 고민이 시작되었다.

심도 있고 근본적인 고민이기에 해답을 찾아가는 과정은 순탄치 않았다. 뿐만 아니라 명료하지도 않았다. 그래서 생각할 시간도 충분히 필요했고, 고민할 환경도 잘 조성되어야 했지만 현실은 녹록지 않았다. 지금 와서 돌이켜 보면, 그때의 나는 차라리 울려대는 다양한 기계음을 단지 수치로, 환자의 상태로만 보는 것이 더 편했는지도 모른다.

그러나 그것을 환자의 표현으로, 내가 반응해야 할 요구로 받아들이는 순간, 나는 사람을 느끼고 싶었고 사람과 함께하고 싶었던 꿈 많던 지난 나의 모습이 떠올라 그저 버겁고 힘들기만 했던 것 같다.

그렇게 나는 내가 어떤 역할을 하는 사람인지, 환자에게 어떤 의미로 존재할 때 가치가 있는 것인지에 대한 해답을 찾지 못한 채 반복되는 고민들로 지쳐가고 있었던 것 같다.

죄가 있어 죽는 것이 아니라면
수정이는 왜 아파야 하고 왜 죽어야 할까.

중환자실 간호사로 근무하면서 가장 힘들었던 근무를 꼽으라고 한다면 천사 같은 어린 환자를 담당했을 때를 꼽을 수 있다. 마음 맞는 선후배 간호사와 기분 좋게 커피 한 잔을 하고 가벼운 발걸음으로 출근을 했다. 그날 나는 바쁘지 않은 하루 근무를 기대했던 것 같다. 내과 중환자실에서 근무했던지라 어린 환자 중 신생아가 아닌 개월이 지난 환자에게 중환자실 치료가 요구될 경우 이들은 내과 중환자실로 입원하게 된다.

　그날 나의 환자로 응급실을 경유하여 입원한 어린 여자아이는 아직 두 돌도 되지 않았다. 아이의 부모는 맞벌이 부부로 모두 직장 생활을 하고 있었고, 아이의 할머니는 손주를 돌보아 주는 주위에서 흔히 볼 수 있는 그런 가정의 아이였다. 아이는 집에서 잘 놀던 중 열이 나고 의식을 잃어 갔으나 할머니는 이를 인지하지 못해 빠른 조치를 취하지 못했다. 그래서 뇌로의 산소 공급이 부족했던 기간이 길어졌고, 결국 아이는 깨어나지 못한 채 기도 삽관을 하였고 그렇게 중환자실에 입원하게 되었다.

　항상 삭막하고 차가운 기계음만 울리던 중환자실에 천사 같은 아이가 입원하면서 많은 부분이 달라졌다. 삑삑거리는 알람 소리가 그 어린 환자에게 두려움이 되지는 않을까 싶어 병동 간호사들은 라디오를 통해 하루 종일 동요를 틀어 주었고, 면회 시간마다 들어와 눈물을 훔치는 부모의 마음을 조금이라도 편하게 해 주기 위해 면회 전후로 아이의 머리를 묶어 주고 예쁜 핀을 꽂아 주었으며 얼굴을 닦아 주었다. 오전과 오후 30분 남짓한 면회 시간에 들어온 부모는 그 짧은 시간을 하염없이 울기만 하고 돌아갔다.

기도 삽관은 했지만 자발적 호흡을 하지 못해 발관을 하지 못한 아이는 시간이 지남에 따라 결국 기관 절개관 수술을 하게 되었다. 천사 같은 자신의 자녀의 목에 구멍을 뚫는 수술 소식 자체는 부모에게 고역이었을 것이다. 수술이 결정된 이후 부모는 더 많이 울었고 힘들어했다. 수술 후 하루하루 버티며 인공호흡기를 조금씩 조절할 때 아이의 부모는 조금은 익숙해진 것인지 몇 가지 질문을 하기도 했고 아이의 이야기를 들려주기도 했다.

그 중 가장 기억에 남는 질문은 이러했다.

"우리 아이가 무슨 죄가 있나요?"

"아이를 우리가 돌보았다면 달라졌을까요? 다 제 탓이겠죠. 그럼 바쁜 우리를 대신해 아이를 돌봐 준 우리 어머니는 무슨 잘못이 있나요?"

그들은 죄가 있었을까. 그래서 아픈 것이고, 그래서 자신의 자녀와 손주가 아파하는 모습을 지켜보게 된 것일까. '죄의 삯은 죽음'이라는 말에 의문을 품은 적이 없었다. 나의 죽음에 대한 가치관은 그러했다. 자신의 잘못이나 행동에 대한 결과로 아프거나 사고를 당해 죽게 된다면 이는 오롯이 본인의 책임이라는 것이 나의 생각이었다.

그러나 아이 부모의 말에 정신이 번쩍 들었다. 늘 만성질환자들을 보면서 그들이 흡연을 하고 음주를 했기 때문에, 자신들의 질병을 관리하지 않았기 때문에 아픈 것이라고 은연중에 생각했던 나는 '아픈 것은 누구의 책임도 아니고 잘못도 아니다.'라는 생각을 하게 되었다.

그렇다. 아픈 사람은 죄를 지은 것이 아니고, 그들이 아프고 죽음을 맞이하는 것은 그들의 행위로 인한 결과가 아닌 안타까운 저마다의 사연으로 위로받아야 하고 이해받아야 하는 것이었다. 알면서도 외면했던 것이기에 나의 마음은 그렇게 불편했나 보다. 긍휼히 여기는 마음은 어쩌면 간호사에게 가장 필요한 마음이자 덕목이 아닐까.

아픈 사람을 안타까워할 줄 알아야 그들의 필요를 알고 싶어 할 것이고, 환자들의 고통을 이해하고 공감할 수 있으니 이는 간호사에게 필수적으로 요구됨은 분명하다. 그렇게 나는 간호사에게 가장 필요한 덕목을 잊고, 그리고 잃고 지냈던 것 같다.

그날 면회 시간에 보호자가 쏟아낸 질문은 형식상 질문이었지만, '우리가 무슨 죄가 있느냐, 아픈 것은 우리 탓이 아니지 않느냐.'라는 하소연과 원망으로 들렸다. 그것은 간호사로서 초심을 잃은 내가 나에게 보낸 질책이었다.

"어머니의 잘못이 아닙니다. 수정이의 잘못이 아니에요."

그 말 외에 내가 그들에게 건넬 수 있는 위로나 공감의 말은 없었다. 그리고 소중한 딸이 죽어가는 순간을 지켜볼 수밖에 없는 부모의 모습을 나조차 지켜볼 수밖에 없었다. 그 경험은 내게 너무 힘들었고, 나의 기준에 '살 만큼 산 어른의 죽음'으로 인한 충격 이상을 가져왔다. 어른의 죽음은 어떤 이유로 설명이 되기도 했고 그들의 일생에 대한 책임으로 이해되기도 했지만, 아이의 죽음은 어떤 이유로도 설명되지 않았고 그저 안타깝고 슬픈 광경이었다.

　　천사 같은 어린 아이의 죽음은 많은 간호사에게 충격으로 다가왔다. 죽음에 익숙하고 담담했던 중환자실의 베테랑 선배 간호사들도 모두 슬픔에 잠겼고 죽은 아이를 애도했다. 그 모습은 내게 낯설었지만 불편하지 않았다. 아니, 오히려 만족스러웠다.

　　죽은 환자를 앞에 두고 불평을 늘어놓는 간호사의 모습은 나타나지 않았다. 모두 같은 마음으로 침묵했고 아이를 위해 기도했다. 남게 될 부모를 위로했고, 사망한 아이를 옮기면서도 침묵했다. 아이를 싣고 있는 이동 침대를 함께 끌고 나가며 부모의 손을 잡아 주었고, 엘리베이터를 함께 기다리며 떠나는 침대에 고개 숙여 인사했다. 그날은 저녁을 먹을 때도 퇴근 인사를 할 때도 평소보다 차분했다.

　　그 경험 이후 내과 중환자실을 떠나기 전까지 나에게 생긴 버릇이 있었다. 사망한 환자의 정리 후 그들의 침대를 옮길 때, 그들이 중환자실을 떠날 때, 엘리베이터를 탈 때 나는 함께했다. 나의 환자가 나를 떠나가는 그 과정을 함께하고 싶었다. 그리고 항상 보호자의 손을 나의 양손으로 잡았다. "고생하셨습니다. 환자분은 평안하실 거예요. 가끔 환자분 생각을 하겠습니다."라고 인사했다. 잠깐 내과 중환자실에 들러 짧은 삶을 마감한 천사 같은 수정이는 나에게 그런 버릇을 남겨 주고 떠났다. 모든 죽은 이들은 죄가 없었고, 그렇기에 죽어가는 사람들은 긍휼히 여겨야 함을 깨달은 것이다.

이유 모를 고민과 실망으로 지쳐 있었던 것이 분명하다. 왜 병원에 출근만 하면 화가 났을까. 아픈 환자를 보면 측은하고 안타까운 마음보다 초조하고 불안한 마음이 더 컸을까. 죽어 가는 혹은 죽은 환자 앞에서 내가 꿈꾸던 간호사가 해야 하는 애도와 위로의 모습을 보이지 못하는 나 자신이 한심하기도, 실망스럽기도 했다.

내가 근무하는 부서, 병원, 더 나아가 내가 일해야 하는 임상 현장의 분위기가 그러했고, 이를 알고 나서는 타협하였고 분위기에 따라 순응하는 것을 선택했다. 그래야 유난스럽지 않은 간호사, 함께 일하기에 불편하지 않은 간호사, 일을 빨리 하고 잘하는 간호사가 될 수 있기 때문이었다.

행복한 중환자실 간호사

내가 생각한 간호사, 진짜 간호사는 사람을 상대하는 사람이었다. 사람에게 반응하고 사람을 이해하는 직업으로 그 가치를 드러내는 직업이라고 생각했다. 그리고 그럴 때 아픈 사람들, 힘든 사람들은 위로받고 치유받을 것이라 기대했다.

그러나 나는 내가 꿈꾸던 간호사가 되지 못했던 것 같다. 사람보다 기계음에 반응하고, 죽어가는 사람들에 대한 안타까운 마음보다 몰려드는 업무가 먼저 떠올라 짜증스럽고, 불평과 불만스러운 마음이 더 컸기 때문이다. 그리고 그런 나의 모습이 자연스러워졌기 때문에 나는 내가 꿈꾸던 간호사와 점점 멀어졌던 것 같다.

간호학생으로 많은 실습을 했지만, 내게 실습의 경험은 좋았던 것 혹은 싫었던 것으로 나뉘어 기억되었다. 환자에게 반응하는 간호사, 그들의 모습에서 나는 간호사의 의무이자 책무를 느꼈던 것 같다. 그런 실습은 내게 의미 있고 값진 경험으로 남았다. 반면 떠올리고 싶지 않은, 고개를 가로젓게 했던 회색빛 얼굴의 초점 없는 눈을 하고 짜증 섞인 말투를 내던 간호사가 있었던 실습지는 내게 나쁜 기억으로 자리 잡았고, '저런 간호사는 되지 말아야겠다.'는 다짐을 하게 했다.

그때의 나는 환자를 만나 그들과 교류하면서 환자를 느끼고, 그들로 하여금 나를 느끼게 하고 싶었던 것 같다. 간호학을 공부하며 질병과 건강을 배웠지만, 졸업 후 내게 가장 크게 각인된 것은 '사람'이었다.

사람을 위해 존재하는 직업이고, 그렇기에 누구보다 사람다워야 하는 직업이 간호사라고 생각했다. 능숙하고 유능한 간호사가 되고 싶기도 했지만, 무엇보다 마음이 따뜻한 간호사가 되고 싶었다. 그렇게 자신감이 넘치고 열정적이었던 나는 중환자실 간호사로서 씩씩하게 한 발을 내딛었다.

중환자실 간호사로 보낸 지난 10년을 돌이켜보며 지금 나는 생각한다.

'나는 나의 환자들에게 좋은 간호사였을까?'

그들의 삶과 죽음의 문턱에서, 그들에게 낯설고 차가웠을 중환자실에서 나는 과연 따뜻하게 반응하는 중환자실 간호사였을까. 내가 담당했던 모든 환자는 죄가 없었다. 그들의 아픔과 죽음, 중환자실에서 함께한 모든 순간은 숭고했다. 숨차게 바쁘고 힘들었던 중환자실에서의 모든 순간은 내게 귀하고 감사한 과정이었다.

지금 이 순간에도 중환자실을 누비며 고군분투하는 모든 중환자실 간호사에게 전하고 싶다.

더 늦기 전에, 더 후회하기 전에 환자를 바라보고 반응하라고.

그렇게 멋진, 진짜 중환자실 간호사가 되어 행복하라고.

그는 나훈아를 좋아했더랍니다

서울아산병원 외과계 중환자실
김세라

"오늘은?"

"여전히 진정제와 억제대를 적용하고 있는데도 너무 과민해서 도저히 안 될 것 같습니다."

다음 날…

"오늘도?"

"약물을 조금만 줄여도 감당이 안 되네요. 30분 만에 약 용량을 더 증가시켰습니다."

그리고 또 다음 날.

"혹시… 오늘은?"

"어제 뇌파검사와 MRI까지 했는데 이상 소견이 없어요. 도대체 이상한 환자입니다. 담당 간호사들이 다른 업무를 할 수 없어요."

간이식 수술 후 30일 동안 진정제와 억제대를 사용하지 않고서는 치료를 진행할 수 없었던 한 남자 환자가 있었습니다. 위 대화들은 아침마다 책임간호사와 수간호사인 제가 나누던 이야기입니다. 중환자실에서 섬망이나 혼돈 증상으로 물리·화학적 억제대를 적용하는 경우는 있으나, 이번처럼 오랜 기간 지속된 사례는 없었습니다. 매일 아침 약물을 줄이려 노력했고, 정신과와 신경과 의사들까지 방문하여 각종 검사를 시행했지만 아무런 효과 없이 한 달이 지나가고 있었습니다.

그러던 어느 날,

"오늘은 좀 어떠신가요?"

"조금 전에 약을 줄여봤는데 도저히 안 돼요. 이젠 전혀 진정제 효과가 없는 것 같습니다. 무엇이든 환자를 일어나게 해야 할 것 같은데…"

책임간호사의 인계가 끝난 후 나는 그날 스케줄을 확인했습니다. 회의나 모임이 특별히 없는 날이었죠. 그날 근무하는 간호사들의 명단도 확인했고, 회심의 미소를 지으며 일어났습니다.

"드디어 그날인 것 같네요. 오늘이 D-day! 보호자를 불러 주세요."

긴장한 책임간호사를 뒤로하고 담당 간호사에게 말했습니다.

"오늘 우리, 8시간만 환자를 약물로 재우려는 대신 환자가 깨어날 수 있도록 힘 좀 써볼까요?"

비장한 각오 끝에 담당의에게 모든 진정제를 중단하고, 억제대 대신 각성 약물을 사용하며 억제대를 풀고, 환자의 부인과 우리가 곁에서 신체적 안전을 지켜보는 방식으로 해보자고 상의했습니다. 담당 의사는 처음에는 당황했지만 더 이상 이렇게 치료를 지속할 수 없다는 데 동의했고, 각성제를 처방해 준비했습니다.

부인에게는 약물을 끊고 환자가 어떤 반응을 보이더라도 환자가 불안하지 않도록 곁을 지켜 달라고 요청했습니다. 약물이 중단되자 환자는 몸을 들썩이며 침대 위를 360도로 빙빙 돌고, 온몸을 흔들며, 배액관drainage tube이 연결된 배를 바닥으로 뒤집어 눕기 시작했습니다. 너무나 당황스럽고 걱정도 되었지만 담당 간호사, 담당의, 책임간호사, 옆 병상 간호사 모두 교대로 환자를 붙잡고, 배액관과 정맥주입로가 빠지거나 낙상이 발생하지 않도록 이리저리 옮기고 바꾸기를 반복했습니다. 그렇게 두 시간이 흘렀습니다.

그리고 환자와 처음으로 눈을 마주쳤습니다. 보호자를 향해 고개를 끄덕이던 그 순간, 온몸은 땀범벅이었지만 뭔가 찌릿한 느낌이 스쳐 지나갔습니다.

담당의가 처방한 각성제를 투여하자 환자는 부작용으로 통증을 느끼는 듯한 표정을 지었지만, 이내 사방을 둘러보고 침대에 반듯이 앉았습니다. 모든 의료진과 부인은 그의 모습을 숨죽이며 지켜보았습니다.

"힘드세요?"

간호사의 말에 고개를 끄덕이는 환자를 본 우리는 너무나 흥분했습니다. 그러나 약효가 끝나는 5분이 지나자 환자는 다시 몸을 흔들기 시작했습니다. 그런데도 어느 누구도 진정제를 투여하고 싶지는 않았습니다. 담당의는 간호사들에게 괜찮겠느냐고 물었습니다. 내가 대답하기도 전에 담당 간호사는,

"저는 괜찮으니 몇 시간이라도 약은 절대 주지 말아요."

라고 말했습니다. 어찌나 기특하던지요. 이미 모두 지쳐 있었지만, 부인과 나는 환자의 움직임 패턴을 파악하며 이리저리 움직이는 와중에도 많은 이야기를 나누게 되었습니다.

"평소에 환자분은 잠을 어떻게 주무세요?"
"이 양반은 결혼해서 지금까지 매일 엎드려서만 자요. 그러지 말

라고 해도 똑바로 누우면 답답하다고….”

환자가 배를 바닥으로 뒤집지 못하도록 우리는 가슴에 억제대를
하고 있었는데…. 환자는 자고 싶었던 걸 우리가 방해하고 있었던
건지도 모릅니다.

“다리 힘이 좋으세요. 저렇게 계속 팔다리를 가만히 두지 못하
시고….”
“예…. 수술 전에 운동을 많이 한 건 아닌데, 아들에게 간이식
을 받으면 수술 끝나고 팔다리 운동 열심히 해야 한다고 휠체어 타
고 지하 의료기 판매점에서 운동기구를 잔뜩 사다 뒀는데 한 번도
못 쓰네요.”

환자가 팔다리를 끊임없이 흔들고 움직인 건, 사랑하는 아들에
게 간이식을 받고 체력과 건강을 조금이라도 빨리 회복해야 한다
고 생각했던 아빠만의 운동 방법이었는지도 모릅니다. 그러나 우
리는 사지를 묶어두고 근이완제를 투여해 그의 운동을 방해하고 있
었던 것인지도….

“간호사가 혈압만 재려고 해도 벌떡 일어나려고 하시네요.”
“말도 마세요. 누가 만지는 걸 얼마나 예민해하는지, 자다가 제

몸이 살짝 스쳐도 잠에서 깨서 일어나 앉는 분이랍니다. 그리고 살이 하나도 없어서 그런지 누가 조금만 만져도 아프다고 했어요."

환자가 체온계만 꽂아도 난폭해지고 움직여서 혈압 체크를 못한다고 진정제만 올렸는데, 어쩌면 환자는 잠을 자고 있다가 누군가의 손길에 깜짝 놀라고, 혈압계가 피부에 스치며 느낀 통증을 표현하려고 벌떡 일어났을지도 모릅니다. 그런데 우리는 그런 환자에게 놀라게 해서 미안하다는 사과도 없이, 치료에 협조하지 않는다며 다그쳐 환자를 더 힘들게 했을지도 모릅니다.

"환자 개인 서랍에 나훈아랑 배호 CD가 있던데…."
"네, 맞아요! 남편은 세상에서 나훈아 노래 듣고 있으면 제일 편하고 신바람 난다고 해서, 의식이 돌아오면 틀어주려고 사두었는데 포장도 못 뜯었네요."

환자를 안정시키겠다고 늘상 격리실에 틀어두었던 명상용 클래식 음악에 환자가 고개를 저으며 반응하지 않았던 건, 아마도 그는 나훈아의 음악을 원하고 있었기 때문일지도 모릅니다. 그리고….

"남편은 우리가 경제적으로 너무 어려우니, 수술만 잘 끝나고 바로 좋아지면 빨리 노력해서 집에 돌아가자고 매일 이야기했었습니다. 하루라도 병원에 누워 있는 시간이 늘어나면 병원비가 많이 나오니 어떻게든 빨리 일어나겠다고 했는데…. 시간이 이렇게 흘러버렸네요….”

남편을 바라보는 부인은 눈물을 글썽이기 시작했고, 저는 아무 말도 하지 못한 채 제 자리로 돌아와 허탈한 마음에 주저앉았습니다.

아마도 환자는 병원비에 대한 걱정과 집에 빨리 돌아가 회복하려는 마음 때문에 침대에서 계속 일어나고 싶어 했고, 발버둥을 치려 했을지도 모릅니다. 그의 생각에 대한 관심과 이해가 여전히 부족하고 부끄러운 수준이었다는 자각에 고개가 숙여졌습니다.

그렇게 며칠이 흘렀습니다. 환자의 이야기를 알게 된 담당의와 간호사들은 자신의 담당 환자가 아님에도 약속이나 한 듯 돌아가며 그를 돌보았습니다. 환자는 서서히 좋아지기는 했지만 뒤척임과 움직임은 여전했습니다. 다만 달라진 점은 이후 어떠한 약물도, 신체적 구속도 없었고, 의료진의 태도가 환자를 이해하려는 방향으로 바뀌었다는 사실뿐이었습니다.

담당 간호사가 자리를 비운 동안, 옆 병상을 담당하는 이제 막 11개월 차 된 간호사의 힘이 들어간 목소리가 들려옵니다.

“에구구… 환자분, 뒤집어서 주무시고 싶으신 거예요? 그럼 이런 수액 줄을 치워달라고 저를 부르셔야죠! 아, 맞다. 목소리가 안 나오니까 그러셨구나. 그럼 제가 이렇게 정리를 해둘게요… 자! 이제 되었습니다. 뒤집으세요(깔깔깔).

아저씨!! 진짜 뒤집기 천재세요. 근데 배 아프니까 너무 빨리 뒤집지 마세요. 이제 나훈아 CD 한 바퀴 다 돌려 들었으니, 배호 아저씨 노래도 들려드릴게요. 저도 나중에 나훈아 노래 들어볼게요. 호호호.”

신입 간호사는 지침과 책으로 배운 것보다 더 큰 배움을 깨달았을 것입니다.

그날 오후, 따뜻한 물을 받아 직접 손을 닦아드리는데 끊임없이 손에서 때가 나오는 걸 보던 환자는 미소를 지으며 부끄러운 얼굴을 하셨습니다.

“왜요? 창피하세요? 손에 때가?”

고개를 끄덕이는 환자에게 말했습니다.

“환자분! 이런 게 창피하세요? 저희는 백배나 더 부끄럽고 창피하고 죄송합니다. 용서하세요. 40일이 지나서야 환자분이 어떤 분인지 알게 되었네요. 아! 오늘 작은 스님이 나오시는 날인데, 법당에 가셔야죠. 저는 성당에 다니지만, 함께 법당에 모시고 갈게요.”

약물과 억제대를 풀고 5일 뒤, 환자는 감사의 인사를 건네며 일반병실로 전동되었습니다. 그 후 퇴원하는 날에는 직접 농사지은 무거운 배 상자를 들고 와 감사의 뜻을 전하셨습니다.

"나쁜 기억은 없어요. 마누라는 내가 잘 모르고 의료진한테 난리 쳤다는데… 죄송해요."

"저희가 더 죄송하고, 많이 배웠습니다. 저희도 환자를 모르고 난리 쳤었습니다. 감사해요."

중환자실 의료진으로서 환자 앞에서 부끄러움을 고백하게 된 그 순간, 놓치고 잊고 있던 것을 어렵게나마 알게 되었습니다. 그리고 또 하나의 숙제를 받은 것이 조금은 무겁게 느껴졌지만, 동료들과 함께라면, 그리고 우리의 존재 이유를 늘 나눈다면 그 숙제를 훌륭하게 풀어낼 수 있을 것이라 생각했습니다.

중환자라는 이름을 갖기 전, 그들은 나와 같은 하나의 이름을 가진 개인이며 더 많은 이야기를 지닌 인간이라는 것을 나도, 그리고 이 길을 함께 걷는 간호사들도 자꾸 잊고 있는 것은 아닐까요. 대상자인 그들의 몸짓과 눈빛에 의미를 부여하고 그 의미를 읽어 내려는 노력보다, 지금 내가 하고 있는 행위에만 집중한다면 우리는 영원히 가장 중요한 그것을 갖지 못할 수도 있습니다.

"환자에게 효과 좋은 진정제와 안전을 위한 억제대가 필요한 건 맞습니다. 그런데 인간을 인간으로 인정하는 의료진만큼 좋은 진정제도, 가족의 따뜻한 손길만큼 안전한 억제대도 없더랍니다."

이제는 알았습니다.

내가 알고 있는 그는 나훈아를 좋아했더랍니다.

03
기다리는 의자에서…

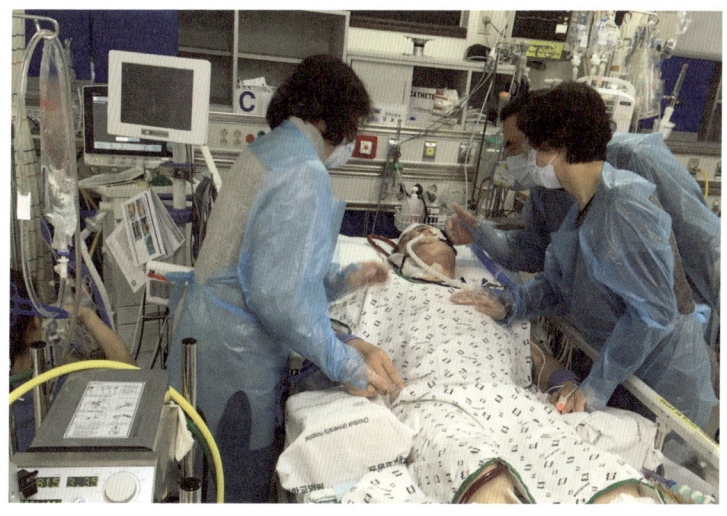

사랑하는 가족들과의 마지막 대화
전북대학교병원 내과계중환자실
2017 수상작

밀어 올려진 삶

슬픔은 언제나 예고 없이 찾아드는 불청객이다.
백일홍 붉은빛이 조금씩 스러지던 가을의 초입,
몹쓸 꿈이라도 꾸신 걸까?
주무시다 뇌출혈을 일으키신 어머니.

응급실을 통해 수술실로 들어갔지만 이미 동공 반사는 멈춘 상
태였다. 수술에 의미가 없으니 임종을 맞이하게 하라는 권고도 있
었지만, 이렇듯 황망하게 어머니를 보내 드릴 수는 없었다.

수술 중에 돌아가실 수도 있고, 수술이 잘 끝나더라도 의식 회복
에 큰 기대는 하지 말라는 의사의 말. 가족을 위한 의도된 냉정이기
를 바라며 우리는 9시간 반을 대기실에서 기다렸다.

긴 수술을 끝낸 의사는 연두부 같아야 할 뇌 조직이 피의 압력에
눌려 프라이팬의 두부처럼 딱딱해졌다며, 의식이 돌아올 확률은
매우 낮다고 말했다. 하지만 우리 가족은 목숨을 건지신 것만으로
도 감사하고 또 감사했다. 그렇게 어머니는 뇌 신경계 중환자실에

서 투병을 시작하셨다.

처음 접해 본 중환자실은 영화 속 우주선의 한 공간을 연상시켰다. 환자들은 긴 우주여행을 위한 수면에 빠진 듯 모니터와 기계에 둘러싸여 누워 있었고, 모든 의료진은 돌발 상황에 직면한 승무원처럼 수면에 빠진 환자들을 깨우기 위해 분주히 움직였다. 살얼음 위를 걷는 듯한 긴장이 흐르고 있었다.

두개골 일부를 제거한 어머니의 모습은 심하게 함몰된 주전자를 연상시켰다. 피 묻은 붕대를 두르고 흰 망사 모자를 쓰신 낯선 모습에, 당장이라도 돌아가실 것 같은 불안감이 엄습했다.

세 개의 모니터와 여러 종류의 기계, 머리에서 피가 빠져나오는 두 개의 붉은 관, 크고 작은 링거 몇 개와 열 개가 넘는 선들이 어머니의 가느다란 생명줄을 붙잡고 있었다. 첨단 시설과 정성 어린 마음으로 환자들을 돌보는 의료진의 자세는 가족의 슬픔을 보듬어 주는 큰 역할을 해 주었다.

최소한 갑자기 돌아가시지는 않을 것이라는 믿음으로 서로의 무거운 어깨를 다독일 수 있었고, 등 뒤에서 닫히는 자동문은 절망스럽지만은 않았던 중환자실의 첫날이었다.

평일에는 하루 한 번, 휴일에는 오전과 오후 두 번.

30분의 짧은 면회 시간이 아쉬웠지만 가족들은 단 한 번도 거르지 않고 중환자실을 찾았다. 두 번의 수술이 추가되었고, 어머니의 바이털 사인은 매우 안정된 상태를 유지했다. 낯설고 불안하기만 하던 중환자실은 점점 익숙한 공간이 되어 갔지만, 어머니의 깊은 잠은 계속되었다.

이마에 땀이 날 정도로 팔과 다리의 관절을 풀어드렸다. 좋아하시던 노래를 귓가에 들려드리고, 기억 속에 선명했을 일들을 말해 드리며 어머니의 뇌가 반응하기를 기다렸다.

사람의 욕심은 끝이 없는 것일까. 목숨만을 구해 달라던 간절한 기도는 응답을 받았지만, 어느새 의식을 되찾게 해 달라는 염치없는 기도로 바뀌어 있었다.

자식들에게 아버지는 어머니 못지않은 걱정이었다.

88세의 아버지는 난청이 심해 보청기에 의존하고 계신다. 어머니가 옆 침대에서 뇌출혈을 일으키셨던 그 날, 아버지는 분명 어머니가 고통에 찬 목소리로 애타게 당신을 불렀을 것이라고 생각하셨다. 더구나 일어나지 않는 어머니를 늦잠이라도 주무시는 줄 알고 깨우지 않은 것을 후회하고 계셨다. 당신의 무심함과 난청 때문에 뇌출혈의 골든타임을 놓쳤다는 자책이 크신 아버지.

면회 때마다 아버지는 어머니의 손을 꼭 잡으시고 "여보, 미안해, 미안해… 다 내 잘못이야."를 반복하신다.

63년을 함께한 노부부의 쓸쓸하고 애틋한 황혼.

아버지의 고통을 바라보며 가슴 한구석에서는 후회와 걱정이 슬그머니 고개를 든다. 가신다고 하실 때 그 손을 놓아 드리지 못하는 것이 자식이라지만, 84세의 노구를 가지신 어머니께 그리고 아버지께 기약 없는 고통만 얹어 드리는 것은 아닌지….

초조함 속에 계절은 바뀌어 간다.

그 사이 중환자실에는 많은 환자가 바뀌었다.

희망적인 사실은 대부분 환자가 회복되어 일반병실로 옮겨 간다는 것이었다. 의학적 소견이 없는 입장이지만 금방이라도 돌아가실 것 같던 분들이 회복되어 나가는 모습은 내 가족의 일처럼 기쁜 일이 되었다.

어머니는 어느덧 중환자실의 고참이 되셨고, 많은 변화를 아시는지 모르시는지 깊은 잠만 주무신다.

가끔 굳게 닫힌 눈꺼풀 안에서 꿈이라도 꾸시는 듯 눈동자를 분주히 움직이신다. 어떤 꿈을 꾸고 계실까? 어쩌면 늘 그리워하시던 어릴 적 북녘 고향과 전쟁 통에 끌려가신 외할아버지를 만나시는지도 모르겠다.

'어머니, 이제 그만 꿈을 털어내고 눈을 뜨셔요.'

희망 고문의 날들이 낙엽처럼 쌓여 간다.

자가 호흡을 찾으시며 기계 하나를 떼어내신 어머니는 복잡하게 엉켜 있던 선들도 하나둘 줄여 가셨다.

어머니를 만나기 위해 손을 소독하고 마스크를 쓰는 일상의 동작에 작은 설렘이 묻어난다. 살짝 손을 움직이신다든지, 무의식적인 하품이 잦아지시던 어머니는 중환자실 투병 53일 만에 눈을 뜨셨다. 그것도 우리의 면회 시간에….

의식이 명료하게 돌아오신 것은 아니지만, 기적의 소생에 마침표를 찍으신 것이다. 그날의 기쁨은 수술을 결단해 주신 주치의와 가족 같은 정성으로 어머니를 돌봐주신 중환자실 의료진 모든 분들을 헹가래쳐 드리고 싶은 감사함으로 이어졌다.

"고맙습니다, 고맙습니다."

꾹꾹 눌러두었던 눈물이 꿰어진 구슬처럼 줄줄 흘러내렸다. 전쟁 통에 생사를 넘나드는 최전방 수색 소대장의 경험 때문인지, 평생 눈물을 모르시던 냉정한 아버지의 눈에서도 눈물이 번진다.

"여보, 고마워. 당신이 장해, 당신이 장하다."

아버지의 눈물 한 방울은, 내가 죽는 날까지 흘릴 모든 눈물보다도 무거운 것이다. 그런 아버지가 울고 계신다.

눈을 뜨신 후 하루가 다르게 의식이 명료해지신 어머니는 남편과 자식들을 알아보시는 듯 눈동자를 마주치시고, 미미한 움직임으로 고개를 끄덕이신다.

그리고 열흘 후, 어머니는 집중치료실을 거쳐 드디어 '일반 병실의 일반 환자'가 되신다.

세 번의 수술을 집도한 후, 중환자실에서 어머니가 보이시는 미세한 반응을 말해 줄 때마다 "설마요, 정말요?"를 반복하던 주치의는 가족의 정성이 일구어낸 기적이라고 말씀하셨지만, 우리 가족 모두는 알고 있다.

그것은 30분에 불과한 면회 시간이 만들어 낸 기적이 아니라, 24시간을 매달려 어머니를 돌보아 주신 중환자실 백의의 천사들이 이루어낸 기적이라는 것을.

시절 인연처럼 만나고 헤어지는 생의 섭리가 중환자실에서는 흔한 모습으로 존재한다. 생사의 경계에서 죽음의 강으로부터 삶의 가파른 언덕으로 환자들을 밀어 올리는 천사들의 날 선 긴장과 수고가 있는 곳. 가족들의 아픔을 덜어주고 가슴을 훈훈하게 데워주는 곳. 중환자실의 내 어머니는 그렇게 언덕을 올라 기적 같은 삶을 찾으셨다.

'나의 환자의 건강과 생명을 첫째로 생각하겠노라.'

히포크라테스 선서의 한 구절이 햇살 가득한 수면을 차고 오른 물고기의 비늘처럼 아름답게 반짝이는 곳, 그곳이 중환자실이다.

우리 가족이 겪은 코로나 이야기

고준

코로나가 끝나기를 기다렸지만 여전히 환자들이 많이 생기는 것 같아요. 아빠는 이제 독감처럼 생각하고 살아야 할 것 같다고 말씀하시지만, 여전히 코로나19는 무서워요. 특히 우리 가족은 할아버지께서 돌아가실 뻔한 경험이 있어서 더 무서운 것 같아요. 지금부터 우리 가족이 겪었던 코로나 이야기를 들려 드리려고 해요. 정말 힘들고 무서웠던 경험이지만 우리 가족은 그때 정말 많은 분께 도움을 받아서 고마운 일들도 많이 경험했어요.

2020년 11월 어느 날인가 할머니랑 통화하신 엄마는 할머니가 코로나에 걸리셨다면서 무척 힘들어하고 걱정하셨어요. 뉴스에서 보면 코로나에 대해서 무서운 이야기만 나오고, 돌아가시는 분들도 있어서 저도 아주 겁나고 무서웠어요. 우리 가족 중에서 누군가 죽는다는 생각을 한 번도 해 본 적이 없었는데 할머니가 돌아가실 수도 있다고 생각하니까 너무 슬퍼서 눈물도 났어요. 나중에 들어 보니까 군청에서 하는 노인 일자리 교육에 참여하셨다가 걸리신 거라고 하더라고요.

할머니가 병원에 격리되신 다음 날, 할아버지도 확진 판정을 받으셨어요. 할아버지가 병원으로 격리되시던 날에는 엄마와 아빠가 할아버지 집 앞으로 가셔서, 구급차를 타고 가시는 모습을 차 안에서 지켜보고 오셨대요. 할아버지 모습을 보시면서 엄마는 많이 우셨다고 해요. 아빠 말씀으로는 마지막으로 뵐 수도 있다는 생각이 드셨다고 하더라고요.

저희 외할아버지는 KFC 치킨 모델 할아버지처럼 귀엽게 생기셨어요. 배도 볼록하시고, 흰머리에 허허 웃어 주시는 모습이 꼭 닮으셨어요. 이모 가족들과 외삼촌 가족들, 온 가족이 모이는 날이면 손가락으로 병뚜껑을 구부리는 묘기도 보여주시고, 직접 쓰신 글들도 우리에게 보여 주시면서 사랑을 나누어 주셨어요. 제가 모든 가족 중 가장 막내라서 '미남'이라고 부르시며 늘 사랑해 주셨는데, 더 이상 할아버지를 못 뵐 수도 있다는 생각에 정말 슬펐어요.

제가 열심히 공부해서 형들처럼 대학에 가는 모습을 꼭 보시겠다고 하셨는데, 병원에 가시기 일주일 전에 가족들이 모여서 고기 파티를 한 것이 마지막이 될까 봐 겁이 났어요. 할머니가 먼저 코로나 확진 판정을 받으셔서 병원에 가셨을 때는 걱정은 되었지만 자주 전화 통화도 할 수 있었고, 할머니께서도 별일 없다고 하셔서 가족들이 크게 걱정하지는 않았어요.

하지만 할아버지께서 확진 판정을 받으시고 격리 병원으로 가실 때는 모든 가족이 걱정했답니다. 할아버지께서는 연세도 많으셨고, 보청기를 끼고 계셔서 큰 소리로 이야기해야 들을 수 있었거든요. 격리되신 첫날은 아무 일도 없었는데 며칠이 지나고 나서부터는 엄마와 아빠의 표정이 어두워지셨어요. 할아버지 전화기가 고장이 나서 연락도 할 수 없다고 하시더라고요.

엄마는 날마다 우셨어요. 제가 위로해 드려도 소용이 없었어요. "엄마가 아직 준비가 안 돼서 그래. 미안해, 준아."라고 말씀하시는데 저도 따라서 울었어요.

일반 병동에 계시던 할아버지는 상태가 안 좋아지셔서 중환자실로 옮기셨고, 중환자실에 계시는 의사 선생님께서 자주 전화해 주셨어요. 지금 어떤 치료를 받고 계시는지를 말씀해 주셨고, 상황이 안 좋아지거나 아니면 위급 상황이 생기면 어떤 치료를 하게 되는지를 자세히 알려 주셨다고 해요. 그때는 정말 할아버지가 돌아가시는 줄 알았어요. 위급한 상황이라 기관지를 절개하셨다는 말씀도 들었고, 심폐소생술 실시에 대해 동의해야 한다는 말씀도 들었거든요. 하루하루 위급한 상황이 계속 생겼어요.

그러다 며칠이 지난 후에 중환자실 간호사 선생님이 스피커폰으로 할아버지에게 목소리 들려주고 기운을 주라고 통화를 시켜주셨어요. 통화하시면서 엄마는 "아빠 죽지 마, 죽지 말고 꼭 돌아와야 해."라고 말씀하시면서 우시는데, 저도 슬퍼서 따라서 울었어요.

그날부터 매일 새벽에 전화가 왔어요. 의사 선생님이 그 시간에 할아버지를 보시고 전화해 주시는 거였어요. 이모가 가족 대표로 국군수도병원 중환자실 의사 선생님과 통화하시고 그걸 녹음해서 보내 주면 저희가 같이 들었어요. 통화하시면서 의사 선생님은 항상 희망을 버리지 말고 최선을 다하자고 하셨어요. 그리고 할아버지가 지금 어떤 치료를 받고 계시는지 말씀해 주셨고, 할아버지에게 필요한 것들을 알려 주셨어요.

의사 선생님과 통화를 하고 나서 우리 가족도 열심히 노력했어요. 엄마 아빠는 할아버지에게 필요한 물건이나 드실 걸 사서 병원에 보내 드렸어요. 의사 선생님하고 간호사 선생님들 드실 간식도 보내드렸고요. 저는 할아버지께 드리는 편지를 써서 보내드렸고, 새벽까지 안자고 할아버지와 영상 통화를 할 때 제 얼굴을 보여드렸어요.

퇴원하시고 나서 할아버지께 들은 건데 이제는 죽겠구나 하고 가려는데 누가 자꾸 불러서 못 가셨대요. 그리고 숨이 안 쉬어지시고 가슴이 막혀서 이제는 정말 하나님께 간다는 생각을 했는데, 갑자기 숨이 쉬어지면서 맑은 공기가 들어오더래요. 그때가 의사 선생님이 응급수술로 할아버지 기관 절개를 해 주신 때였어요. 그래서 지금도 할아버지 목에 그 구멍이 살짝 남아 있어요.

그렇게 몇 번의 고비를 넘기고 나서 의사 선생님께서 이제는 위기를 넘기신 것 같다고 하셨어요. 그리고 건강을 회복하셔서 가족에게 돌아가실 수 있을 거라고 말씀하셨어요. 정말 너무 기뻤어요. 그런데 병원의 간호사 선생님이 코로나19에 감염되셔서, 할아버지는 그 병원을 떠나 다른 병원으로 옮기셔야 했어요. 그때부터 우리 가족에게 또다시 힘든 어려움이 찾아왔어요. 옮기신 병원에서는 코로나 치료가 끝났으니 이제 퇴원하라고 연락이 온 거예요.

할아버지는 기관지를 절개하신 상태라서 일반 병원으로 옮겨 재활 치료를 받아야 하는 상황이었어요. 그때부터 아빠와 이모가 계속 병원을 알아보며 다니셨어요. 아빠 말씀으로는 집 근처에 있는 큰 병원들은 거의 다 돌아다녀 보셨다고 했어요. 그런데 어느 병원도 받아주는 곳이 없었다고 하더라고요.

할머니는 보건소에 전화하셔서 입원할 병원을 찾아 달라고 울며 부탁하셨어요. 더 이상 병원을 알아볼 수가 없어서 할머니는 시골집에서 이사하셨고, 이모와 함께 아파트를 병실처럼 꾸며 놓으셨어요. 아시는 분들의 도움을 받아 병원에서 사용하는 침대도 마련하고, 할아버지 치료에 필요한 장비들도 갖추셨어요. 집에 장비를 다 준비한 뒤 할아버지는 여러 번의 위기를 넘기시고 돌아오셨어요. 이모 말씀처럼 12월 24일에 산타클로스 할아버지가 주시는 선물처럼 돌아오신 거였어요.

목에 구멍이 나 계셨고, 콧줄로 음식을 드셔야 했지만 다시 뵐 수 있어서 너무 기뻤어요. 위험하다고 못 오게 하셔서 저는 자주 찾아뵙지 못했는데, 할아버지 목에는 구멍이 뚫려 있고 호스가 연결되어 있어서 소독을 하고, 가래를 기계로 빼내야 했어요. 집으로 돌아오시기는 하셨지만 걷지 못하셨고, 목에 호스가 연결되어 있어서 말씀을 못 하시니 글씨를 써서 의사소통을 하셔야 했어요.

이모와 외삼촌이 휴강하시고 번갈아 가시면서 간호를 하셨어요. 그때 할아버지를 치료하고 수술해 주셨던 국군수도병원 중환자실 김O훈 의사 선생님께서 많은 도움을 주셨어요. 전원 후 퇴원한 환자였지만 자주 전화해 주셔서 간호하는 방법과 저희가 궁금한 점들을 알려 주셨고, 진심으로 걱정해 주시며 위로도 해 주셨어요.

그래서 지금도 우리 가족은 그분을 생명의 은인이라고 생각하고 있어요. 그때부터 아빠는 다시 병원으로 의사 선생님들을 만나러 다니기 시작하셨어요. 저희가 살고 있는 춘천에는 강원대학교 병원이 있는데, 아빠가 그곳 의사 선생님들을 아주 많이 만나셨다고 하시더라고요. 그러다가 재활의학과에 계시는 백O라 선생님께서 입원을 허락해 주셔서 재활 치료를 받으실 수 있었어요.

강원대학교 병원에서 치료를 받으시면서 다시 걸으실 수 있게 되었고, 목에 있던 관도 제거하여 말씀도 하실 수 있게 되었어요. 할아버지가 다시 말씀하실 수 있게 된 날, 엄마는 많이 우셨어요. 그리고 지금은 집으로 돌아오셔서 가족 모두 행복하게 지내고 있어요.

국군수도병원 중환자실에 계시는 의료진분들께 뭔가 해드리고 싶었지만, 통화하면서 감사하다는 말씀을 드리는 것 말고는 할 수 있는 일이 없었다고 해요. 그래서 이모와 외삼촌, 엄마가 청와대에 청원으로 칭찬을 올리시고, 여기저기에 칭찬 글도 많이 올리셨대요.

저도 감사의 마음을 전하고 싶었어요. 그래서 초록우산 어린이 재단에서 주최하는 감사 편지 쓰기 대회에 참가해, 감사 편지를 김 O훈 선생님과 간호사 선생님들께 보내 드렸어요. 편지를 받으신 뒤 저와 할아버지, 그리고 우리 가족들에게 답장을 보내 주셨고, 간호사 선생님들은 롤링 페이퍼도 적어 보내 주셨어요.

제가 보낸 편지를 국군수도병원 공보실 장교님도 보셨다고 했어요. 편지를 읽으신 공보실 장교님이 이모에게 연락을 주셨고, 군사시설이라 외부인이 함부로 들어갈 수 없는 곳이지만 특별히 초대해 주셨어요. 병원에 가기 전에 할아버지는 새 옷을 사셨고, 엄마와 아빠는 떡을 맞추고 음료수도 준비하셨어요. 할아버지는 너무 감격스러우셨는지 가시기 전부터 눈물을 흘리셨어요.

그리고 2021년 10월 20일, 드디어 의사 선생님과 간호사 선생님들을 만나 뵈러 갔어요. 태어나서 그렇게 많은 군인을 본 것은 처음이었어요. 친척 형 부대에 면회 갔을 때도 그렇게 많지는 않았는데, 정말 많은 군인 형과 누나들이 있었어요.

병원 입구에는 흰 가운을 입으신 김O훈 선생님께서 공보실 장교님들과 함께 나와 주셨어요. 할아버지는 선생님을 보자마자 껴안고 눈물을 흘리셨어요. 그런데 저는 떨려서 제대로 인사도 하지 못했답니다. 그다음에 모두 중환자실로 올라갔고, 그곳에서 할아버지를 돌봐 주셨던 간호사 선생님들과 인사를 나누었어요. 몇몇 선생님들은 눈물을 흘리시기도 했지만, 모두 기뻐하며 좋아하셨어요.

할아버지는 당시 중환자셨기 때문에 누가 누구인지 정확히는 알지 못하셨지만, "모두 나를 살려 준 은인들"이라며 감사의 눈물을 흘리셨어요. 그곳에서 방호복을 입으신 분을 실제로 처음 보았는데, 잠깐 인사만 하고 중환자실에 다시 들어가야 하셔서 방호복을 입고 나오신 거라고 하셨어요. 생명을 위해 언제나 노력하고 계신 모습을 보니 정말 존경스러웠어요.

그날들은 많은 이야기 중에서 김O훈 선생님 말씀이 기억에 남아요. 아직 코로나가 끝난 게 아니고 계속 힘들지만, 우리 가족의 방문으로 무척 보람을 느끼시고 힘이 되신다는 말씀이셨어요. 그리고 생명이라는 의미에 대해서 다시 한번 생각해보게 되셨대요. 저희가 조금이지만 도움을 드린 것 같아서 저도 기분이 좋았어요.

집에 오면서 아빠가 그러시는데 그곳에 계신 간호사 선생님들이랑 의사 선생님은 모두 참군인들이라고 하셨어요. 또 뵐 수 있을지는 모르겠지만, 제가 어른이 되어도 오래오래 기억이 날 것 같아요. 그분들처럼 정말 최선을 다하는 사람이 되고 싶어요.

여기까지가 우리 가족이 겪은 이야기와 우리 가족을 도와주신 생명의 은인들 이야기예요.

저는 천문학자가 꿈인데 할아버지를 살려 주신 의사 선생님들과 간호사 선생님들을 보고는 너무 존경스러워서 환자를 위하는 의사 선생님을 꿈꾸기도 해요. 그리고 세균이랑 바이러스 같은 미생물에도 관심을 가지게 되었고요. 생명을 위해서 노력하시는 모든 분들 정말 감사합니다.

저도 세상을 위해 노력하는 사람이 되도록 하겠습니다.

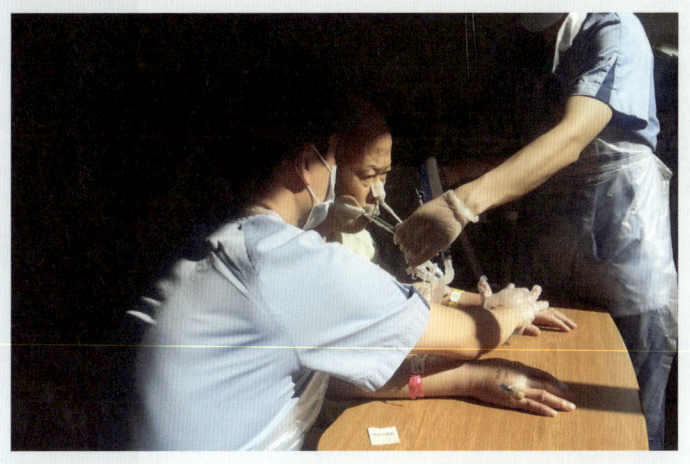

중환자 재활치료의 빛
삼성서울병원
2014 수상작

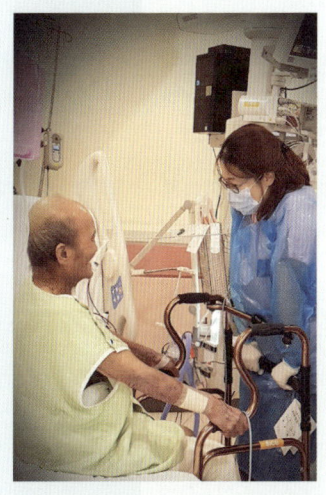

눈빛
삼성서울병원
2019 수상작

낯선 이들의 손길이 전해준 삶의 용기

정승욱

사물의 모든 것은 그 무게에 따라 경輕과 중重으로 나뉜다. 환자의 경우도 병세의 정도에 따라 중重환자만을 별도로 치료하는 곳이 있다. 그것은 일반병실이 아닌 중환자실이다.

병세가 심한 중환자. 보통 사람들은 자신의 삶에서 한 번쯤 생각하기도 힘든 곳. 나 또한 그랬고, 내 삶의 일부에서 중환자실을 경험하게 될 것이라 상상해 본 적도 없었다.

이름만으로도 어둠의 무게가 짓누르는 중환자실.

그곳에는 중환자들과 환자 가족들의 애환이 깃들어 있다. 그러나 동시에 그곳은 중증 질환으로 생명이 위독하거나 위험한 수술 및 시술 등으로 집중 치료가 필요한 환자들을 살리고, 안전하게 회복시키기 위해 헌신하는 사람들이 있는 곳이다.

서늘함이 밀려오는 그곳에서의 나의 경험이, 앞으로 혹시 중환자실을 겪게 될 누군가에게 작은 안심이 되었으면 한다. 또한 지금 가족 중 누군가가 중환자실에서 힘겨운 싸움을 하고 있고, 이를 걱정하는 환자 보호자들에게도 조금이나마 위안과 안심이 되었으면 하는 바람에서 이 수기를 작성하게 되었다.

사경 - 이곳엔 내가 없었다

2023년 11월 28일.

이제는 잊지 못할 날이 되어 버린 날짜.

그동안 오랜 기간 진행된 심부전으로 심장의 기능이 악화되어 정상적으로 작동하지 못하는 지경에 이르렀고, 이에 입원 후 강심제를 투여하며 하루하루 병원 생활을 이어가게 되었다. 그러나 다른 수술적 처치로 조금 더 시간을 늘려 보고자 결정된 좌심실보조장치LVAD 수술일, 11월 28일.

도대체 왜 심부전까지 오게 되었는지, 왜 내 삶을 이렇게 엉망으로 스스로 만들고 살아왔는지 후회가 밀려왔지만, 많은 시간을 골똘히 궁리해 보아도 스스로 답을 찾을 수 있는 것은 없었다.

열심히 산다고 살았는데, 그동안 어떤 잘못을 나도 모르게 저지르고 살아온 것인지. 타인에게 피해를 주지 않으려 애썼고, 사회 구성원의 도리와 규범을 지키며 살려고 노력했는데, 도대체 왜 나에게 이런 일이 일어난 것일까. 누구도 원망할 수 없는 시간이 흘러가고 드디어 수술 당일 아침 새벽이 찾아왔다.

통원 치료부터 입원 후, 그리고 수술 전까지 담당 교수님의 매번 진심 어린 말과 위안 덕분에 크게 두렵지는 않았다. 그러다 보니 모든 준비를 마치고 이동용 베드에 누워 수술실 내 대기실에서 기다리고 있을 당시만 하더라도, 위험하고 중대한 수술이라는 사실만 알고 있었지 앞으로 더 힘든 시간이 있으리라고는 상상하지 못했고 두려움도 없었다.

수술 후에는 정말 상상도 할 수 없었던 시간이 흘러갔다. 내가 살았는지 죽었는지도 모를 아득한 공간에 있는 듯한 환상 같은 느낌. '보인다'는 표현이 정확할지 모르겠지만, 꿈을 꾸는 듯 혹은 현실인 듯, 마치 영상이 그냥 흘러가듯. 내가 알지 못하는 기하학적인 영상들이 떠오르기를 반복하며 어딘가 모를 곳으로 한없이 끌려 들어가는 듯한 아득함만 가득한 그런 공간 속에서 몇 시간인지, 며칠인지 모를 시간이 지나고 있었다.

또 어느 때는 지나온 삶의 모든 단편이 수술 전날부터 거꾸로 내가 기억하는 가장 어린 시절까지 거슬러 올라갔다가, 다시 수술 전날부터 뒤바뀌어 지나가기를 몇 번이고 반복하며 무수히 많은 기억의 단편들이 스쳐 지나가고 있었다.

단순히 힘들고 고통스럽다는 표현으로는 형용할 수 없는 시간이었다. 어디선가 말로만 듣던 '사경을 헤맨다.'는 표현이 적당했을까. 너무 고통스럽고 알 수 없는 공간을 얼마 동안인지 모를 시간을 헤매는 것이 힘들었고, 어디인지 모를 공간 속에 갇혀 형상만 보이는 것이 고통스럽다 못해 뇌가 아프다는 느낌이 들 정도였다. 그런 알 수 없는 시간의 터널을 지나고 있다 보니 스스로 물음이 생기기 시작했다.

　내 육신 자체가 있는지 없는지조차 모를 정도의 느낌이 들 무렵, 과연 나는 죽은 것인가, 살아 있는 것인가. 살아 있다면 내 몸의 감각과 주변의 소리가 들려야 하는데 그러한 것은 전혀 없었고, 무저갱 같은 공간 속에서 헤매고 있는 듯한 느낌이다 보니 계속 살려 달라고, 여기서 벗어나게 해 달라고 아우성을 치며 절규하고 있었다. 그러다가 포기한 어느 순간, "아! 이것이 죽음이구나."라는 생각까지 들기 시작할 즈음이었다.

　문득 누군가 내 손을 잡고 울고 있다는 느낌이 전해졌다. 안타까움이 가득한 감정만이 전해졌는데, 의료진인지 가족인지 알 수는 없었지만 그 느낌을 끝으로 나는 다시 끝없는 공허의 공간 속으로 밀려나고 있었다.

　그러다 또 얼마간의 시간이 흘렀을까.

　"환자분, 내과 중환자실 간호사예요. 이제 저희가 외과 중환자실에서 인계를 받아서 내과 중환자실로 옮길 예정입니다. 내과 중환자실로 가면 얼마간 후에 깨어나실 수 있고, 차차 완쾌하실 수 있으니 너무 걱정하지 마시고 마음 편히 가지세요."

라는 소리가 들렸고, 이것이 수술 후 아득한 의식 속에서 처음 제대로 들었던 사람의 소리였던 것 같았다. 그리고 난 후 한참 분주

한 소리가 들렸고,

"이제 천천히 이동합니다."
"위험한 상태이니 절대 흔들리거나 충격이 있으면 안 됩니다."

정확히 기억나지는 않지만 이런 대화가 들렸던 것 같고, 또 한참 뒤 다시 의식을 잃었다. 나중에 알고 보니 수술 후 3~4일 정도 지난 시점이었고, 수술 후 외과 중환자실에서 며칠을 보낸 뒤 내과 중환자실로 옮긴 날인 것 같았다. 그렇게 또 얼마간의 시간이 지나고 이제는 확연히 주변의 소리가 들리기 시작했다.

그때까지는 몸 자체에 대한 감각은 없었지만, 간간이 주변의 소음과 사람들의 목소리가 들리기 시작했고, 의식이 멀어질 때에는 마치 잠이 드는 것 같다는 것을 인지할 수 있을 정도가 되었다.

그렇게 '살아 있는 것인가, 죽은 것인가.'라는 물음이 해결된 시점. 어느 순간부터는 담당 교수님의 목소리도 들리기 시작했다.

"수술 후 상태가 생각보다 좋지 않아서 깨우지 않은 것이니 너무 불안해하지 말고 마음 편히 먹고 천천히 회복하면 된다."

이 이야기를 듣고부터 안도감이 생기기 시작했고, 아침 중환자실 면회 시간에 가족들의 말소리도 들리고 내 손을 잡아주는 촉감도 느껴지기 시작했다.

그렇게 또 시간이 흐른 어느 날, 이제 눈도 떠지고 주변의 소리도 또렷하게 들리기 시작했다. 아직은 오래 눈을 뜨고 한곳을 바라보기엔 초점도 잘 맞지 않고 힘이 많이 들었지만, 간간이 눈을 떠서 주변을 살피며 내 눈에 들어오는 것들이 점차 인지되기 시작했다.

"아, 살았구나. 살아 있었구나."

안도일까, 또 다른 걱정일까. 왠지 모르게 눈물이 나기 시작했다.

그렇게 또 시간이 흐르고 이제 산소 호흡기를 떼고, 자가 호흡을 해야 한다는 이야기를 들었다. 기도에 있는 관은 유지하되, 호흡을 위해 강제로 산소를 넣어주던 장치를 제거하고 스스로 호흡할 수 있도록 도와주는 산소 줄로 바꾸는 것이니 걱정하지 말고 한 호흡, 한 호흡 숨 쉬는 것에만 집중하라고 했다. 드디어 산소 호흡기는 제거되었다.

그리고 또 얼마간의 시간이 지난 뒤, 이제 조금씩 나아지는 것이 느껴지며 기도의 관까지 모두 제거되고 산소 줄에만 의지한 자가 호흡 단계로 들어가게 되었다.

그런데 이때부터가 또 힘든 단계였다. 정작 산소를 편하게 넣어주던 장치를 제거하니 스스로 숨을 유지하기 위해 한 호흡, 한 호흡 산소를 마시는 이 행동이 너무 힘들었다. 그냥 숨 쉬기 위해 힘을 쓰는 것을 그만두고 싶을 정도였다. 호흡 한 번 하는 것이 너무 힘에 부쳤다. 너무 힘이 드니 한 호흡 들이마시고 내쉬는 데 몇 초가 걸리는지 머릿속으로 초를 세고, 하루를 보내려면 그 활동을 몇 번이나 해야 하나 하는 정말 쓸데없는 걱정까지 하게 되었다.

호흡이 힘드니 자연스레 입이 벌어지고, 그로 인해 힘겹게 호흡할 때마다 입안은 바싹바싹 말라 갔다. 아직은 내게 그 어떤 수분 섭취도 음식물 섭취도 금지된 상태라서, 담당 간호사님이 가끔 물에 적신 거즈로 입안을 닦아주는 것만이 내게 허락된 갈증 해소의 최대한이었다. 물을 마시고 싶다는 생각은 말도 안 되는 욕심이었고, 그나마 물에 적신 거즈조차 계속하고 싶을 정도로 당시 내게는 무엇보다 절실했다.

아니, 그것은 그 상황에서 중환자실 침대에 누워 있는 내가 욕심 낼 수 있는 가장 현실적인 바람이라고 생각했다. 며칠 동안 자가 호흡을 하지 않았으니 당연한 현상이겠지만, 이렇게 스스로 호흡하는 것조차 너무 힘들다니. 평소에는 아무렇지 않게 숨을 쉬던 자연스러운 행동이 이렇게 힘든 것이 바로 '중환자'라는 사실이었다.

평소에는 인지하지 못할 만큼 당연했던 것들이 이제는 이렇게도 힘든 일이 되어 버렸다. 그동안 내 삶에서 의식하지 못하고 자연스레 해왔던 아무렇지 않은 행동들. 숨 쉬는 것, 마시는 것, 먹는 것, 걷는 것. 그런 행동들이 얼마나 소중했던 것인지 새삼 깨닫게 되었다.

섬망 증상 - 내가 아닌 또 다른 나

그렇게 숨 한 번 쉬는 것마저 겨우 힘에 부치던 때에 급작스레 호흡 곤란이 왔다. 담당 간호사님은 "지금 산소포화도는 잘 나오고 있으니 괜찮다, 천천히 숨 쉬라."고 말했지만, 내가 느끼는 정도는 단순히 숨 쉬는 것이 힘든 수준을 넘어 답답하고 숨이 막혀 도저히 호흡할 수 없는 느낌이었다.

그래서 너무 힘들다고 간신히 말을 하고 나니 서서히 의식이 사라지는 듯했고, 담당 간호사님과 수간호사님, 그리고 몇 분의 간호사님들이 다급히 몰려와 긴박한 대화를 나누며 내 호흡을 붙잡으려 응급 처치를 하는 것이 자각되는 순간, 의식은 점점 멀어져 갔다. 그러고는 수술 직후 의식이 없을 때와 마찬가지로 알 수 없는 기하학적인 영상들이 눈앞에 나타나며 의식이 흐려졌다.

몇 시간인지, 며칠인지 모를 시간이 흐른 뒤 다시 깨어났는데, 정신을 잃기 전과는 전혀 다른 것들이 눈에 보이기 시작했다. 눈을 뜨는 것도, 뜨고 버티는 것도 힘겨웠지만 지금 처해 있는 현실이 이전과는 다른 상황으로 느껴졌다.

누가 뭐라고 말해주는 것도 아닌데, 지금 내가 있는 병원의 중환자실이 테러범들에게 장악당해 환자와 중환자실 의료진들이 모두 억류당한 상태였고, 그로 인해 심각한 위험에 처해 있다는 생각이 내 현실로 다가왔다. 그러나 그때는 그것이 허상이라고는 전혀 느낄 수가 없었다. 모든 것이 진짜였고 나는 그대로였는데, 의식을 잃었다가 깨어나니 그 말도 안 되는 상황이 현실로 벌어지고 있다고 느껴졌다. 너무 무서웠고 불안했으며, 어찌 되었든 그 상황을 해결해야 한다는 생각뿐이었다.

이 현실이 너무 믿기지 않아서 담당 간호사에게 지금 이게 뭐냐고 물으니, 담당 간호사님은 그저 의식이 돌아온 내 상태를 확인하기 위하여 내가 있는 곳이 어디인지, 무슨 계절인지를 확인하는 질문을 했다. 그때의 내 대답은 틀리지 않았다.

입원해 있던 병원 중환자실을 정확히 말했고, 겨울이라는 계절을 정확히 답변했다. 하지만 지금 내 머릿속에 있는 이 비현실적인 상황의 해결책은 알려주지 않았다. 지금 생각해보면, 내가 지금 어디에 있는지, 몇 월인지, 무슨 계절인지, 이름이 뭔지 다 정확하게 대답했으니 담당 간호사님 입장에서는 이상하다는 의문을 갖지 않았을 수도 있겠다.

그렇게 몇 시간이 지난 후 다시 의식이 희미해졌고, 잠이 들었다가 다시 눈을 떴을 때 어느새 밤이 되어 있었다. 중환자실은 9시 정도가 되면 부분 소등을 하는데, 소등된 상태로 보아 밤이라고 생각됐다.

다시 눈을 떴는데도 내 현실은 아까 그 상태 그대로였다. 여전히 병원이 테러범들에게 장악당했고, 나는 속절없이 여기서 죽을 것만 같았다. 그래서 발버둥을 쳤다. 살려 달라고, 여기서 내보내 달라고….

그때 밤이 되어 바뀐 담당 간호사님이 나를 어르고 달랬지만, 내 발버둥은 멈추지 않았다. 심지어 욕까지 하며 나 스스로도 나를 제어하지 못하는 상황이 되었는데, 담당 간호사님이 "어떻게 해드릴까요?"라고 묻자 나는 "여기서 나가겠다."라고 했다.

그러자 간호사님이 "어딜 나가시겠다는 건가요?"라고 물었고, 나는 다른 병원으로 전원시켜 달라고 했다.

여기 있으면 죽을 것 같다고. 그렇게 심하게 소리를 지르고 욕까지 일삼다가 결국 침대 위에서 발버둥 치기 시작했다. 너무 심하게 발버둥을 치고 밤이 되어 소등했는데, 나 때문에 다른 중환자들이 잠을 자지 못할 정도로 중환자실이 떠들썩해졌다. 결국 나는 묶이는 신세가 되었고, 안정제를 맞고 그대로 잠이 들었다.

일어나 보니 다음 날 아침이었는데, 다시 눈에 보이고 내 머릿속에 받아들여지는 현실은 원래대로의 중환자실이었다. 그러다 문득, 어제의 망상에 의해 난동을 피웠던 일이 선명히 떠올라 너무 창피하고 미안했다.

눈을 뜨자마자 담당 간호사님에게 "죄송합니다."라고 사과부터 했다. 그래도 창피했다. 너무 미안했다. 어디로 도망칠 수 있는 상태였다면 바로 도망치고 싶을 정도였다. 그렇지만 담당 간호사님은 아무 일 없었다는 듯 "이제 괜찮아지셨어요? 여기가 어딘지 아시겠어요? 성함은요?"라며 내 상태를 다시 확인하기 시작했다.

    그러고 나니 대강의 사태 파악이 되기 시작했다. 아마도 추측해 보면 순간적으로 착각을 일으키기 시작했던 것 같은데, 이게 중환 자실에서 오랜 기간 투병하는 중환자들에게 흔히 생길 수 있는 섬 망 증상이라고 한다.

    말로만 듣던 섬망 증상을 직접 겪고 나니 정말 신기하기도 하고 무섭기도 한 이중적인 감정이 들었다. 담당 간호사님께 듣기로는 섬망 증상을 보이는 대부분의 환자는 당시의 기억을 하지 못한다고 한다. 하지만 나는 다음 날 깨자마자 또렷하게 기억을 하고 있었고, 당시 중환자실에 근무 중이던 의료진들에게 죄송하고 창피한 마음 은 고스란히 내 몫이었다.

    그날 오전 담당 교수님이 회진을 오셨고, 금방 내 상태에 대한 전 달이 되었는지 정신과 선생님께 협진을 요청하신다고 들었다. 그 리고 중환자실에서는 누구나 섬망 증상이 올 수 있고 또 금방 호전 되는 증세이니 걱정하지 말라고 하셨다.

    혹시나 섬망 증상이 지속되면 정신적인 문제가 생길 수도 있으 니, 이때부터는 핸드폰도 손에 쥘 수 있게 되어 그나마 종일 누워 있는 시간에 많은 위안이 되었다. 그때까지는 아직 눈에 초점도 잘 맞지 않았고 손을 들어 올리거나 손가락을 움직이기도 힘에 부쳐 서 침대에 스마트폰을 자바라로 거치해 놓고 간신히 보는 게 다였 지만, 그것도 큰 위안이 되었고 이런 세세한 배려도 지금 생각해보 면 너무 감사한 일이었다.

그리고 이 모든 일련의 상황에도 신속하게 대처하던 중환자실 의료진들이 더욱 대단하게 느껴졌다. 전혀 감정적이지 않았고, 그렇다고 사무적이지도 않았다. 제정신으로 돌아온 뒤의 내가 오히려 불편함을 느끼지 않도록 더욱 안정시키고 안심시키려는 중환자실 담당 간호사님들 덕분에 한결 마음이 편해졌다. 내 호흡이 가빠지던 그 순간 흐려지는 의식 속에서도 담당 간호사님을 비롯한 몇 분의 간호사님들이 보여주신 적절한 응급조치 덕분에, 내가 숨을 쉬지 못하는 상황이 되거나 더 어려운 상황이 오더라도 이곳 중환자실은 나를 지켜주겠구나, 앞으로는 더욱 좋아지겠구나 하는 안심까지 하게 되었다.

그렇게 수술 후 중환자실에서의 의식 회복이라는 첫 번째 큰 산을 넘고, 갑자기 상태가 나빠지며 섬망 증상을 겪었던 고비를 지나 이제는 다른 문제 없이 매일 차도를 보이며 나아지고 있었다. 이에 더 나은 상태라고 판단되어 내과 중환자실을 벗어나 심장 관련 중환자들이 회복하며 일반 병동으로 가기 위한 과정의 심장내과 중환자실로 이송되었다.

이동이 결정되고 이동 베드에 옮겨져 심장내과 중환자실로 가려는 나에게, 그동안 살뜰히 챙겨주셨던 담당 간호사님이 나중에 식사할 때 드시라며 손에 꼭 쥐여 준 젤리 하나. 어느 정도 회복 후 그간 계속 두유와 뉴케어 같은 마실 수 있는 음식만 섭취하고 있던 내게 정말 그 무엇보다 소중한 보물일 수밖에 없었다.

그렇게 심장내과 중환자실에서 며칠간의 상태도 점차 좋아져서, 수술 후 한 달 정도 되어 가던 크리스마스를 며칠 앞둔 어느 날 심혈관센터 입원 병동의 집중치료실로 올라갈 수 있게 되었다. 그리고 손에 꼭 쥐었던 보물 같던 젤리를 맛볼 수 있었는데, 향긋함에 이끌려 나도 모르게 복숭아를 훔쳐 먹은 손오공의 심정이 이해될 만큼 정말 천상의 맛이었다. 나중에 알게 되었는데 신기하게도 복숭아 맛이라고 생각했지만, 알고 보니 망고 젤리였다. 원래 망고는 별로 좋아하지 않았지만, 수술 후 처음 먹었던 그 맛은 망고라는 것을 모를 정도로 맛있었다고 착각했던 것 같다.

중환자실에 있으면서 모든 간호사님과 의료진께 감사한 마음이 있었지만, 참 치사하게도 그때만큼은 그 '젤리 요정' 간호사님이 그 누구보다 고마웠다.

이제는 정말 중환자실에서의 모든 회복 과정을 거치고 일반병실의 전 단계인 집중치료실로 가는 날. 그간 살뜰하게 나를 보살펴 주었던 잊지 못할 중환자실 간호사님들과 함께 단체 셀카도 찍고, 꼭 건강해지라는 웃음의 작별인사를 나누며 드디어 병동으로 올라갔다.

병세의 악화와 재활 - 절망과 희망 사이

이제 병동 집중치료실로 올라왔으니 천천히 차도를 보이며 일반병실로 옮기고 퇴원까지도 멀지 않았다고 생각했는데, 갑자기 문제가 생겼다. LVAD 수술을 하기 전부터 워낙 좋지 않았던 우측 심장 때문이었는지 급작스레 신장 수치가 나빠지고 악화되어 크리스마스를 앞둔 연휴임에도 담당 교수님이 급하게 출근하셨다.

내 상태를 직접 확인해 보시더니 강심제 처방과 함께 바로 다시 중환자실로 이동하자고 하셨다. 중환자실로 이동해서 일단 신장에 무리가 되지 않도록 24시간 투석을 며칠간 할 예정이고, 신장을 쉬게 하면서 다시 신장 수치가 정상이 될 때까지 두고 보자고 하셔서 신장 투석을 위한 중환자실로 다시 이동하게 되었다.

불과 며칠 전, 다시는 중환자실에서 만나지 말고 퇴원 후에 건강히 두 발로 걸어서 만나자는 약속을 하고 일반병실로 올라갔는데, 그 며칠 만에 건강해지자는 약속을 했던 중환자실 담당 간호사님들을 다시 만나게 되었다. 다들 안타까운 마음으로 걱정을 해주었고 본인의 일처럼 속상해하시는데 참 고맙기도 하면서 왠지 가족 같은 포근함도 느껴졌다.

그렇게 다시 중환자실 생활이 시작되었고, 목에 혈액 투석관을 꽂고 24시간 내내 투석을 시작하게 되었다. 하지만 며칠을 지속해도 신장 수치가 좋아질 기미가 보이지 않았다. 조금 더 나은 삶의 연장을 위해 힘든 LVAD 수술과 힘겨운 혼수상태까지 이겨냈지만, 이대로 신장 수치가 좋아지지 않으면 퇴원 후에도 지속적인 신장 투석을 받으며 살아야 할 수도 있다는 담당 교수님의 말에 하늘이 무너져 내리는 기분이었다.

신장 투석을 하다 보면 차차 우측 심장도 조금 회복할 수도 있고, 그에 따라 신장의 기능도 다시 돌아올 수도 있다고는 하지만 어디까지나 가능성일 뿐이었다. 당장 현실은 최악의 상황을 염두에 두어야 했기에 일단은 24시간 투석을 지속하면서 더 기다릴 수밖에 없었는데, 최악의 상황이 신장 투석이라는 것은 나에게 정말 하늘이 무너지는 기분이었다.

당장 닥친 최악의 상황을 해결하고자 LVAD라는 큰 수술을 했고, 혼수상태에서 생사를 오가는 혼자만의 싸움까지 겨우 이겨내며 이제 좋아질 일만 남았다고 생각했는데 덜컥 신장 투석이라니. 게다가 퇴원 후에도 영구 투석 가능성까지 있다는 사실은 나에게는 그야말로 밑바닥의 밑바닥까지 끌어내리는 소식이었다.

무조건은 아니지만, 일단 최악의 상황을 염두에 두고 그에 따른 환자 상태를 알려주는 것이 의료진이 할 수 있는 최선이라는 건 알았다. 하지만 당시의 나에게는 너무 무거운 현실이라 받아들이기가 너무 힘들었다. 고장난 심장에 고장난 신장이라니.

몇 날 며칠을 몰래 울었고 계속 우울한 마음으로 중환자실 생활을 이어 갔지만, 도무지 삶에 대한 애착이 생기지 않았다. 그나마 이제 어느 정도 회복한 상태라 손과 손가락을 움직이는 힘도 좀 붙고, 목을 가누는 힘도 붙었다. 몸도 침대 위에서 스스로 들썩거릴 정도가 되었고, 이제 일반식도 하고 있었다. 매일 오전 30분이라는 면회 시간에는 가족과 친지들의 만남이 큰 위안이 되었다.

매일 오전 보호자 면회 때 그간 먹고 싶었던 과일이나 간식을 조금씩 먹을 수 있도록 담당 교수님과 주치의 선생님이 배려해 주셔서, 육체적으로는 이전의 중환자실 생활보다 훨씬 수월하고 편하게 지낼 수 있었다. 이제는 이곳에 근무하는 간호사분들 중 모르는 분이 없을 정도로 익숙해지고 있었다.

그리고 매일 반복되는 절망과 희망. 매일 24시간 투석을 하고 있어도 신장 수치가 정상으로 돌아올 기미는 없었고, 엎친 데 덮친 격으로 그 와중에 원인 모를 항생제 내성균에 감염되어 체온이 고열로 오르며 해열제와 항생제를 계속 맞아야 했다. 열이 오르고 내리기를 반복하면서 매일 컨디션이 좋아졌다가 나빠졌다 하며 어려운 시간을 또 보내고 있었다.

어느덧 크리스마스와 한 해의 마지막도 중환자실에서 보내게 되었고, 12월 31일. 한 해의 마지막과 다가오는 새해의 첫날도 병원 중환자실에서 가족과 친구 없이 혼자 보내야 한다는 사실에 마음이 무거웠다. 그런데 31일 밤, 그런 환자들의 기분을 조금이라도 배려해 주신 간호사분들, 특히 수간호사님이 특별히 맛있는 빵집의 빵을 잔뜩 가져오셔서 일반식을 하는 내게 조금 나누어 주셨는데, 그런 소소한 즐거움에 우울했던 마음이 한결 나아질 수 있었다.

또 내가 차가운 것을 좋아하는 습성을 이해해 주셔서 얼음을 섭취할 수 있도록 배려해 주셨고, 얼음이 필요할 때마다 담당 간호사님께 부탁하면 흔쾌히 매번 갖다 주셨다. 입장을 바꿔 내가 했다면 하루에도 몇 번씩이나 귀찮은 일이라고 생각했을 텐데, 어느 간호사님도 싫은 표정이나 표현을 하지 않고 늘 흔쾌히 기꺼이 해주시는 마음과 행동을 보며 '늘 환자만을 향한 마음이구나'하는 생각이 들었다.

투석하며 지내는 중환자실 생활과 힘들었던 마음도 차차 편안한 마음으로 변해 갔고, 중환자실의 간호사님들을 포함한 모든 의료진분들의 이런 환자만을 향한 마음이야말로 환자들이 잘 회복하고 더 나은 삶을 향해 갈 수 있도록 해주는 진정한 천사의 마음이라는 생각이 들었다.

하지만 그런 그들의 노력에도 중환자실은 늘 삶과 죽음이 함께하는 곳이라는 걸 가끔씩 현실로 깨닫게 된다. 어떤 날은 새벽 즈음, 갑자기 중환자실 한쪽이 복잡해지면서 간호사님들이 다급하게 뛰어다니고 급하게 연신 나오는 코드블루 방송과 CPR팀 호출. 그리고 많은 간호사님과 의료진이 분주해지고, 귀에 들리는 소리는 CPR을 하는 소리였다.

하지만 그들은 쉽사리 멈추지 않는다. 10분, 20분은 물론이고 어떤 때는 1시간까지 지속하며 CPR을 이어가고, 또 적절한 처치를 통해 그렇게 멀어져 가던 한 삶을 다시 깨운다. 이런 소리를 어쩔 수 없이 들을 수밖에 없는 곳이 중환자실이지만, 그럴 때는 강해지려던 마음도 약간 무너진다.

왠지 모를 서글픔도 있고, 삶의 경계에서 멀어지려던 그 환자분에 대한 안타까운 마음도 든다. 또 어느 날은 그렇게 삶의 경계에서 다시 돌아오시는 분이 있는 반면, 어쩔 수 없이 가족들에게 큰 슬픔을 남겨 주고 유한한 삶의 마지막을 남겨진 사람들의 슬픔으로 끝낼 수밖에 없는 분들도 있다. 인간의 삶이 유한하고 언젠가는 모두 끝이 있다는 건 어쩔 수 없는 불변의 법칙이고 받아들여야 한다지만, 그렇게 중환자실에서 삶의 희망을 가져 보다가 수많은 중환자실 의료진들의 노력에도 어쩔 수 없이 그 끝을 맞이해야 하는 건 너무 힘든 일임은 분명하다.

남겨진 사람들의 울음소리도 슬프지만, 몇 날 며칠 그 환자분을 살리기 위해 애썼던 중환자실의 모든 의료진을 비롯해 24시간을 함께 노력했던 간호사님에게도 그건 정말 힘든 일이었으리라. 그렇게 삶의 희망의 끈을 놓쳐 버린 후 슬픔의 울음을 참을 수 없는 가족들. 그리고 마지막까지 1시간이든 2시간이든 그 환자를 삶의 경계에서 돌아오게 하려고 그만한 노력을 했던 의료진들은 허탈감과 박탈감을 삼키고 있는 것이 보인다.

이렇듯 중환자실은 환자에게도, 보호자들에게도, 중환자실 간호사들을 비롯한 의료진들에게도 쉽지 않은 곳이다. 물론 병원의 어느 곳이 힘들지 않고 사연 없는 곳이 있겠냐만, 적어도 내가 겪어 본 중환자실은 인간사의 모든 희로애락과 많은 사연, 그리고 누구보다 환자의 회복을 원하고 건강해지길 바라는 중환자실 간호사들을 비롯한 의료진들, 그리고 그들에게 의지하고 위안을 받는 환자들로 가득한 곳이었다.

회복 - 다시 찾아온 일상

그런 중환자실의 의료진들과 간호사님들 덕분에 다시 중환자실로 입원하고 1달쯤 되어가는 1월 중순을 넘기며 신장 수치가 좋아지고 차도를 보이면서 투석도 중단하게 되었다. 투석을 중단했음에도 더는 수치가 악화하지 않고 잘 유지되어 이제 정말 다시 일반 병동으로 올라가게 되었다. 무엇보다 신장이 무사히 정상으로 돌아왔다는 사실이 너무 기뻤다.

이제 차차 일반 병동으로 갈 준비를 하며 재활의학과 선생님이 오셔서 하체 운동도 조금씩 시작하게 되었고, 팔다리에 힘이 붙을 수 있도록 주기적으로 재활을 시작하게 되었는데 이때부터 조금씩 점점 더 차도가 생기고 있다는 느낌이 들었다. 그렇게 몸의 힘도 점점 좋아지고 있었고, 매일 조금씩 마음의 힘도 생겨나고 있었다.

이 중환자실에서의 약 2개월. 아픈 몸을 의지하고 돌봄을 받았지만, 아픈 몸뿐만 아니라 상처 있던 마음까지 치유받고 의지가 되었다. 매일 아침 환자들 샤워를 해주기 위해 따뜻한 소독 수건으로 간호사님들 3~4명이 내 몸을 구석구석 닦아주고, 배변 처리는 물론 주기적으로 머리도 감겨주고 면도도 해주었다. 또 2~3시간마다 침대 위에서 욕창이 생기는 것을 방지하기 위해 자세 교환을 하고, 하루에도 몇 번 체온 확인에 주치의 처방에 따른 주사와 투약 등등 환자 한 명에게 쏟는 시간과 노력은 어마어마했다. 정말 환자를 돌보는 시간에는 1분 1초도 쉬지 않던 중환자실 간호사님들이었다.

또 어떤 날에는 그 힘들고 어렵다는 물 샴푸를 수간호사님이 직접 해주시기도 했는데, 두 달 가까이 되는 중환자실 생활 중 처음으로 머리에 물이 묻으니 그 상쾌하면서 시원한 기분은 말로 다 못할 정도였다.

내가 중환자실 간호사라면 엄두도 못 낼 일들. 그런 일련의 간호·간병뿐만 아니라 계속 대화도 해주며 환자를 정말 가족처럼 보살펴 주는 중환자실 간호사들. 가슴을 열어 심장에 인공 심장 기계를 넣는 큰 수술을 하고 2개월 넘는 중환자실 생활 속에서 좋아졌다가 나빠졌다를 반복하며 삶의 의지가 떨어지는 어두운 터널을 지나고 있었던 그때.

돌이켜 생각해 보면 그 길고 길었던 어둠의 터널이 중환자실의 간호사님들과 의료진들 덕분에 그렇게 어둡지는 않았다. 어느 날의 어떤 이는 어두운 길에서 넘어지지 말라며 뒤에서 빛을 비추어 주었고, 힘이 들 때면 시원한 물과 달콤함으로 용기를 주었고, 간혹 넘어져 울고 있으면 손을 내밀어 일으켜 주었고, 때론 편안한 음악도 들려주며 응원을 해주었으니까.

"그렇게 중환자실에는 여지껏 내가 몰랐던 사람들이고 나를 몰랐던 사람들이지만, 내가 죽지 않길 바라는 사람들이 있었다. 내가 더 나빠지지 않기를 바라는 소원들이 있었고 내가 좋아지기만을 바라는 응원들이 있었다."

병원의 모든 곳이 아픈 환자들을 위한 곳이지만, 중환자실은 삶과 죽음의 경계에 있는 그야말로 중(重)한 환자들의 소중한 생명을 살리는 곳이다.

이제 수술한 지 1년이라는 시간이 된 시점이지만, 수술 후 막 깨어나서 산소포화도를 걱정하며 4초 정도 되는 한 호흡이 그렇게 힘든 것이라는 걸 느꼈던 그때. 눈을 뜨고도 초점이 맞지 않아 눈을 뜨고 있는 것조차 힘들었고, 손가락을 겨우 들어 간호사 손바닥에 내 의사를 간신히 한두 글자로 쓰던 그때에 비하면 지금은 정말 '완벽하게 좋아졌다.'는 표현을 하고 싶다.

중환자실에서 일반 병동으로 올라갈 준비를 하며 다시 일어서기 위한 재활을 할 때만 해도 내가 과연 내 두 다리로 걸을 수 있을까 하는 의구심까지 들었던 때를 생각하면, 지금의 모습은 상상조차 할 수 없었다. 심부전으로 인해 LVAD 수술을 해야 한다는 결정이 내려졌을 때까지만 해도 비를 맞을 각오는 했지만 속옷까지 흠뻑 젖을지는 생각하지 못했다. 그러나 흠뻑 젖은 나를 정성껏 씻겨 주고 따뜻하게 감싸 말려 준 것은 모두 중환자실 의료진들 덕분이었다.

　내가 지금 이렇게 살아 어느 때는 내리는 비도 느끼고, 뜨거운 햇살도 느낄 수 있는 건 수술을 해주신 의료진들, 나의 병을 처음부터 계속 돌봐 주신 담당 교수님, 그리고 머리부터 발끝까지 내 모든 것을 보살펴 주며 매시간, 매 순간 나만을 향한 마음을 보여 주었던 중환자실 간호사들 덕분이라고 생각한다. 가슴을 열었던 탓에 길게 패인 상처는 평생 그대로 남을 것 같지만, 그 상처만큼이나 중환자실에서의 경험과 의료진들에게 받았던 그 마음도 앞으로 영원히 남아 있을 것이다.

　"누가 보아도 중환자실의 업무는 너무 과중하고 열악하지만, 그래도 중환자실 의료진과 간호사님들 덕분에 또 한 생명은 포기하지 않고 이렇게 살아가고 있습니다. 그 열악한 어려움에도 불구하고 많은 환자를 살리는 여러분의 삶도 행복을 포기하지 않으시길 소망합니다."

　이 글로 짧지 않았지만 그만큼 소중했던 중환자실의 이야기를 마무리 짓고 싶다.
　어떠한 상황에서도 환자를 위하는 소중한 모든 마음의 의료진들과 간호사분들에게 감사한 마음을 전하고 싶다.

어디까지 치료하실 건가요

윤정범

19년 10월 22일 : 서울경찰병원 응급실

19년 10월 22일 : 서울아산병원 응급실로 긴급전원 / 이비인후과로 입원

19년 10월 22일 : 1차 수술 / 이비인후과-목의 심부연조직염에 대하여 절개배농 및 기관절개술

19년 10월 29일 : 2차 수술 / 흉부외과-종격동염에 대해 개흉술 및 절개배농, 이비인후과-추가적인 절개배농

19년 10월 29일 : 중환자실로 입원 / 중환자외상학과로 전과

19년 11월 04일 : 3차 수술 / 이비인후과-추가적인 절개배농 및 괴사조직제거술

19년 11월 06일 : 4차 수술 / 이비인후과-추가적인 절개배농 및 괴사조직제거술

19년 11월 08일 : 5차 수술 / 이비인후과-추가적인 절개배농 및 괴사조직제거술

19년 11월 12일 : 6차 수술 / 이비인후과-추가적인 절개배농 및 괴사조직제거술

19년 11월 26일 : 7차 수술 / 이비인후과-추가적인 절개배농 및 괴사조

직제거술

19년 11월 27일 : 8차 수술 / 흉부외과&이비인후과-종격동염의 배농 및 괴사조직 제거술

19년 12월 16일 : 9차 수술 / 성형외과-대흉근 사용한 피판술 이식술

20년 01월 22일 : 준중환자실 입원

20년 02월 04일 : 중환자실 재입원

20년 01월 20일 : 준중환자실 입원

20년 02월 24일 : 중환자실 재입원

20년 04월 06일 : 준중환자실 입원

20년 04월 14일 : 일반병실 입원

20년 04월 17일 : 10차 수술 – 장루수술

20년 05월 06일 : 11차 수술 – 욕창피부이식수술

20년 05월 11일 : 중환자실 재입원

20년 05월 19일 : 일반병실 입원

20년 05월 27일 : 12차 수술 – 욕창재수술

20년 06월 01일 : 이대서울병원 중환자실 전원

20년 07월 30일 : 서울아산병원 일반병실 전원

20년 08월 20일 : 재활요양병원 전원

20년 10월 29일 : 서울아산병원 일반병실 전원

20년 11월 02일 : 13차 수술 – 장루/기관절개 복원수술

20년 11월 19일 : 퇴원

21년 1월 25일 : 개인 내과에서 심근경색 의심소견으로 서울아산병원 응

급실 입원

21년 1월 25일 : 하나님의 부르심을 받음(심근경색 추정)

평소 너무나도 건강하시고 활동적이셨던 어머니께서 처음 입원하시기 6일 전에 치과(임플란트) 치료를 받고 오신 후 평소보다 고통스러워하셨습니다. 치과 치료 후라 당연히 그럴 거라 생각해 대수롭지 않게 여겼는데, 하루 이틀이 지나도 좋아지지 않고 목이 붓고 침조차 삼키기 힘들어졌습니다.

동네 이비인후과에 갔더니 인후통이라며 항생제를 처방해 주었는데, 물을 삼키기 힘들어 약을 드시지 못하고 토하셨습니다. 이때라도 큰 병원에 갔었다면 이런 일이 벌어지지 않았을까요? 단순 인후통이라 하지 않고 "심하니 CT를 찍어 보자." 했으면 순순히 검사를 받으셨을까요? 아니면 돈 벌려고 별 수작을 다 부린다고 욕을 하셨을까요?

주말에는 응급실에 가봐야 별다른 처치를 받을 수 없다는 생각에 돈만 날리니 월요일에 가는 게 좋을 것 같다고 생각했고, 어머니도 힘들어하시긴 했지만 쉰 목소리로 말씀도 하셨습니다. 당시에는 혼자 거동하는 데 아무런 문제가 없어서 그리 대수롭지 않게 생각했습니다.

월요일이 되어 큰 병원에 가자고 하니, 동네 유명한 내과가 있다며 9시 오픈인데 8시부터 가서 줄 서야 한다고, 혼자 가기는 힘드니 같이 좀 가자고 하셨습니다. 저는 "아픈데 뭐 거기까지 가냐."하고 툴툴거리며 모시고 갔습니다. 어머니는 그곳에서 대기하시고 저는 출근했는데, 이때라도 큰 병원에 갔었다면 이런 일이 벌어지지 않았을까요?

동네 내과에서 링거를 맞고 오신 후 좀 좋아진 것 같다고 하셨는데, 저녁에는 숨을 쉴 때 쇳소리가 나고 진한 가래를 뱉으시길래 지금이라도 큰 병원에 가자 했더니 괜찮다며 하루 더 자보고 그래도 안 나으면 내일 가자고 하셔서 애꿎은 잔소리만 하고 그날 밤을 보냈습니다.

그래도 아들이라 밤에 걱정으로 잠을 설치고 화요일 새벽에 어머니께 가보니 피가래를 토해 놓으셨고, 침대에 걸터앉아 옆으로 기대어 힘들어하시는 모습을 보고 그제서야 서울 경찰병원 응급실로 자가용을 타고 갔습니다.

응급실에서 CT 촬영 후 심경부 감염으로 목 안에 고름이 가득 차 있어 빨리 처치를 해야 하는데, 그곳에서는 힘드니 다른 병원으로 가라는 말에 여러 병원에 연락한 끝에 서울아산병원에서 받아주겠다고 하여 서울아산병원 응급실로 입원한 후, 오후에 이비인후과에서 응급으로 수술을 받았습니다.

이때까지만 해도 어머니가 힘들어하시기는 했지만 쉰 목소리로 말씀도 하시고, 아침도 못 드셨는데 배고파서 어떡하냐며 제 걱정을 해주시고 배고프니까 가서 점심 먹고 오라고…. 엄마는 괜찮다고 하셨습니다.

　그러나 수술 후 모든 상황이 바뀌었습니다.

　목 부분 전체에 커다란 거즈를 덮고 나오셨으며, 나를 부르던 때로는 귀찮게 느껴지던 목소리가 없어졌고, 수술 부위에서는 썩은 냄새가 나서 엄마께 가까이 가기가 힘들었으며 의식이 왔다 갔다 하셨습니다.

　수술을 집도하신 주치의 선생님이 너무 늦게 와서 열어보니 고름이 아니라 이미 목 안쪽의 내부 조직이 대부분 괴사하여 너무 어려운 상황이라 뭐라 말하기가 어렵다고 하셨습니다.

　경험상 이런 환자는 서울아산병원에서도 1년에 열 손가락 안에 꼽을 정도이고, 50%는 사망하며 치료 기간도 짧아야 3~4개월, 길면 6개월 이상 걸리는데 우리 어머니는 더 안 좋아 뭐라 말하기가 어렵다고 하셨습니다.

　일반적인 다른 환자의 경우 괴사 조직을 제거할 때 신경이나 근육이 손상되지 않게 수술을 하지만, 어머니는 수술 부위의 괴사 진행이 너무 많이 되어 신경이나 근육 구별이 되지 않아 괴사 조직 제거 시 신경이나 근육이 손상될 확률이 매우 높다고 했습니다. 그래서 나중에 목소리를 잃을 수도 있고, 목을 못 가눌 수도 있고, 음식을 못 드실 수도 있지만 지금 당장 살리려면 수술을 해야 한다며 어떻게 하겠냐는 말에 제가 선택할 수 있는 것은 아무것도 없었습니다.

　평소 건강하실 때 나중에 혹시라도 엄마가 아파 수술을 하게 되더라도 절대 기관 절개하여 인공호흡기를 끼우지 말라고 하셨는데, 이미 첫 수술을 마치고 나오신 엄마의 모습에는 기관 절개가 되어 있었고 그때는 너무 경황이 없어 생각이라는 것을 할 수 없었습니다.

어렵게 간병인을 구했지만 3명의 간병인 모두 도망갔을 때도, 고통스러워하는 엄마의 모습을 보고 있을 때도, 수술 부위가 불편해 손으로 걷어내 피가 철철 날 때도 내가 할 수 있는 것은 그냥 우는 거였습니다. 정말로 인간으로서 내가 할 수 있는 것은 우는 거였습니다.

일반병실에서 일주일 정도 보낸 후 2차 수술을 마치고 중환자실로 가시는 엄마께 이젠 살았다고 걱정하지 말라고 했지만 그때도 내가 할 수 있는 것은 그냥 우는 거였습니다.

나이에 비해 이미 하얗게 세어버린 머리를 질끈 묶은 여전사 같은 중환자외상학과 교수님을 뵈었던 게 중환자실로 간 후 며칠이 안 되어서였습니다.

"보호자는 어디까지 치료할 생각이냐고…."

나의 대답은 연명 치료는 하지 않겠다는 것이었습니다. 평소 어머니께서 말씀하셨던 것이고, 어머니가 힘든 상황이라면 지금이라도 많은 고통을 받지 않고 조금이라도 편하게 가셨으면 좋겠다고 말씀드렸습니다.

교수님께서는 "그래도 환자가 살 의지가 있다면 해보는 데까지는 최선을 다해야 하지 않겠냐."는 말씀과 "우리가 어찌 앞날을 알수 있겠냐."는 말씀을 주셨고, 그 말에 힘이 생겼습니다.

너무나도 비관적이고 상상하기조차 싫은 말만 들었었고, 그런 모습이 상상될 수밖에 없는 상황이었지만 정작 어머니의 의지가 어떤지는 알 수도 없었고 물어보지도 못했습니다.

그냥 나의 생각으로만 힘들 거라고 판단했었습니다. 그냥 나의 판단으로만….

교수님이 일주일에 세 번, 월·수·금 전신 마취를 하고 수술을 하자고 했을 때는 '미친 거 아닌가.'라는 생각이 들었습니다. 이런 상태의 환자를 어떻게 그렇게, 그것도 전신 마취를 하는 큰 수술을 일주일에 세 번씩 할 수 있냐고 물었고, 교수님은 "환자가 살 의지가 있다면 버틸 것이고, 아니면 힘든 상황이 올 것이다. 지금 선택할수 있는 것은 이것이 최선이다."라는 말씀을 주셨습니다. 그때 내가 할 수 있는 것은 우는 것이 아닌 매달리는 것이었습니다.

어머니를 위해 기도해 달라고 의례적으로 보냈던 문자 메시지에 간절함을 더할 수밖에 없었고, 어머니를 살려 달라고 기도했습니다. 내 기도를 안 들어주시면 어떻게 할까 하여 어머니 교회의 목사님, 교구 식구들, 내가 섬기는 교회의 목사님, 그리고 나를 알지 못하고 어머니를 알지 못하지만 우리를 위해 기도해 줄 수 있는 분들에게 종교가 달라도 기도해 달라고, 우리 엄마가 살 수 있게 기도해 달라고 부탁했습니다.

의료진들에게도 꼭 어머니를 살려 달라고, 너무 불쌍하게 고생만 한 우리 엄마를 살려 달라고 매달렸습니다.

월요일 수술을 마치고 화요일 오전 면회 때 "수술은 잘되었지만 환자 상태가 힘들어 어떻게 될지 모르겠다."는 말을 들었을 때도 힘을 달라고, 살려 달라고 기도했고 의료진들에게도 힘을 달라고 기도했습니다.

중환자실 오전 면회 가는 버스 안에서 매일같이 큐티를 통해 하나님의 말씀을 들었고, 면회 시간 전에 기도실에 들러 살려 달라고 애원했습니다. 힘들었지만 이제는 내가 혼자가 아니라 같이 기도해 줄 수 있는 분들이 생겼고, 나를 걱정해 주고 위로해 주던 의료진들이 함께해 주었습니다.

최선을 다하겠다는 진심이 느껴지던 말씀을 해주셨던 교수님, 중환자실 면회 때 의식 없는 어머니 앞에서 하염없이 울고 있는 나를 위로해 주던 의사 선생님, 내가 울 때 말없이 휴지를 건네며 어깨를 다독여 주던 중환자실 간호사 선생님, 마치 자기의 아픔처럼 같이 울어주던 간호사 선생님, 어머니가 기억을 잃지 않게 자기 명찰을 가리며 이름을 물어봐 주던 간호사 선생님, 퇴근할 때 어머니 상태가 안 좋아 밤새 걱정했는데 오늘은 좋아졌다고 말씀해 주던 선생님, 중환자실 재입원 때 걱정하던 어머니를 위해 농담 한마디로 반겨주시던 선생님, 중환자실에서 일반병실로 옮길 때 회복되어 감사 인사를 드리던 순간, "아프지 말고 오래오래 사시라."며 거북이 인형을 선물해 주셨던 선생님….

"빨리 좋아져서 목이 쉬도록 찬양을 같이 부르자"던 교수님, 힘든 상황 때마다 먼저 알아봐 주시고 내 일처럼 도와주셨던 전담 간호사 선생님, 퇴원할 때 "이젠 새로 태어나라."며 자비로 초 하나짜리 케이크와 꽃다발을 주신 교수님…. 이분들이 계셨기에 기적이 일어났습니다.

의식 없이 중환자실에 있을 때, 일주일에 세 번씩 수술을 할 때, "이런 의미 없는 치료를 언제까지 할 거냐, 병원비는 어떻게 할 거냐, 미련을 못 버리겠으면 조금이라도 싼 병원으로 옮기자."던 친척들조차 모두 포기했지만 우리는 포기하지 않았기에 승리할 수 있었습니다.

만약 내가 혼자였다면 이 기적이 일어날 수 있었을까요?

우리였기에 가능했습니다.

13개월 394일을 일반병실에서, 215일을 중환자실에서 버티셨고, 일반 성인도 힘들다는 수술을 13번이나 견디셨습니다. 말을 할 수 없을 수도, 목을 못 가눌 수도, 음식을 못 드실 수도 있다는 모든 가능성을 보란 듯이 깨뜨리시고, 어머니께서는 예전 같은 모습은 아니지만 조금은 불안하여 지팡이의 도움을 받으셨음에도 혼자 걸어서 병원에 고마웠던 분들을 일일이 찾아다니셨고, 본인의 목소리로 "고맙다"고 말씀하셨습니다. 맛있는 것을 같이 먹자고도 하셨습니다.

집에 오신 어머니는 엔도르핀이 넘쳐나서 너무나도 기쁜 생활을 하셨습니다.

2021년 1월 25일, 며칠 전부터 혈색이 안 좋고 채한 것처럼 음식을 잘 드시지 못하셔서 한 번의 경험이 있었기에 큰 병원에 가자고 했더니…

'엄마는 괜찮다고….'

괜찮다는 말에 이번에도 아침에 동네 내과를 갔는데 혈압이 잡히지 않아 심전도를 해보자고 했습니다. 심근경색이 의심되니 빨리 119를 불러 큰 병원으로 가라는 말씀이 있었습니다.

2019년 10월 22일이 데자뷰처럼 스쳐갔고, 아산병원 응급실에 가서는 끔찍했던 그날과 같은 자리에 어머니가 입원하셨습니다. 오후 3시 30분경, 그날과 다른 점은 그날은 어머니가 수술실로 가셨고 이날은 대기 중에 심정지가 와서 더 이상 어머니와 함께 있을 수 없었다는 것입니다.

너무나도 슬펐습니다. 아니, 원망스러웠습니다. 그 힘든 시간을 다 견디고 나에게 엄청난 고통을 안겨주고는 겨우 두 달도 안 되는 시간만 같이 보내고 가시다니….

응급실에서 어머니가 내게 남기신 말씀은

"사랑한다."
"미안하다."

였습니다. 미안하면 좀 더 있어 주시던지⋯ 미안하면 가지 말고 나랑 같이 있어 주셔야지⋯.

하얀색 시트가 덮인 어머니를 보며 마지막으로 얼굴을 바라보며 나도 말씀드렸습니다.

"미안하다. 나 때문에 엄마가 아팠던 거라고⋯. 하나님께서 내가 지은 죄를 회개시키려고 몇 번 경고하셨는데 말을 안 들으니 마지막으로 엄마를 번제물로 삼으셔서 엄마가 고통받아 미안하다."

장례식 때 거의 모든 분들이 나보다 더 슬퍼하셨고, 심지어 하나님을 원망하던 분들도 계셨습니다.

"이럴 거라면 진작 데리고 가시지, 왜 힘든 시기를 다 보내고 이제 데리고 가시냐고⋯."

그러나 나는 오히려 감사의 기도를 드렸습니다.

만약 13개월 전에 어머니가 돌아가셨더라면 나는 자책과 원망에 정상적인 삶을 살지 못했을 것입니다. 비록 짧은 시간이었지만 그동안 남아 있던 한을 다 풀 수 있었고, 하나님이 계획하신 모든 일이 이루어졌을 때 이젠 고통 없는 곳으로 데리고 가신 것이 너무나도 감사했습니다.

보호자의 입장에서 힘든 결정을 해야 할 선택의 기로에 있다면, 어떠한 선택을 하더라도 나중에 후회를 하든 하지 않든 그 선택은 최고의 선택이며, 나 혼자의 힘이 아닌 우리의 힘으로 이긴다면 반드시 좋은 결과가 있을 것이라 믿습니다.

보라매병원 중환자실 의료진 선생님들께

배준

다들 잘 계신가요? 저는 2020년 보라매병원 중환자실에서 몇 달 신세를 졌던 청년입니다.

벌써 5년이 되어 갑니다. 지금도 위중한 환자를 감싸 안으며 살리고 계시겠지요? 어디 아픈 데는 없으시고요? 보고 싶은 마음에 그동안 일을 그만두신 분이 안 계시기를 바랍니다. 원체 경황이 없어 이름이나 얼굴은 기억에 없지만, 그때의 온기나 목소리는 언뜻 언뜻 기억에 남아 있습니다.

그간 몇 번이고 소식을 전하려 했지만 쉽지가 않았습니다. 원무과에 연락을 해 보았는데, 제 담당이던 김영O 선생님이 안 계시다는 말을 들었습니다. 다른 병원으로 가셨다고 했습니다. 또 언젠가는 만날 수 있을까, 꼭 인사 한 번 드리고 목도리 선물을 하고 싶었습니다.

저는 잘 있습니다. 몸의 많은 곳이 움직여지지 않지만, 왼손만 아주 천천히 사용할 수 있어서 자판 치는 연습을 하고 있어요. 노트북으로 음악을 들을 때가 가장 좋은 시간이에요. 저는 아무래도 가수의 꿈은 이루지 못할 것 같습니다. 노래는 부를 순 없어도 가사 쓰는 연습을 하다 보면 언젠가는 좋은 노래를 만들 수 있을 거라고 굳게 믿어요. 그렇게 해서라도 저의 빚을 갚아야죠. 중환자실 선생님들에게 받은 은혜를 노래로 만들어 사람들에게 위로를 드릴래요.

모든 게 아득한 옛날 같습니다. 지금은 휠체어가 튼튼한 두 다리를 대신해요. 바깥 활동은 장애인 활동보조사님 도움을 받아 다녀요. 중증 장애인 진단을 받아 병원비가 많이 줄었어요. 재활병원에도 꾸준히 다니지만 나아지는 건 별로 없어요. 장애인들이 다니는 복지관 근처로 이사를 했어요. 저에게 참으로 많은 일에 변화가 있었어요. 저의 삶은 중환자실 전과 후로 완전히 달라요. 아직은 몸이 이렇게 된 게 확실하게 받아들여지진 않아요.

선생님들 마스크 밖으로 안타까워하던 눈빛을 기억합니다. 주사 놓으실 때 덥석 잡아 주신 손의 체온도 기억나고, 아… 그리고 따뜻하게 제게 '배준님'이라고 하시던 목소리도요. 아련하게 엄마의 부탁 소리가 들려오던 날엔 이내 제가 좋아하던 힙합 음악이 제 귀에 들어왔지요.

환자를 돌보는 선생님들은 아플 때 누가 돌봐 주나요? 온 천지가 중환자이고 생명이 왔다 갔다 하니까 아플 틈도 없겠지요. 제가 만약 하나님이라면 선생님들은 절대로 아프지 않게 해 드릴 거예요. 그러니까 부디 건강하셔야 돼요! 아프지 마세요.

거기도 많이 춥지요? 뉴스에서 오늘 추위가 기록적인 한파라고 합니다. 서울은 영하 20도까지 떨어졌다고 하는데, 오늘 같은 날은 저도 몸이 뻣뻣해지고 무척 아파요. 그러다 보면 자연스럽게 선생님들 생각이 납니다. 중환자실도 딱 오늘 날씨같이 늘 추웠어요. 정신을 못 차릴 때가 더 많았지만, 귀는 들렸기 때문에 선생님들이 제 얘기를 하시면서 안타까워하셨던 기억이 있어요.

저 그때 엄청 무서웠어요. '저를 포기하지 말아 주세요.'라고 말하고 싶었어요. 유난히 제게 관심을 많이 써 주셨던 김영O 선생님. 시간 날 때마다 제게 오셔서 이마에 손을 짚어 주셨어요. 그때 뭔지 모를 확신 같은 게 들었어요.

'이분은 날 살릴 거다.'

그분의 손길이 너무도 고마워 꼭 한 번 뵙고 싶어요. 의사 선생님 남동생이 저같이 환자여서 더 신경 쓰셨다는 사실은 나중에 엄마한테 들어서 알았어요.

영화 한 장면, 사진 장면처럼 생각나는 게 있어요. 누나쯤 되는 간호사님들이 교대하며 서로에게 응원의 목소리를 건네던 모습, 젊은 의사분들이 늘 뛰어다니던 발자국 소리. 청소하시던 이모님은 저랑 동갑인 아들이 있다고 다독여 주셨지요. "괜찮아질 거예요. 기적은 있어요."라고 하셨어요.

하지만 기적은 없어요. 저는 예전처럼 돌아갈 수 없으니까요. 중환자실 신세를 지던 그 시간에 선생님들 모두가 없었다면, 저는 더 버틸 수 없었을 거예요. 우리는 한 팀 같았어요. 길거리에 쓰러진 제가 중환자실을 거쳐 일반병실까지 갔던 과정은 전쟁 같았어요. 의료진분들은 모두 다 비장한 이순신 장군 같았고요. 중환자실에 계신 의료진 선생님들 모두 진심으로 존경합니다. 마스크 밖으로 새어 나오는 숨소리나 작은 한숨은 중환자실에 누워 있던 저에게 그대로 전달되었어요.

다 기억나진 않지만 몽롱한 기억 저편에서, 다신 겪고 싶지 않은 그때 그 시절은 아픈 추억으로 남아 있어요. 저와 같은 중환자는 '슬픔'이란 단어의 뜻이 왜 '슬픔'인지, '아프다'는 뜻이 왜 그 많은 단어 중에 '아프다'고 지었는지를 알아요. 슬픔이란 말은 정말로 너무 슬프고요, 아프다는 말은 정말로 너무 아파요. 지금도 이렇게 가슴이 아픈 걸 보면 알 수 있지요.

하지만 그동안 제 마음도 제법 굳어졌어요. 그렇게 중환자실에서 죽음의 밑바닥에서 헤매고 있는 저를 이렇게 끌어올려 주셨잖아요. 그렇게 살아낸 데는 뭔가 이유가 있을 거란 생각이 들어요.

언젠가 엄마가 하신 말씀 중에, 중환자실 김영O 선생님께서 "살아 있는 것이 축복이다."라며 엄마를 위로하셨대요.

그래서 저도 귀중한 삶을 허투루 보내지 않으려고 해요. 할 수 있는 것보다 할 수 없는 것에 하루에도 백 번도 넘게 무너지지만, 그래도 마음을 다시 다잡아요. 언제까지 신세타령만 할 수는 없어요. 아버지가 돌아가셨기 때문이에요. 저는 엄마의 기둥이니까요.

재활운동이 너무 힘들어서 속이 상해요.

'안 울어야지, 안 울어야지, 오늘만은 안 울고 운동해야지.'

아무리 다짐해도 무너지고, 다 때려치우고 싶고 눈물이 막 나요. 중환자실에서 구해주신 의료진분들을 원망한 적도 있어요. '이렇게 사느니 차라리 살리지 말지.' 하면서요. 실컷 살려 놓으셨는데…. 잘못했어요. 앞으론 안 그럴게요. 잘 지내고 있다는 소식을 전하고 싶었는데 죄송해요.

그래도 다시 입술을 꾹 깨물고 용기를 내어 진짜 감사한 마음을 담아 꾹꾹 눌러 씁니다. 왜냐하면 오늘도 중환자실에서 저와 같은 환자를 온몸으로 꺼안고 계실 거라는 걸 알기 때문이에요. 너무도 힘든 일들을 하고 계시기 때문에 더 힘내라고는 말씀 못 드려도, 퇴원한 환자들은 선생님들을 평생토록 기억하며 살아갑니다.

이렇게 기억을 더듬다 보면 겨우겨우 다잡은 제 마음이 모래성처럼 무너져서, 다시 한번 입술을 꽉 깨물고 눈을 부릅떠 편지를 씁니다. 그동안 제 마음도 굳은살이 생겼거든요. 선생님들이 추천하셨던 정신과 상담은 꾸준히 다니고 있어요. 우울증 약도 먹고, 하루에 두 시간 그림 그리는 아르바이트도 해요. 안 믿기시겠지만 좋아하는 사람도 생겼어요.

물론 고백도 못하는 짝사랑이지만, 저 이만하면 괜찮은 환자죠? 거기에 있는 중환자들한테 칭찬 좀 해주세요. 잘 살려 놓았다고요.

선생님들은 제 목숨만 살린 게 아니고, 죽음은 누구에게나 있는 일상이라는 걸 깨닫게 해주셨잖아요. 죽지 않고 살아 있는 것이 "축복"이라고 하신 말씀, 이제 알겠어요. 매일 하루를 선물 받고 있어요.

제가 장애인 몸이 되고 또 아버지가 돌아가시면서 진짜 어른이 되어 가고 있는가 봐요. 저나 가족이나 일상을 찾아가려고 무진장 노력해요. 근데 잘 안 되고 울컥울컥할 때가 많아요. 특히나 오늘처럼 매서운 찬바람이 불면, 보라매병원 중환자실에 누워 있던 때가 생각나요.

아버지를 떠나보내는 아픔도 겪었잖아요. 그런데 아픔이 아픔으로만 남지는 않는가 봐요. 고마운 교훈이 되기도 하니까요. 겪어야 할 것이라면 담담히 생각하는 것도 괜찮아요. 어찌할 수 없는 부분에는 연연하지 않으려고 해요.

보라매병원 중환자실 의료진 선생님들, 저는 오늘도 선생님들이 저를 살려주셔서 값진 하루를 보내고 있습니다. 언젠가는 모르겠지만 꼭 좋은 노래를 만들어 가수들에게 선물할 거예요. 선생님들이 제게 하루를 선물하신 것처럼요.

제가 만든 노래로 힘들어하는 모든 분들이 기운을 내고 행복했으면 참 좋겠습니다. 그게 선생님들이 저를 살려 주신 이유인 것 같아요. 지금 이 시간에도 중환자실 안에서 꺼져가는 생명줄을 살려내고 계실 중환자실 모든 선생님들께, 이 기회를 통해 못했던 인사를 드립니다.

  선생님들의 희생과 사명감에 감사드립니다. 절대로 잊지 않겠습니다.

나의 사명
서울아산병원 중환자실
2010 출품작

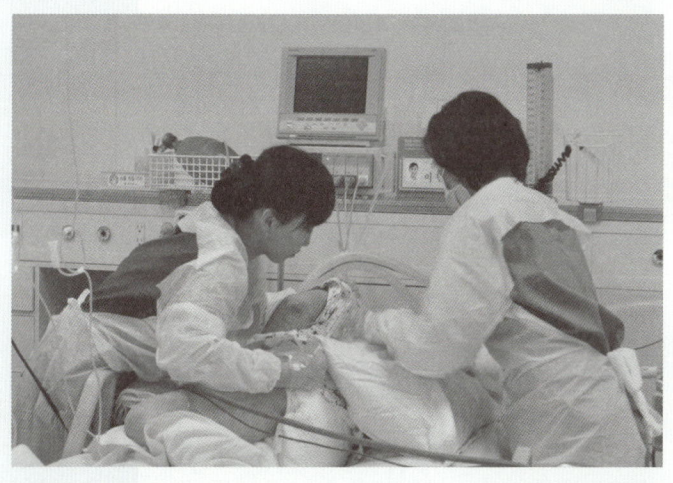

정성어린 손길
서울아산병원 중환자실
2010 출품작

그리운, 미운 그 바다

박성근

"하늘에서도 노을은 지나요? 아버지, 어머니…."

남도의 포구 가득 이제는 모르는 바람과 새들이 떠돌았다.
노을 진 늦봄의 백사장에는 아무도 없었다.
그렇게 사랑은 가고 나만 홀로 남았다.
몇몇 갈매기들의 큰 날개만이
멀리 수평선에 걸려 파닥이고 있었다.
매번 이 바다에 오면 나는 부모님이 보고 싶어
미칠 것만 같았다.
그때마다 다시는 오지 않으리라 다짐했다.
그러나 언제나처럼 다시 이 바다에 와서
부모님께 안부를 묻는다.
부모님께 부치는 편지는 늘 주소 불명이다.
그러나 그렇게라도 나는 내 마음의 사랑을 끄집어낸다.

나는 부모님께 드릴 감꽃 목걸이 두 개를 바다에 띄웠다. 둥둥 흘러가는 둥그런 감꽃 무더기를 바라보며 울지 않으려고 이를 악물었다. 그러나 나도 모르게 그립고 미운 바다를 향해 거칠게 악을 썼다. 지나가던 예닐곱 살 아이가 고개를 갸우뚱했다. 파도가 우우~ 철썩였다. 마침내 하염없이 흐르는 눈물을 내버려두었다.

"아버지, 큰 약도 천천히 드시면 됩니다. 좀 쉬어가면서 드십시오."

아버지는 매번 몇몇 큰 약을 버리신 것 같았다. 처음에는 나도 몰랐지만, 쓰레기통에 버려진 약을 들춰 보인 간호사의 귀띔으로 알았다. 그때마다 나는 아버지를 설득하기 시작했다. 그럴수록 아버지는 더욱 고집을 세우셨다.

그러나 나는 지난날 내게 사랑만 주시던 아버지를 떠올리며 그 갈등을 헹궈냈다. 그렇게 아버지와 나의 실랑이는 우리 부자의 팽팽하지만 따뜻한 병실 이야기였다.

아버지는 간암 말기 판정을 받고 대학병원 중환자실에 몇 달 입원 중이셨다. 광대뼈만 남으신 아버지를 보며 나는 아무도 몰래 병실 벽을 치며 얼마나 울었는지 모른다. 이제 팔뚝에서 주사 놓을 핏줄을 잡기도 어렵다는 간호사의 혼잣말을 들을 때마다 가슴이 미어졌다. 그 삭정이 같으신 아버지의 퀭한 모습에 지난날 아버지의 힘겨웠던 시간들이 자꾸만 내 가슴에 명멸했다.

아버지는 일찍 부모님을 여의셨다. 나처럼 독자이셨던 아버지께서는 안 해 본 일이 없을 정도로 고생만 하셨다. 그 시절 다산의 분위기와는 달리 부모님께서는 나만 나으셨다. 허약하신 어머니의 질환 때문이었다. 늘 외로웠던 나는 매일 밤늦게 남의 집 일을 마치고 돌아오시는 아버지를 집 밖에서 기다렸다. 아버지께서 가끔 얻어 오시는 다 식은 주인집 음식을 먹기 위해서였다.

언젠가 나는 들녘에서 주인 어르신께 야단을 맞는 아버지를 본 적이 있었다. 아버지는 힘이 부쳐 일을 망치신 것 같았다. 사실 아버지도 허약하셔서 거친 일을 하시면 안 되었다. 그러나 아버지는 식구들의 목숨을 위해 당신의 목숨을 바치고 계셨다.

산골 큰 나무 뒤에 숨어 주인에게 손을 빌고 계시는 아버지를 훔쳐보며 열두 살 소년은 울었다.

그날 이후 어린 마음에도 나는 아버지의 슬픔과 한을 이해했다. 아버지는 점차 술 취해 비틀거리는 날들이 많아졌다. 가끔은 꺼이꺼이 우시기도 하셨다. 그러나 나는 아버지를 원망하는 대신 아버지를 위해 열심히 공부하겠다는 다짐만 반복했다. 하릴없이 내 작은 두 주먹만 불끈 쥐었다.

그리고 내가 중학교 2학년 무렵, 어머니를 바다에서 잃었다. 누군가 바다 쪽으로 걸어가시는 어머니를 봤다고 했다. 약간의 치매가 있으신 어머니는 가끔 해변을 거닐곤 하셨다. 그날도 그렇게 길을 떠난 어머니는 그 바다 어디에서도 찾을 수 없었다. 아버지와 나는 오래도록 미친 듯 어머니를 찾아 바닷가를 헤맸지만 끝내 허사였다.

경찰로부터 바다에서 익사하신 것 같다는 말만 들을 수 있었다. 아버지는 다시는 오시지 않을 어머니를 기다리며 날마다 창밖을 내다보고 홀로 술만 마셨다. 그리고 끝내 일을 할 수 없을 정도가 되어 결국 주인집에서 쫓겨나셨다.

그런 아버지를 남겨두고 나는 성공을 위해 서울로 떠났다. 그러나 이리저리 돌아다니며 구두를 수거한 찍새 소년은 딱새가 잘못 닦아도 손님들로부터 욕설과 퇴짜를 맞았다. 나는 딱새보다 서열이 낮았다.

아주 가끔 구두를 닦을 기회가 주어지면, 나는 구두가 아닌 절망을 닦았다. 그리고 점심때가 되면 담벼락에 쪼그려 앉아 얼어붙은 빵으로 허기를 달랬다. 신문 배달 도중 내 구역의 어느 대문에 '신문 사절'이 붙어 있어도 공연히 지국장에게 얻어맞기 일쑤였다. 그렇게 나는 늘 대신 흠씬 맞았다.

"인간은 파멸할 수는 있어도 패배하지는 않는다."

그때마다 내가 믿는 것은 자취방 벽에 붙여놓은 헤밍웨이의 다독임뿐이었다. 훗날 기어코 아버지를 편히 모시고 싶었다. 돌이켜 보면 내 가족과 성공만을 위한 이기적인 주경야독이었다. 그러나 내겐 세상을 두루 배려할 만한 능력과 겨를이 없었다. 물론 칠순이 다 된 지금도 나는 무엇이 진정한 성공인지 정의할 자신은 없다.

가끔 고향에 들를 때마다 동네 어르신들은 내게 아버지의 폭음을 전하며 걱정해 주셨다. 그 후로도 아버지의 소식은 늘 같았다. 그러나 아버지의 처절한 시간을 잘 아는 나는 차마 아버지의 폭음을 모질게 막지 못했다.

다행히 내 꿈은 조금씩 꽃피우기 시작했다. 나는 서울에서 아버지를 모시고 싶었다. 그러나 아버지는 한사코 고향을 지키시겠다고 하셨다.

"내가 좀 몸이 안 좋은 것 같다. 곧 괜찮아질 거야, 걱정하지 마라…."

직장에서 아버지의 갑작스러운 전화를 받았다. 무뚝뚝하신 아버지는 웬만큼 아프지 않고는 절대로 내게 먼저 그런 전화를 하실 분이 아니었다. 나는 짚이는 것이 있어 곧바로 고향으로 내려갔다. 바싹 마른 아버지의 등에 늦가을이 버둥거렸다.

나는 부랴부랴 아버지를 도시의 큰 병원으로 입원시켰다. 아버지는 이미 거의 손을 쓸 수 없는 상태였다. 그날부터 병실에서 내 이름은 '의심이 많은 보호자'였다.

"사실대로 말씀해 주십시오. 우리 아버지, 꼭 회복하실 수 있겠죠?"

그러나 아버지의 병환은 갈수록 악화되었다. 항암치료를 받느라 지칠 대로 지치신 아버지의 움푹 파인 볼과 가느다란 다리를 보면 견딜 수가 없었다. 얼굴 색깔이 새까맣게 변해가는 아버지를 보며 나는 조금은 격정적으로 담당 의사에게 진실을 알려 달라고 강변했다. 그러나 의사 선생님은 도돌이표처럼 "지켜보자."는 말만 되풀이했다. 나는 마음 깊은 곳에서 의사 선생님에 대한 원망이 조금씩 쌓여 갔다.

아버지는 차츰 내게 이유도 없이 매사 화를 내고 말씀도 많아지셨다. 가끔 심한 구토를 하신 후에는 고함까지 지르셨다. 그리고 이내 침대 시트를 찢듯 잡아당기실 때면 내 가슴도 덩달아 찢어질 것만 같았다.

그때마다 조심스럽게 말렸지만 아버지는 더욱 심해지셨다. 아버지의 등창을 막기 위해 매번 등을 돌려 눕히며 나도 조금씩 지쳐 갔다. 그러나 아버지와 함께할 마지막 시간이라는 생각에 그 불효의 마음을 얼른 나무랐다.

나는 늘 웃으며 아버지의 생각과 시간에 맞춰 드렸다. 다행히 내 웃음은 힘겨운 아버지께 위로가 된 것 같았다. 아버지는 내 어린 시절 내 뜻 모를 화를 모두 품어 주신 분이셨다. 그 생각을 떠올리며 나는 사랑하는 아버지를 자주 안아 드렸다. 그런 내게 아버지께서는 가끔 갈라진 목소리로 미안하다고도 하셨다.

그 변해 버린 목쉰 소리가 더욱 가슴 아팠다. 때로 나는 주무시는 아버지의 파리한 손등에 꽂힌 바늘로 흘러내리는 링거액을 물끄러미 바라보곤 했다. 그렇게 아버지의 시간은 째깍째깍 겨우 연장되고 있었다. 도리질하는 내 눈물이 아무렇게나 구부러져 내렸다.

가끔 주변 친구들이 내게 간암에 좋다는 약초들을 이것저것 소개했다. 나는 아버지께 검증되지 않은 그 약들을 덥석 드리고 싶지 않았다. 그래도 지푸라기라도 잡는 심정으로 담당 의사 선생님께 여쭤보았다. 의사 선생님은 항암제와의 충돌 작용을 경계하며 적극 말리셨다.

그즈음 아버지가 힘들어할수록 나는 아버지의 간 수치 변동에도 일희일비했다. 그런 내게 의사 선생님은 그 수치에 너무 큰 의미를 두지 말라며 따뜻하게 이유까지 들어 설명해 주셨다. 그렇게 진심을 다해 나를 위로하고 응원하셨다.

나는 그동안 의사 선생님께 품었던 내 마음이 부끄러워졌다. 그리고 솔직하게 의사 선생님에 대한 그간의 내 죄송한 심정을 말씀드렸다. 의사 선생님의 잔잔한 웃음에 마음이 후련해졌다. 그 후 나는 차츰 '긍정적인 보호자'가 되어 갔다.

이상하게 아버지는 입원 후 틈만 나시면 내게 옛 이야기를 꺼내셨다. 기억에도 없는 다섯 살 때의 내 이야기를 들을 때는 아득했다. 어쩌면 아버지는 그 순간만이라도 통증을 잊고 싶으셨는지도 모른다. 나도 아버지께 지난날 아버지와의 행복했던 날들을 말씀 드렸다. 아버지는 오랜만에 어린아이처럼 좋아하셨다.

그 후로 나는 아버지께서 주무실 때도 곁에서 나직이 옛 이야기를 해 드렸다. 놀랍게도 아버지는 수면 중에도 가끔 작은 웃음을 짓고 내 손을 슬그머니 잡으시기도 하셨다. 돌이켜 보면 우리 부자는 입원 후부터 예전보다 훨씬 많은 대화를 나눴던 것 같다. 문득 지난날 아버지와 더 따뜻한 소통을 하지 못한 것이 뼈저리게 후회되었다.

아버지는 너무 과묵하셨다. 그래서인지 나도 아버지께 말을 잘 건네지 못했다. 그러나 아버지께서 마음으로 내게 이야기하고 계신다는 것을 몰랐다. 아버지의 마음속 두툼한 소통 방식을 몰랐다.

어린 시절 그 힘겨운 가운데도 아버지는 단 한 번도 나를 질책하지 않으셨다. 내 유년의 일기장에는 그것이 늘 자랑이었다. 병실에서처럼 내가 아버지께 다가섰어야 했다. 그러나 그때라도 알아서 다행이었다.

"보호자님, 아버지께서 회복이 어려우실 것 같습니다. 뼈와 뇌까지 심하게 전이가 되었습니다. 마지막으로 아버지께서 원하시는 것을 해드려야 할 것 같습니다."

그러던 어느 날 나는 의사 선생님의 청천벽력 같은 말을 들었다. 의사 선생님은 내 눈을 똑바로 쳐다보지 못했다. 희미한 낮달만이 걱정스럽게 나를 바라보았다. 나는 병실 복도에서 한동안 멍하니 홀로 서 있었다. 창밖에는 하염없이 눈발이 흩날리고 있었다. 이제 세상에는 나만 남는다. 그러나 아버지와의 남은 시간은 너무 소중했다.

"가자, 그 바다에 가고 싶다…."

실은 아까 아버지께 의사 선생님을 찾아가 병의 진행에 대해 구체적으로 알아보겠다고 말씀드렸었다. 병실로 돌아온 나는 애써 웃었다. 물론 나는 숨기는 것보다 사실대로 아버지께 말씀드리는 것이 도리라고 생각했다.

그러나 목까지 차오른 말이 선뜻 밖으로 나오지 않았다. 내 참담한 마음을 눈치채신 아버지께서 먼저 담담하게 퇴원하자고 하셨다. 당신은 이미 예감하고 계신 것 같았다.

"겨울 바다가 참 좋구나. 내가 떠나면 이 바다에 뿌려주라…."

아버지는 일렁이는 파도를 한없이 응시하며 신음처럼 말씀하셨다. 나는 짐짓 못 들은 척했다. 아버지와 나는 오래도록 침묵했다.

그러나 나는 아버지 몰래 숨죽여 울며 따뜻한 이별을 준비했다. 이번이 아버지와의 마지막 여행일 것이다.

지난날 아버지는 이 바다에 자주 오셨다. 아버지는 자신을 향해 말을 건네는 파도의 포효가 참 좋다고 하셨다. 포구를 가로지르는 갈매기를 보면 평온해져서 이 바다를 찾는다고도 하셨다. 그러나 나는 너무나 보고 싶은 어머니 때문임을 잘 알고 있었다.

"나 좀, 앉혀… 줄…래?"

나는 휴직을 했다. 그리고 며칠이 지난 어느 날이었다. 아버지는 마지막 안간힘을 다해 말씀하셨다. 나는 허겁지겁 누워 계신 아버지의 등을 붙잡고 앉혀드렸다. 아버지의 등에서 이미 끈끈한 진물이 줄줄 흘러내렸다. 황급히 아버지의 다리를 만져보았다. 차갑게 굳어가는 다리를 붙잡고 나는 숨조차 쉴 수 없었다.

"바르게… 살아라. 그리고 엄마… 곁에 꼭… 뿌려주라."

다시 풀썩 누우신 아버지께서 처음으로 어머니 이야기를 희미하게 꺼내셨다. 그것이 이승의 마지막 말씀이셨다. 동시에 한 손으로 벽 쪽을 가리키는 듯한 시늉을 하시더니 끝내 운명하셨다. 나는 견딜 수 없는 슬픔에 오래도록 통곡했다. 벽에 걸린 달력의 모델만이 웃고 있었다.

어느 겨울의 끝, 오전 11시 17분이었다.

나는 처음 그 바닷가에서 아버지가 바다에 뿌려 달라고 하셨을 때만 해도 절대 그럴 수 없노라 다짐했었다. 아버지의 묘소에는 내 평생 제비꽃이 피고 져야만 했다. 아버지만큼은 영원히 내 곁에서 함께 계셔야만 했다.

"아버지, 아버지의 뜻을 꼭 따르겠습니다. 그리고 부모님과 저의 이야기는 영원히 끝나지 않을 것입니다."

나는 들리시지도 않을 아버지의 귀에 대고 마지막 작별 인사를 했다. 그리고 아버지가 가리키신 벽을 쳐다보았다. 벽에 걸린 아버지의 바지 호주머니에 손을 넣어 보았다. 이리저리 구겨진 벌목 계약서였다. 몇 년 전 나는 아버지께서 그토록 원하시던 산을 매입했었다. 문득 그 산의 큰 소나무들이 많이 잘려 있던 것이 생각났다.

아버지께서 누군가와 그 나무들의 매매 계약을 하신 것 같았다. 그러나 나는 자세히 확인할 경황이 없었다. 2대 독자인 나는 힘겨울 때마다 내 주변과 상의할 사람이 없었다. 아무도 나의 슬픔과 외로움을 배웅하거나 마중 나오지 않았다. 오직 나 혼자 고뇌하며 결정해야만 했다. 주변 환자들의 여러 보호자가 그렇게 부러울 수가 없었다.

그리고 나는 어머니 곁에 아버지를 뿌려 드렸다. 바람에 흩날리던 하얀 가루가 내 눈물에 묻었다. 그렇게 그 바다는 아버지와 어머니의 영원한 방이 되었다. 나는 오랜만에 잔뜩 취해 휘적휘적 해변을 한없이 걸었다. 눈발 사이로 부모님의 바다가 빙빙 돌았다. 아버지께서 사랑하시던 그 미운 바닷가에 털썩 주저앉았다. 내 눈물과 차가운 바닷물이 어우러져 훨훨 춤을 추었다. 멀리 갈매기가 환장하듯 떠돌았다.

"정말 너무나 좋으신 분이셨습니다. 무어라 위로를 드려야 할지…."

아버지와 작별 후 아버지의 유품을 정리하던 중 어떤 낯선 분이 나를 찾아오셨다. 그리고 아버지께 드릴 벌목 대금 잔금과 함께 별도로 부의금을 전달하며 나를 위로했다. 읍내에서 제재소를 하신다는 분이셨다. 나는 먼저 연락하지 않길 잘했다고 생각했다. 우리는 서로 손을 맞잡고 한동안 서 있었다. 세상은 생각보다 따뜻했다.
작년 늦봄, 나는 감꽃 시절에 맞춰 고향을 찾았다. 네 가구만 살던 작은 마을에서 우리 집은 이미 헐리고, 그 곁으로 모르는 분들이 와서 살고 있었다. 다행히 아버지께서 그토록 좋아하시던 감나무는 이제는 너무 늙었지만 그 자리에 그대로 서 있었다.
그렇게 사랑을 잃고 서 있는 나처럼 홀로 덩그러니 옛날을 지키고 있었다. 그 감나무 주변 담장도 헐려 없어졌다. 다만 거의 밑동만 남은 고목에 핀 감꽃만이 한없이 뚝뚝 떨어지고 있었다. 아버지께서 내 가슴에 마구 떨어졌다.

부모님은 이상하게 감꽃 목걸이를 좋아하셨다. 어머니가 살아 계셨을 때 부모님은 서로에게 가끔씩 감꽃 목걸이를 해 드리곤 하셨다. 나는 부모님의 마음을 베끼며 감꽃을 줍기 시작했다. 내 젖은 망막을 따라 노란 감꽃이 뿌옇게 흔들렸다.

그렇게 나는 감꽃 목걸이 두 개를 만들었다. 그 바다에 가서 아버지와 어머니께 드릴 요량이었다. 그 노을 무렵, 멀지 않은 그 바다로 가는 길은 왜 그리도 멀고 아득하던지.

나도 이제 칠순을 향해 늙어 간다. 젊은 날 지독히도 흘린 땀과 눈물 덕분에 나는 공직에서 여러 국장을 끝으로 은퇴했었다. 그리고 부모님을 빼앗아 간 알코올 중독과 치매를 공부했다. 그렇게 회갑의 나이까지 자식 같은 대학원 학우들과 복지와 치유 분야 박사 과정을 공부했다. 가끔 다리가 후들거리고 코피가 났지만 버텨냈다.

지금은 사이버 대학에서 그 분야의 지도교수로 일하고 있다. 아프게 뒹굴고 일어선 덕분에 나는 알코올 중독자들의 고통을 조금은 안다. 나는 그분들의 편에 서고 싶었다. 내 밥만이 밥은 아닐 것이다. 희미하게 무엇이 바르게 사는 삶인지도 알게 되었다. 그렇게 힘겨운 그분들에게 무료 상담 봉사를 해 드린다.

가끔씩 이름도 모르는 분들의 연락을 받으면 그분들의 아픈 인생을 만나러 간다. 익명을 존중하며 그분들의 아픈 가슴에 아무 조건 없이 희망의 꽃을 꽂아 드리며 살아간다.

가끔은 부모가 없는 아이들이 모인 사회복지 시설에 가서 그냥 아이들과 놀아 주기 자원봉사를 한다. 때로 아이들의 그 쓸쓸한 눈망울을 보면 너무 힘겨워 눈을 피하기도 한다. 그리고 나는 회갑의 나이에 '외국인을 위한 한국어 자격시험'에 합격했다. 덕분에 동네 지역아동센터에서 힘겨운 다문화 가족 아이들에게 한국어 강의 봉사도 하며 늙어 간다.

차별받고 고통받는 아이들이 나를 선생님이라기보다 할아버지로 불러 줄 때면 가슴이 뭉클해진다. 나도 지난날 한없이 약한 사람이었다. 그러나 세상이 나를 돌봐 주었다. 그 고마운 세상에 진 빚을 이제 작은 것이라도 갚고 싶다.

이 척박한 시대, 모든 것이 다 무너져도 아버지와 어머니를 향한 내 사랑은 마지막까지 진실이다. 코로나19로 마스크가 내 입과 웃음을 막고 있지만 부모님을 향한 내 그리움까지 막을 수는 없을 것이다.

"절망이야말로 죽음에 이르는 병이다."

덴마크의 위대한 철학자 키에르케고르의 묵언이다. 암과 치매라는 슬픈 병마로 나는 아버지와 어머니를 잃었다. 그것은 내게 참으로 녹록지 않은 고통의 긴 시간들이었다.

그러나 사랑은 떠났지만 나는 절망이라는 죽음의 병에 이르지 않았다. 다만 사랑이 말라가는 세상에서 젊은 날 많이도 비틀거리며 외로웠다. 그러나 분노와 절망을 따라 갓길로 가지 않고 아버지의 마지막 유언대로 앞을 보며 살아냈다.

나는 지금도 늘 내 마음속에 영원히 살아 계시는 그분들과 대화한다. 부모님과 함께하던 행복했던 날들의 이야기를 자주 꺼낸다. 그렇게 나는 지금 절망을 지우고 따뜻한 희망의 빛을 쓴다.

지금 초승달이 희미하다. 부모님이 너무 그립다.

그러나 슬프지는 않다.

오늘도 나는 그 달빛을 따라 웃으며 사랑을 부른다.

"아버지! 어머니를 다시 만나 행복하시나요…?"

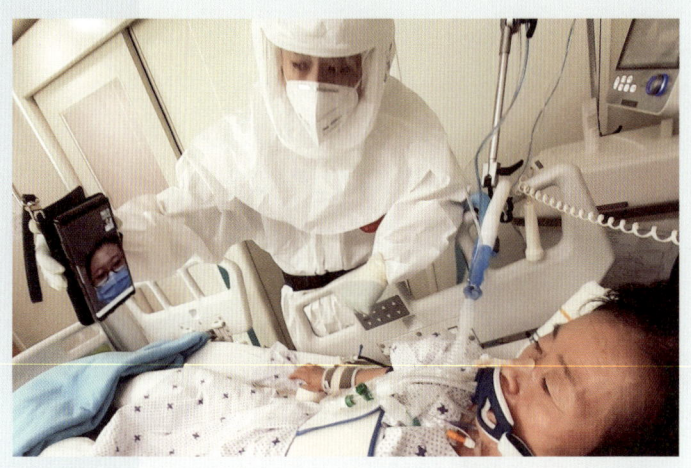

지금껏 날 지켜준 사람
국군의무사령부 국군수도병원 국가지정격리병상 중환자팀
2021 수상작

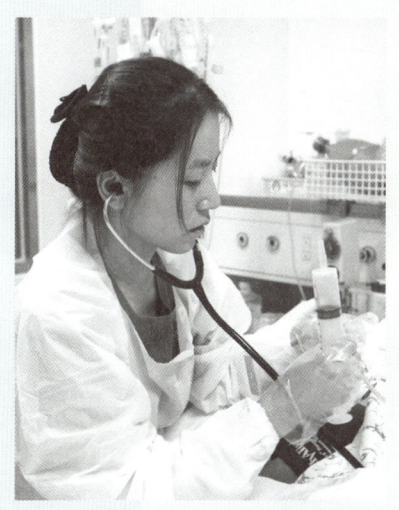

작은 소리 담아내어
서울아산병원 중환자실
2010 출품작

네가 우리 곁에 있었다는 걸 잊지 않고 기억할게

최양수

짧은 잠결에 아들을 만났다. 오랜만에 보는 아들의 웃는 얼굴이 반가웠지만, 이내 머릿속은 슬픔으로 범벅이 되었다. 꿈속에서조차 이 모든 것이 꿈이라는 걸 인지했기 때문이다. 그래도 아들을 놓치기 싫어 온 힘을 다해 끌어안았다. 지금 이 순간이 영원하기만을 바랐다. 꿈에서 깼을 때 아들의 온기가 마치 생시처럼 내 품속에 남아 있었다.

순간 아들과 함께했던 추억들이 어제의 일처럼 되살아나 눈가가 축축하게 젖어들었다. 참아보려 애써도 아들의 냄새가 기억나 코가 먹먹해졌고, 아들의 목소리가 떠올라 귓가가 축축해졌다. 차마 삼킬 수 없는 울음이 목에 걸려 숨이 턱턱 막혔다.

아들의 모든 시간이 멈춰 버린 그날의 기억이 내 마음속에 잔인할 만큼 너무 생생히 남아 있어 지금도 나를 아프게 한다. 오후 시간, 여느 때처럼 직장에서 근무를 하고 있는 내게 아들의 휴대전화로 전화가 걸려왔다. 아들은 하굣길에 전화를 걸어 그날 학교에서 있었던 일을 미주알고주알 늘어놓는 것을 좋아했기에, 나는 맞장

구를 치며 이야기꽃을 피우려고 했었다.

그런데 수화기 너머로 장난기 섞인 아들의 목소리가 아닌 낯선 남성의 목소리가 들려왔다. 다짜고짜 119라며 이 어린이의 보호자냐고 물었다. 순간 말로 설명할 수 없는 불안감이 엄습해 오며 눈앞이 캄캄해지는 듯했다.

곧 실체 없는 불안은 감당하기 힘든 절망으로 바뀌어 현실이 되어 나타났다. 아이가 차에 치였다며 근처 대학병원으로 이송 중이라는 구급대원의 말에 결국 나는 그 자리에 풀썩 주저앉고 말았다. 전화를 끊은 후 병원까지 어떻게 갔는지는 기억조차 나지 않는다.

병원에 도착했을 때 아들은 응급수술을 받고 있었다. 아들을 병원으로 데려온 구급대원이 하교 중에 횡단보도 위에서 과속으로 달려오던 차에 부딪혔다며 사고 상황을 설명해 주는데, 더 이상 아무 말도 들리지 않았다. 아니, 너무 끔찍해서 듣고 싶지 않았다.

응급수술을 끝마친 아들은 곧바로 중환자실로 옮겨졌다. 수술이 끝난 후 산소호흡기를 차고 미동도 없이 누워 있는 아들의 모습을 보자 온 세상이 와르르 무너져 내리는 듯했다. 아들은 항생제와 진통제 등을 주렁주렁 몸에 단 채 긴 잠에 빠져 있었다. 머리에 붕대를 감고 있어서 얼굴의 형체조차 알아보기 어려웠다. 아들 녀석이 오롯이 혼자 감내해야 할 엄청난 고통의 무게를 생각하니 가슴이 찢어질 듯 아팠다.

수술을 마친 의사 선생님은 아들이 머리와 복부를 크게 다쳤고,

동맥의 출혈도 너무 심한 데다 소장이 찢어져서 상태가 매우 위중하다고 했다. 의사 선생님을 붙잡고,

"선생님, 우리 아이 괜찮은 거죠? 깨어나는 거죠?"

라고 물었다. 그러나 "일단 지켜봐야 할 것 같습니다!"라는 말만 돌아올 뿐 희망의 빛은 보이지 않았다. 세상이 온통 암흑 같았다. 중환자실에서 아들의 상태를 살피고 복도로 나온 후에도 나는 중환자실 앞에서 한 발자국도 떼지 못했다. 왜 건강한 우리 아이가 차에 치여 의식도 없이 중환자실에 누워 있어야 하는지 받아들이기 힘들었다.

초등학교 입학식 날, 나와 아내에게 키워 주셔서 감사하다고 말하던 속 깊은 아이였다. 늘 곁에 붙어 재롱을 부리고 웃음 짓게 하던 아이였다. 나중에 돈 많이 벌어서 큰 차를 선물해 준다던 해맑은 아이였다.

불과 아침까지도 내 볼에 입을 맞추며 사랑한다고 말해 주던 아이가 의식도 없이 누워 있다는 사실을 어떻게 받아들여야 할까. 1분 1초가 지옥과 같았다. 내 전화를 받고 병원으로 달려온 아내는 오열했고, 좀처럼 감정을 추스르지 못했다.

나는 머릿속에서 떠올릴 수 있는 모든 긍정적인 단어와 말들을 꺼냈고, 결코 나쁜 생각은 하지 말자고 아내를 다독였다. 그날 밤

중환자실 앞 의자에 앉아 뜬눈으로 밤을 지새웠다. 내가 잠든 사이 아들이 잘못되어 다시는 볼 수 없게 될까 봐 불안했기 때문이다.

중환자실은 한시도 잠들지 않았다. 밤새도록 의사 선생님과 간호사분들이 분주하게 중환자실을 오갔다.

며칠이 지나도 아들은 의식이 없었다. 그리고 곧 담당 의사 선생님의 입에서 나온 '뇌사'라는 절망적인 말 한마디. 도저히 믿을 수가 없었다. 아니, 믿고 싶지 않았다. 우리 아들이 분명 다시 깨어나기 위해 안간힘을 쓰고 있다고 믿고 싶었다. 며칠 사이 파삭하게 마르고 창백해진 아들의 손을 잡고, 모두가 기다리고 있으니 조금만 힘을 내라고 말했다.

또 아이가 깨어나면 언제든지 읽을 수 있도록 손편지를 머리맡에 올려 놓고 나왔다. 손편지에는 얼른 나아서 퇴원하면 축구도 하고 놀이동산에도 가자고 적었다. 하지만 아들 대신 아파줄 수 없고 면회를 오는 것 말고는 해줄 수 있는 게 없어 늘 고통스럽기만 했다.

중환자실에 가족을 둔 보호자가 되어 보니 마음이 늘 조급해서 인내심은 금방 한계에 달하곤 했다. 그래서 하루에도 몇 번씩 중환자실로 전화를 걸어 아이의 상태를 물었고, 검사 결과를 확인했고, 도대체 언제쯤 깨어나는 거냐고 의료진을 향해 사납게 쏘아붙이기도 했다.

의료진이 최선을 다하고 있다는 사실도, 의료진이 먼저 설명해 줄 때까지 기다려야 한다는 사실도 잘 알고 있었지만 늘 이성보다 감정이 앞섰다. 그러다가도 의사 선생님과 간호사분들을 향해 아이를 잘 부탁한다고 수도 없이 부탁하기도 했다.

아내는 며칠째 밥도 못 먹고 잠만 자는 아들에게 미안해서 도저히 밥을 못 먹겠다고 했다. 그런 아내에게

"우리가 강해져야 돼. 그래야 우리 아이도 중환자실 안에서 힘을 내지!"

라며 가까스로 설득했다. 밥을 먹다가도 아들 생각에 울컥해서 온갖 불안한 상상들을 쏟아내는 아내에게 그러지 말자고 몇 번이나 설득했다.

아내와 나는 면회 시간 20여 분 전이 되면 아들을 보기 위해 어김없이 중환자실 앞으로 달려갔다. 1회용 비닐 앞치마를 두르고 마스크를 쓰고 손 소독까지 마친 후 문이 열리기만을 기다렸다. 그러면 하나둘 보호자들이 모여들기 시작했다.

중환자실에서 마주하는 보호자들의 눈빛에는 늘 긴장감이 서려 있었다. 우리와 마찬가지로 사랑하는 가족을 중환자실에서 탈출시키고 죽음의 반대편으로 잡아끌고 싶은 간절함이 가득해 보였다. 또 대부분은 지칠 대로 지쳐 파삭한 얼굴을 하고 있는 경우가 많았다.

중환자실에 가족을 입원시킨 보호자들의 마음은 모두 똑같을 것

이다.

   '오늘은 어제보다는 상태가 좀 나아졌겠지.'
   '오늘은 일반실로 옮겨도 된다고 말해 주면 좋을 텐데.'
   '의식이 돌아와 준다면….'

이라고 간절히 바라고 또 바랄 것이다.
   우리의 바람과는 달리 아들은 의식이 없는 채로 보름 동안 사투를 벌였다. 한 번은 혈압이 갑자기 떨어져 위기 상황을 겪었고, 또 한 번은 간 기능에 이상이 와 큰 위기를 겪었다. 언젠가는 갑자기 심정지가 와 심폐소생술로 간신히 살아나기도 했다.
   그래도 아직은 희망이 있다고 믿고 싶었던 어느 날이었다. 아들의 상태를 살핀 담당 의사 선생님이 심각한 표정으로 입을 열었다.

   "먼저 어떻게 말씀을 드려야 할지 모르겠는데, 아무래도 회복을 기대하는 건 어려울 것 같습니다. 아이가 더는 버티기 어려울 것 같아요. 힘드시겠지만 이제는…."

   의사 선생님은 더 이상 말을 잇지 못한 채 고개를 떨궜다. 인정하고 싶지 않지만 우리가 세상에서 가장 사랑하는 아들에게 마지막 순간이 다가왔음을 알 수 있었다.

아들을 편안히 보내주기로 결심한 우리 부부는 앞으로 또 심정지가 왔을 때 더는 심폐소생술로 살려내지 않겠다는 포기 각서를 썼다. 우리는 포기 각서를 쓰고 나서도 심정지 대신 아들이 깨어나기만을 빌고 또 빌었다.

그로부터 며칠 후, 유난히 투명한 햇살이 쏟아지던 날이었다. 아들에게 또 한 번의 심정지가 찾아왔고, 결국 다시는 돌아올 수 없는 먼 곳으로 떠나게 되었다. 사망 선고를 내리는 의사 선생님의 목소리가 미세하게 떨렸다. 그리고는 잠시 우리 아이의 곁에서 기도를 올리며 애도를 해 주고는 자리를 피해 주었다.

이내 아내는 바닥에 주저앉아 통곡을 했다. 아내를 다독여 일으켜 세운 후 마지막 가는 길은 편안히 보내주자고, 지금도 우리 아들이 듣고 있을지 모르니 마지막 인사를 해 주자고 설득했다. 우리는 아들을 품에 안고 말해 주었다. 사랑한다고, 더는 아프지 말고 자유롭게 세상 구석구석으로 날아다니라고. 그리고 언젠가 하늘 위에서 꼭 다시 만나자고.

아들을 떠나보내고 몇 년의 시간이 흘렀다. 사무치게 보고 싶은 마음은 변하지 않았지만 이제는 아들의 사진을 보아도 바로 눈물이 쏟아지지는 않을 만큼 감정이 차분해졌다.

감정을 추스르고 나니 아들이 떠나는 순간까지 곁을 지켜준 중환자실의 의사 선생님과 간호사분들에게 새삼 감사한 마음이 들었다. 우리 아들의 죽음을 진심으로 애도해 준 의사 선생님과 늘 아들의 상태를 상세히 설명해 줬던 친절한 간호사분들의 진심 어린 배려가 내 시린 마음에 큰 위안이 돼 주었다.

비록 아들은 너무나 이른 나이에 돌아올 수 없는 먼 곳으로 떠났지만 중환자실의 의료진들이 있었기에 아들의 마지막이 외롭거나 쓸쓸하지 않았을 것이다. 오늘은 유난히 아들이 보고 싶은 날이다. 그리운 마음을 담아 나는 하늘을 향해 편지를 한 통 띄웠다.

"선물처럼 우리에게 찾아와 함께한 내내 행복을 안겨 주었던 우리 아들. 네가 있는 그곳엔 마음껏 뛰어놀 놀이터도 있고, 축구장도 있었으면 좋겠다. 늘 미안하고, 보고 싶고, 사랑한다."

파란 아이들에게

조연우

파란 아이

가끔 보면 불행이라는 것은 어찌 보면 공평한 것 같으면서도 참 불공평하다는 생각이 든다. 남녀노소 누구나 할 것 없이 불행과 행복의 경계선에서 휘청이며 삶을 이어간다는 점에서는 공평하다.

하지만 한 발 한 발 최선을 다해 움직이던 사람들도 한순간에 저 먼 어둠의 땅끝까지 떨어질 수 있다는 데에 그 어떠한 타당한 이유도 존재하지 않는다는 점을 생각하면 참으로 불공평한 것 같기도 하다. 어릴 적 나와 그때의 우리 가족에게 닥쳐왔던 불행처럼 말이다. 그 불행은 지금 생각하면 한순간이었지만 참으로 길고 길었던 것 같다.

어릴 때 내 별명은 해피 바이러스였다. 갓난아기 때부터 방긋방긋 잘 웃고, 울거나 떼쓰는 일 없이 어딜 데려가도 애교가 철철 넘쳐흘러 사람들의 사랑을 독차지하곤 했다. 지금 내가 옛날 사진첩을 펼쳐봐도 '아, 얘는 진짜 해피 바이러스였구나.' 싶을 정도로 어린 나는 어딜 가든 눈을 반짝이며 웃고 있었다. 엄마 아빠는 그런 날 데리고 놀러 가는 걸 좋아하셨다. 집 앞 공원을 산책하기도 하고, 카페나 식당 같은 곳을 거닐기도 하고, 가끔은 친척들과 함께 먼 곳으로 여행을 가기도 했다.

아빠는 카메라로 나를 담는 것을 정말 좋아하셨고, 카메라 근처에도 가기 싫어하는 우리 엄마도 나를 안고 있으면 어느새 나와 똑같은 표정이 되어서 사진 속에 담기곤 하셨다고 한다.

그날도 똑같았다. 친척들과 함께 오랜만에 나들이를 갔는데, 평소에는 잘만 웃고 다니던 내가 요즘 유독 시들시들해 했단다. 밥순이라 밥이라면 사족을 못 쓰던 애가 어느 순간부터 밥도 잘 안 먹고, 해피 바이러스라는 별명이 무색하게 하루 종일 기운이 없었단다.

어디가 불편하면 불편하다고 찡얼대기라도 했을 텐데, 울 힘도 없는 건지 아니면 울 정도는 아닌 건지, 짜증 부리는 일 없이 그냥 축축 처져 있기만 했다.

처음에는 기분이 안 좋은가 싶어서 잘 달래도 보고, 맛있는 것도 사줘 봤는데 변함이 없었단다. 걱정이 된 엄마가 나를 데리고 근처 소아과에 갔는데, 그냥 어린 애들이 자주 걸리는 장염이나 감기일 거라고만 하면서 약을 처방해 줬다고 했다.

물론, 그 약이 들었을 리는 없다.

그런 나를 유심히 보던 사람이 큰엄마였다. 그냥 기운이 없겠거니 하던 큰엄마의 표정이 굳은 것은, 이곳저곳 이유도 없이 얼룩덜

룩 파랗게 멍든 내 팔을 보고 난 후였다. 뭔가 심상치 않다는 걸 느끼셨는지 그렇게 한참을 날 보시던 큰엄마는 "동서, 연우 데리고 큰병원 한 번 가봐."라고 진지하게 말씀하셨다.

큰엄마네 남동생이 '재생불량성 빈혈'이라는 병으로 어린 나이에 일찍 세상을 떠났다는 건 그로부터 한참 뒤에 알게 된 사실이라고 한다. 백혈병이 그와 유사한 증상을 보이는 병이라는 것도 말이다.

큰엄마의 표정이 심상치 않다는 것을 느낀 아빠와 엄마는 친척들과 헤어진 뒤 곧바로 좀 더 큰 대학병원으로 향했다. 이것저것 검사를 받을 때까지만 해도 동네 소아과 의사가 했던 말을 믿었다고 했다.

아니, 어쩌면 믿고 싶었던 걸지도 모른다. 그저 감기나 장염 같은 흔한 몸살치레일 뿐이라고. 그러나 검사가 끝난 뒤, 일사분란하게 움직이는 의사들과 함께 내가 중환자실로 옮겨졌을 때부터 그 믿음은 산산조각 나 부서지고 말았다.

얼룩덜룩 멍울을 단 파란 아이. 이것이 행복의 경계선에서 방긋방긋 웃고 있던 나를 땅끝으로 훅 밀어버린 불행의 시초였다. 당시 나는 태어난 지 24개월 된, 고작 두 살짜리 어린아이였다.

투병 생활

사람은 매 순간순간을 사진 찍듯 머릿속에 기억해 두곤 한다. 그

건 형체도 안 보이는 흐릿한 필터 카메라 사진일 때도 있고, GIF(움짤) 형식일 때도 있고, 선명한 화질의 4K 동영상일 때도 있다. 신기하게도 나는 다섯 살 이내의 기억이 이런 형식들로 몇 조각 남아 있다.

워낙 어릴 때라 4K 동영상 정도는 아니지만, 움짤 정도로는 꽤 많이 남아 있는 것 같다. 애석하게도 투병 생활이 길었던 나에게 이런 움짤들의 대부분은 펼쳐 보기 싫을 정도로 어두운 기억들 투성이다. 해피 바이러스였을 적보다 이때의 기억들이 더 많이 남아 있는 걸 보면, 역시 인간은 부정적인 것을 더 선명하게 기억하는 동물이 맞긴 한가 보다.

순천향대병원 중환자실로 옮겨진 후 얼마 안 되어 나는 백혈병 판정을 받았다. 당시 백혈병 환자 경험이 많았던 다른 큰 병원으로 옮긴 뒤 본격적인 항암 치료를 받았다. 어른들도 견디기 힘들다는 독한 항암 약을 매일같이 복용했고, 병원 밖을 벗어날 수 없는 건 당연한 일과였다. 제일 선명하게 남아 있는 기억이 척수에 하는 치료인데, 다른 치료는 말짱하게 잘 버티던 나도 이 치료만 한다 치면 울고불고 난리를 쳤다고 한다.

그래서 완치 판정을 받은 이후에도 이 치료가 약간의 트라우마로 남아 있어서 엎드려서 진행하는 치료를 무서워하며 잘 받지 못했다고 한다. 그렇게 건강하게 웃던 아이가 매일 병원에서 고통받는 걸 보고 있는 가족들의 심정은 어땠을지, 지금 생각하면 감도 잡히지 않는다.

　치료 과정에서의 어려움만으로도 벅찼지만, 안타깝게도 현실은 한 가지 불행으로 끝나지 않았다. 당시 엄마가 동생을 임신 중이었기 때문에 엄마가 나를 매일 돌보기는 어려웠고, 결국 긴 고민 끝에 아빠가 일을 잠시 그만두기로 했다고 한다.

　탄탄하던 경제적 기반이 한순간에 사라지니 당연히 우리 가족은 경제적으로 조금씩 흔들릴 수밖에 없었다. 다행히도 주변에서 많은 도움의 손길을 내밀어 도움이 되었겠지만, 스스로의 힘으로 건강하고 탄탄한 가정을 꾸려 오던 엄마 아빠는 여전히 많이 힘드셨을 것이다. 내가 어렸던 만큼이나, 우리 엄마 아빠도 어렸으니까.

　그래도 경제적 어려움은 다른 것에 비해 버틸 수 있었다. 그것보다 더 버티기 힘든 것은 심리적인 어려움이었다. 사실 나는 중학생이 되기까지 내 병이 무엇인지 제대로 듣지 못했다. 나에게 매년 한두 번씩 서울로 올라가 꼬박꼬박 진찰을 받는 것은 일상과도 같은 당연한 일이었다.

　그저 나는 남들보다 조금 몸이 약하고, 감기에 조금 더 잘 걸리고, 음식 같은 걸 조금 더 조심해야 하고, 건강을 좀 더 많이 신경 써야 하는, 그런 남들과는 조금 다른 아이인 줄로만 알았다.

　그래서 가끔은, 나는 왜 다른 아이들처럼 밖에서 불량식품을 사먹거나 길거리 분식점을 들를 수 없는지, 왜 놀이터에서 흙을 묻혀 가며 뛰놀 수 없는지, 왜 아플 때마다 다른 친구들과 다른 약을 먹는

지, 왜 매번 근처 병원에 가지 않고 서울에 꼬박꼬박 올라가야 하는지, 왜 나는 다른 친구들과 다른지 궁금하기도 했던 것 같다.

그런 궁금증을 드러내다가도 엄마 아빠가 그 이야기만 나오면 나중에 이야기해 주겠다며 화제를 돌리셨기 때문에 그러려니 넘어가곤 했다.

그러다가 내가 내 병에 대해 알게 된 건, 초등학교 5학년 때 시험이 끝나고 오랜만에 이모의 집에 놀러 갔을 때였다. 엄마랑 이모가 치킨을 사러 나간 동안 침대 서랍에 있는 스티커나 공책 같은 것들을 가지고 놀고 있었는데, 누가 봐도 오래된 것 같은 꼬질꼬질한 일기장이 하나 나온 거다.

예쁜 스티커가 잔뜩 붙어 있길래 무심결에 스르륵 펼쳐 보다가, 한 페이지에서 우뚝 멈춰 섰다. 제일 처음 보이는 건 내 이름이었고, 그다음에 보이는 것은 내가 아팠을 당시 이야기들이었다.

엄마가 이모에게 전화를 해서 펑펑 울었다는 이야기부터, 이를 듣고 이모도 엄청 울었다는 이야기까지. 작은 일기장의 반 페이지밖에 안 되는 짧은 글이었지만, 처음 내가 백혈병 판정을 받았을 때 가족들의 절망적인 감정이 고스란히 전해졌다. 그래서 나는 치킨을 사서 들어온 엄마와 이모 앞에서 강제로 눈물 참기 챌린지를 해야만 했다.

엄마 아빠가 나에게 병에 대해 말해 주지 않은 이유를 그저 내가 충격받을까 봐, 또는 아직 나는 어리니까 정도로만 추측해 왔었는데, 그날 이후로 어렴풋이 느꼈다. 어쩌면, 이미 몇 년이 지난 일이어도 엄마 아빠에게는 그때 하루하루가 선명한 상처로 남아 있어서, 그래서 다시 펼쳐 놓기엔 당신들이 쉽게 약해질 수밖에 없는 기억들이기에 굳이 수면 밖으로 떠올리지 않았던 것 아닐까?

나에게는 흐릿한 GIF 사진 몇 장에 불과한 기억들이지만, 당시 나만큼이나 어렸음에도 어른의 무게를 짊어진 엄마 아빠에게는 매일매일이 선명한 4K 동영상으로 기억 속에 새겨져 있을 테니까.

그때부턴 나도 굳이 내가 아팠을 때 일에 의문을 갖거나 관심을 두지 않았다. 언젠가 엄마 아빠가 그 일에서 조금 더 자유로워지면 말해 주지 않을까 하면서 조용히 기다렸다. 그래서 중학교 때, 엄마 아빠가 내가 아팠던 그때 일에 대해 하나둘씩 이야기해 주기 시작했을 때 다행이라는 감정이 들었던 것 같다.

지금도 그 일 이야기를 꺼낼 때마다 엄마 아빠의 표정이 울망울망해지시기는 하지만, 그래도 떠올리기 싫을 정도로 끔찍했던 과거가 아닌, 이젠 술자리에서 꺼낼 수 있는 기억 정도로 많이 묽어졌다는 게 얼마나 다행인지 모른다.

아픔보다도 강했던 해피 바이러스

언젠가 한 번 엄마에게 물은 적이 있다.

"엄마, 나는 어떻게 그 치료를 다 받은 거야?"

이상한 질문이라고 생각할 수도 있지만, 당시 나는 어릴 때 내가 참 신기하고 궁금했다. 그때 내가 교정 치료 중이었는데, 한 달에 한 번 치과를 가는 건데도 치과 이야기만 나오면 질색할 정도로 아프고 힘들었다. 그런 걸 어떻게 하루가 멀다 하고 매일, 그것도 병원에서 지내며 치료를 받으면서도 멀쩡하게 잘 지낼 수 있었는지 어릴 때 내가 너무 가엾으면서도 신기했던 것 같다. 볼을 부여잡으며 말하는 나를 보고 엄마가 웃으며 말했다.

"너는 다른 애들이랑 에너지 자체가 달랐어. 의사 선생님들도 보고 깜짝깜짝 놀라셨다니까!"

엄마의 말을 빌리자면 이랬다. 다른 애들은 항암 치료를 받고 오든 항암 약을 받고 오면 아주 시들시들해서 몸을 못 가눴다고 한다. 하긴 항암 약이 워낙 독하다 보니 어린아이들의 위에는 못 견디게 쓰리고 아픈 게 이상한 일도 아니다. 물도 못 먹고, 밥도 못 먹고. 그렇게 영양분 보충도 제대로 못 한 상태로 또 약을 복용하니 속은 더 망가지고.

다른 아이들에게는 이 악순환의 고리가 끊이지 않았다고 한다. 병실은 매일같이 아이들의 울음소리와 앓는 소리로 가득 찼다고 했다.

근데 유일하게 그 소리가 들리지 않는 침대가 있었으니, 그게 바로 내 침대였단다. 어떻게 된 애가 에너지가 흘러넘치다 못해 터져서, 항암 약을 먹든 항암 치료를 받는 나는 매일 표정부터 '신남!'이 그대로 드러났다고 했다.

밥순이 별칭답게 속이 쓰리든 말든 밥만 보면 좋아 환장을 하며 잘 먹었고, 가끔 위에 무리가 갈까 봐 물도 못 먹는 날도 문제없이 노래를 부르고 춤을 추고 다녔다고 한다.

가장 힘들어했던 척수 치료를 받고 와서도, 초반에는 하루 종일 기운 없이 잠만 잤지만 나중에는 인형 하나 건네주면 다시 좋다고 놀곤 했다고 한다. 찡얼대고 울고 낑낑대는 아이들만 보다가, 뭘 해도 씩씩하게 대답하고 항상 신이 나서 웃으며 애교를 부리는 아이를 보니, 의사 선생님들과 간호사들 눈에는 그렇게 귀여워 보일 수 없었을 거다.

얼마나 에너지가 넘쳤으면, 당일 치료가 끝날 때마다 걱정이 태산이던 엄마도 나중에는 내 에너지에 지쳐 버려서, 다른 아이들이 시끄러울까 봐 조용히 읽을 수 있는 동화책을 엄청나게 사들이곤 했단다(물론 그마저도 어린 내가 큰 목소리로 소리 내 읽는 바람에 소용이 없었지만…).

사진 속 해피 바이러스가 파랗게 잠겨 버릴까 염려했던 엄마 아빠의 걱정과 달리, 내 해피 바이러스는 생각보다 더 강했던 모양이다. 독한 항암 약을 이기고, 고통스러운 치료를 이기고, 지겨운 병원 생활을 다 이겨냈으니 말이다.

엄마 아빠는 그 에너지가 내 선천적인 장점이라고 하셨지만, 지금 생각해 보면 그 해피 바이러스 에너지를 가질 수 있었던 것도 당신들의 지극한 정성과 사랑이 담긴 보살핌이 있었기에 가능한 일이 아닐까 싶다.

치료 종결 후

척수 치료 장면만큼이나 내 기억 속에 진하게 남아 있는 그때의 기억이 있다면, 큰 수술이 끝나고 막 잠에서 깬 이후의 기억이다. 눈을 뜨자마자 엄마의 얼굴이 제일 먼저 보였는데, 눈물이 그렁그렁한 엄마가 나를 보며 내 이름을 부르고 있었다. 그때 내가 몽롱해서 한 말이 신기하게 아직도 잊히지 않는다.

"엄마… 엄마 눈이 네 개로 보여…."

엄마 눈만큼이나 내 눈도 눈물로 그렁그렁해서 그렇게 보였던 건데, 그것도 모르고 엄마 눈이 네 개네, 엄마 코가 두 개네 하면서 한참을 중얼거렸던 거다. 금방이라도 울 것 같던 엄마가 그 말을 듣자마자 삽시간에 웃음을 터뜨렸다.

그때 내 나이가 여섯 살, 드디어 길고 긴 병원 생활의 마침표를 찍은 날이다.

　　완치는 치료 종결 후 몇 년 이상 재발이 나타나지 않을 때 판정되는 것이었기 때문에 아직 완벽한 완치는 아니었지만, 이제 치료가 종결되었기 때문에 더 이상 병원에서만 생활하지 않아도 되었다.

　　1년에 한 번씩만 병원에 와도 된다는 판정을 받은 후, 엄마와 아빠는 지긋지긋한 이곳을 벗어나고 싶다며 전주로 이사를 했다. 지긋지긋한 것도 있었겠지만, 경기도에는 공장 매연이나 도시 매연, 고압선에 의한 전자파 등 백혈병에 좋지 않은 것들이 너무 많았기 때문이었다.

　　그나마 공기가 좋고 친척들과 가까운 전주로 내려가는 게 엄마 아빠의 입장에서는 더욱 마음이 놓였을 것이다.

　　치료가 종결되고 이사를 간 후에도 엄마 아빠에겐 걱정이 하나 남아 있었다. 항암 치료 부작용으로 혹시 내가 다른 친구들보다 학업 능력이 떨어지지 않을까 하는 것이었다.

　　당시 한글도 다른 아이들보다 훨씬 이른 나이에 떼고, 이미 대여섯 살에 웬만한 영어책은 다 읽는 등 언어적인 재능이 있던 큰딸에 상당한 자부심이 있었던 부모님이었기 때문에 더 그랬다.

　　이사하고 얼마 안 돼서 내가 초등학교에 입학했고, 다행히 부모님의 걱정은 학교에 들어가자마자 씻은 듯 사라졌다.

　　병원에서도 틈틈이 내가 좋아하는 책들을 영어, 한글 가리지 않고 사다 준 부모님 덕분에, 학교에서 또래 아이들보다 훨씬 똑똑하다는 말을 들었기 때문이다.

엄마의 문학적 재능, 아빠의 이과적 재능과 손재주를 그대로 물려받은 덕택에(자랑처럼 들릴 수도 있겠지만) 나는 여러 분야에서 많은 재능을 보였다.

초등학교 때부터 영어 경시대회나 수학 경시대회 등 각종 대회에서 상을 타 오고, 시험에서도 곧잘 올백을 받아왔기 때문에 엄마 아빠는 내가 안정적인 공부의 길을 가길 원하셨다.

재능은 많았지만 하고 싶은 분야가 딱 정해져 있는 건 아니었기 때문에, 좋아하는 문학과 영상, 미술은 취미로 두자는 부모님의 말을 따라 초·중·고등학교 모두 학업에 매진했다. 그 덕분에 굉장히 어렵고 유명한 전국구 자사고까지 안정적으로 들어갈 수 있었다.

고등학교에 입학하고 본격적으로 확실한 진로를 정해야 하는 시기가 오자, 나 또한 진로에 대해 많은 고민을 하게 되었다. 처음에는 내가 좋아하는 문학과 관련해 영화 작가나 PD 쪽으로 갈까 하다가, 여태 해왔던 공부 재능을 살려보기로 했다.

어릴 때부터 귀여운 것만 보면 환장을 했고, 내가 어릴 때 고생했던 영향이 있어서인지 어린아이들에게 관심이 많았기 때문에 점차 진로도 어린아이들과 관련된 쪽으로 생각하게 되었다.

당시 고등학교가 의대 입시 전문 고등학교였기 때문에 처음에는 소아과 의사가 되려고 했다. 그러다가 우연히 18살쯤, 사진첩에서 초등학교 3학년 때 사진을 발견했다. 당시 같은 반 아이 중 자폐를 가진 친구가 있었는데, 3학년 담임 선생님의 남다른 학급 운영 노하우와 세심한 배려 덕분에 이 친구가 아이들에게 편견으로 상처받지 않고 잘 어울려 지냈던 기억이 떠올랐다.

그전까지는 한 번도 생각해 보지 않았는데, 교사는 생각보다 나에게 맞는 직업이었다. 어린아이들과 가장 가까운 곳에서 소통할 수 있을 뿐 아니라, 방과 후 시간이 많고 방학도 있기 때문에 내가 제일 원하던 취미 생활도 안정적으로 할 수 있는 좋은 직업이었다.

그날 이후로, 소아과 의사와 초등학교 교사라는 두 가지 목표를 가지고 열심히 노력했고, 결과적으로 지금 교대에 합격하여 대학 생활을 하고 있다.

파란 아이들에게

지금도 하루하루를 병원에서 보내는 파란 아이들이 수없이 많이 존재한다. 그때의 나처럼 두 살일 수도 있고, 조금 더 큰 나이일 수도 있고, 현재의 나보다 나이가 많은 어른들일 수도 있다. 그게 누구든, 파란 아이로 살아온 지 얼마나 오래되었든 절대 포기하지 말라고 말해 주고 싶다.

처음에도 이야기했듯이, 인생은 원래 불행과 행복의 경계선에서 휘청이고 이리저리 흔들리며 나아가는 것이다. 아직 스물한 살밖에 되지 않았지만, 그에 비해 많은 것을 겪고 자라온 내가 느끼기엔 그렇다.

지금 당신이 느끼기엔 불행의 제일 끝부분에 서 있는 것 같고, 더 이상 행복의 근처에도 다가가지 못할 것처럼 느껴질 수도 있다. 그러나 당신이 바로 옆에 불행과 행복의 경계선을 두고 한 발자국 정도 넘어진 것인지, 아니면 경계선에서 조금 멀어졌지만 뒤를 돌거나 손을 뻗으면 닿을 수 있는 거리에 행복이 있는 것인지는 아무도 모른다.

당장은 캄캄하고 어두워 어디가 어디인지 보이지 않고, 무서워서 보고 싶지 않을 수도 있겠지만, 조금만 더 힘을 내서 억지로라도 긍정적인 생각을 하며 꿈을 향해 한 발 한 발 나아가다 보면 생각 외로 빨리 불행에서 벗어날 수도 있다.

인생은 불공평하지만, 당신의 긍정적인 힘이 더욱 강하다는 걸 잊지 않았으면 좋겠다. 당신의 주변에는 씩씩하게 나아가는 당신을 응원해 주고, 행복으로 나아갈 방향으로 손잡아 줄 수 있는 사람들도, 기회들도 존재한다.

잊지 말고 꼭 힘내자, 파란 아이들아.

만남과 이별의 준비 시간

도현욱

중환자실은 저처럼 미숙아로 태어난 쌍둥이에게는 '기다림과 만남'
의 시간을, 현재 중환자실에 입원 중인 엄마에게는 '이별을 준비'하
는 시간입니다.

쌍둥이는 태어나면서 둘이 합쳐 총 6개월간 신생아 중환자실에
있었고, 나의 엄마는 지속되는 빈혈과 소장 출혈이 의심되어 작년
11월에 소장 내시경을 하다가 천공으로 인해 3번의 소장 절단술을
받은 후, 4개월째 아산병원 중환자실에 계십니다.

"저 수술해야 하는 거예요? 안 돼요! 참고 기다릴게요. 35주에
낳을 거예요."

"30주까지 버티신 것만 해도 대단하신 거예요. 저희 병원에 응
급수술로 25주에 오신 분도 계세요. 지금은 임신중독증이 있어서,
배 속에 태아가 있는 것보다 나와서 전문 의료진이 케어해 주는 게
더 낫습니다."

"그래도 35주까지 있어야 아가들이 정상으로 나오는 거 아니에

요?”

아무 말 없는 의료진들. 단지 계속 '여기까지 온 것만으로도 최선을 다하신 거예요.'라는 말을 앵무새처럼 반복할 뿐이었다.

1년여의 시간이 주마등처럼 지나갔다. 늦은 결혼과 생기지 않는 아이로 산부인과를 다니기 시작했고, 여러 번 시술을 통해 쌍둥이를 임신했다.

5둥이가 임신되었다가 위험하다고 해서 중간에 두 번의 마취 없는 수술을 거쳐 다시 갖게 된 소중한 아이들.

한 달에 두 번 갈 때마다 드는 30~40만 원의 비용도 부담이 되었지만, 아기들이 생긴다는 즐거움과 그동안 모아둔 돈, 앞으로 계속 직장 생활을 하면 된다는 확신으로 비용을 감수했던 시간들….

쌍둥이를 임신하고도 계속 회사를 다녀야 했던 상황. 하루 평균 2시간의 출퇴근 시간과 하루 종일 매출에 신경 써야 하는 업무로 과로가 이어졌다. 배는 자주 당겨왔고, 주변 사람들이 "자주 땡긴다."는 말처럼 참고 하루의 고된 일과를 소화했다.

한 달 전, 배가 당기면서 움찔움찔한 게 느껴졌지만 회사 동료들에게 피해를 끼치고 싶지 않아 퇴근 후까지 기다렸다가 근처 산부인과에 갔다. 경부가 2cm 열리며 진통이 시작되었다며 바로 다니던 대형병원으로 가라고 했다.

'24주인 아가들아, 왜 지금 나오려고 하니? 엄마가 너무 무리했니?'

택시를 타자 이런 상황에 놀라 눈물이 주르륵 흘렀고, 다니던 아산병원 산부인과로 갔다.

"진통이 시작되었네요. 우선 마그네슘(라보파)으로 진정제를 넣었고, 담당 교수님께 연락드렸습니다."

그제야 부랴부랴 신랑에게 연락했고, 다급하게 온 신랑과 나는 계속 "괜찮을 거야, 괜찮을 거야."라며 그 후에 벌어질 일을 모른 척하며 외쳤다.

"도현욱 환자님, 병실이 없어서 입원을 못 하십니다. 이송 가셔야 하겠네요."
"네? 이송이요?"

오후 8시에 입원했는데 11시에 갑자기 병실이 없다면서 이송을 가라니, 기가 막혔다.

"비싼 1인실이라도 없어요?"

"도현욱님 운이 없으시네요. 목요일이라 그런지 오늘따라 분만 병동도 꽉 차서 없어요. 여기 분만 응급실은 오래 못 계시니 나가셔야 합니다."

이렇게 다니던 병원에서 쫓겨나 급하게 이송된 곳은 중앙대학교 분만장이었고, 매일 자연분만을 옆에서 지켜봐야 하는 부러운 사람들이 가득했다.

'나도 35주가 되어 아가들이 나와줬으면 좋을 텐데…'

매 순간마다 하는 이 바람으로 버티고 있었다. 그러나 진통은 계속 심해졌고, 라보파 부작용까지 나타났다.

"라보파는 안 되겠네요. 트랙토실로 바꿔야겠어요. 그런데 비용이 한 사이클당 80~100만 원 정도예요. 3~4일 정도 한 사이클 맞으셔야 합니다."

비용을 듣자 막막했다. 지금이 25주인데 35주까지 버티려면 어떻게 해야 할까. 선택의 여지가 없었고, 그때부터 트랙토실을 맞았지만 2~3일 후 다시 진통이 시작되었다.

"정말 죄송한데요, 우리 병원에는 쌍둥이가 들어갈 만한 인큐베이터가 없어서 이송될 병원을 선택하셔야 합니다."

의사의 청천벽력 같은 말. 자궁이 열리고 진통이 심해 아기들이 나오는 것도 당황스러운데 또 다른 병원으로 이송이라니. 출산할 것 같다는 연락을 받은 신랑이 회사에서 달려와 병원을 알아보기 시작했다. 25주에 태어나게 될 우리 아가들.

계속 울고 있는 나에게 의사는 "인큐베이터에서 잘 클 거예요."라고 말했지만, '엄마 배 속이 더 나을 텐데….'라는 막연한 생각만 들었다. 이른둥이로 태어날 아가들이 얼마나 고생할지 그때는 정말 몰랐다.

"강남성모병원, 보라매 서울대병원이 있는데, 저희 생각으로는 강남성모병원이 나을 것 같아요."

선택의 여지 없이 바로 강남성모병원으로 이송되었고, 그곳에서는 이미 수술 준비가 끝난 상태였다.

"선생님, 제발 조금만 더 지켜봐 주시면 안 될까요? 저 참을 수 있어요. 우리 아가들 조금만 더 품게 해 주세요."

간절한 바람으로 분만장 한 켠에서 담당 교수님께 사정을 했고, 트랙토실 두 사이클을 맞기로 했다. 수술복을 입은 상태에서 또다시 분만장의 생활이 시작되었다. 밤마다 계속되는 자연분만. 분만장 안에 1인실이 있었지만 트랙토실 비용을 감당할 수 없어 사정해 분만장에서 대기했다. 나는 수술 대기 때문에 밥도 먹을 수 없었고, 간신히 목만 축일 수 있었다.

이틀 후 트랙토실 투여량을 32로 올리자 효과가 있어 좀 더 지켜보자는 이야기가 나왔다. 감사했지만 비용이 걱정되었다. 일주일 후에는 환자복을 받아 수술복을 벗을 수 있었고, 일반병실로 옮겨 3주 동안 감사하게 누워 있을 수 있었다. 그러나 트랙토실 23차 사이클과 임신중독증으로 담당 교수님은 30주에 낳을 수밖에 없다고 결론 내렸다.

"6월 21일, 30주 2일, 여자 1.61, 남자 1.35."
"건강한 아드님과 공주님이 태어났습니다."

라는 말을 듣고 싶었지만, 마취제로 잠든 나에게는 한 아이는 울고 한 아이는 울지 않았다는 어렴풋한 소리만 남았다.

태어나자마자 아기들은 엄마 품이 아닌 중환자실 인큐베이터로 갔다.

"우리 아가들 잘 있어? 어때?"라는 말에 중환자실의 아가들을 처음 면회한 신랑은 "괜찮아, 자기만 건강하면 괜찮을 거야."라고 말했다.

　그 말을 믿고 싶었던 나는 몸이 회복된 3일 후 아가들을 찾아갔다. 온몸에 호스와 각종 장비를 단 아가들. 눈물만 흘러나왔다.

　내가 더 품어줬어야 하는데, 왜 한 푼이라도 더 벌어 보겠다고 회사를 다녔을까? 배가 땡기고 아팠을 때 진작 병원에 왔어야 하는데, 나의 어리석음과 무지몽매가 미웠다.

　아기들에게 내가 어떤 말을 해야 할까? 몸이 아직 회복되지 않은 상태에서 하루에 30분, 인큐베이터 옆에서 서 있기도 힘들었다.

　한 달 넘게 누워만 있어서 다리는 서 있을 힘도 없었다. 아가들은 현재 앓고 있는 질병과 고통 속에서, 바깥세상에 나오자마자 엄마의 따뜻한 품이 아닌 모르는 사람들에게 계속 주사를 맞았고, 주변에는 온통 기계음 소리뿐이었다. 면회를 가면 나는 눈물만 흘릴 뿐이었다.

　매일 면회를 가지만, 면회 시간에 회진하시는 선생님들의 가혹한 설명을 들을 때면 눈물 흘리는 눈과 듣고 있는 귀를 막아 버리고 싶었다.

　일찍 태어나서 인큐베이터에서만 지내면 잘 자라리라 생각했던 그런 건 바보였다. 일찍 태어나므로 아기들에게 주어진 질병은 내가 생전에 듣도 보도 못한 무시무시한 병명들이었다. 두 아이의 뇌출혈 2기, 3기, 아들은 복부 팽만으로 괴사성 장염이 의심되어 수술할 수 있다고 했다.

이틀 전에 같은 병실의 어떤 산모에게 의사가 와서 괴사성 장염으로 수술하다가 아기가 죽었다고 하는 소리를 얼핏 들은 나로서는 다시 한번 가슴을 쓸어내려야 했다.

'아기를 낳겠다는 게 나의 욕심이었나 보다. 아가들은 왜 이렇고, 난 왜 이 상황을 봐야 하며, 우리 신랑은 무슨 죄를 지어서 이렇게 된 거지.'

아기를 임신해 들어간 비용이 수천만 원, 트랙토실을 맞는 데 몇 천만 원, 일주일에 한 번씩 나오는 몇 백만 원의 병원비. 그리고 아가들은 퇴원한 후 재활치료를 해야 한다고 한다. 더 절망스러운 건 아가들이 괜찮아질 거라는 말을 아무도 해주지 않는다는 것이다.

"선생님, 우리 아가들 괜찮은 거예요? 혹시 장애인이 되는 건가요?"

수없이 물어봤지만 아무 대답도 없는 그들의 침묵이 무서웠다. 그러면서 무심히 건네는 자료들. 그 속에는 각종 이른둥이의 통계 자료가 있었고, 이른둥이들이 겪어야 하는 질병과 그 후의 재활치료 내용이 담겨 있었다.

한 달 이상 누워 지낸 나는 제대로 걸을 수도, 움직일 수도 없었다. 그래서 각종 자료와 인터넷 글들을 보며 하나님께 "내가 무슨 잘못을 했기에 방금 태어난 우리 아기들까지 이런 시련을 주십니까?"하고 계속 물을 수밖에 없었다. 아무도 모르는 아가들의 상황, 누군가 "괜찮아요. 잘 키우면 건강한 아이들이 될 수 있어요." 단 한마디만 해줬어도 나는 그때 눈물 대신 희망을 가질 수 있었을 것이다.

수술 후 3일, 나는 퇴원했지만 우리 아가들은 중환자실에 계속 있어야 했다. 산전 특례를 받기 위해 출생신고부터 해야 했던 우리 부부는 아무런 준비도 없이 이름을 짓고 신고를 했다. 얼마가 나올지 모르는 병원비가 걱정되기 시작했다. 둘 다 직장을 다니고 있었지만, 고위험 산모라는 이유로 혜택을 받을 수 없었다. 예약해 둔 산후조리원은커녕 집에서 산후 도우미도 취소했다. 아기가 없는데 내가 산후조리를 할 수도 없었고, 아가들이 중환자실에 있고 병원비까지 걱정되는 상황에서 산후조리에 돈을 쓸 형편도 여유도 없었다.

주변에 이른둥이를 낳은 사람도 없었고, 인터넷을 검색해도 이른둥이를 어떻게 키워야 하는지 알려주는 곳은 없었다. 단지, 각종 수술로 인해 아픈 아가들의 사진만이 있었다.

"이른둥이를 낳아 잘 키운 사람들은 어디 있는 거야…"

너무나 답답했다. 아가들은 병원에 있었지만 나는 매일 눈물로 인터넷을 뒤지며, 알지도 못하는 육아와 아가들이 집에 오면 어떻게 감당해야 할지 막막하기만 했다. 더군다나 아직 너무 약한 아가들이라 내가 어떻게 해줘야 할지 많은 고민을 했다.

　매일 가는 면회 30분, 6월에 태어나 8월에 첫째 딸이 퇴원을 했다.

　1.61kg에 태어나 겨우 2kg 넘은 아가에게, 처음으로 수유를 했다. 먹는 20분 동안 난 얼음이 되었다. 2kg의 아기는 너무나 작았다. 인큐베이터에서는 너무나 커 보였는데….

　'아가야 미안해, 엄마가 더 참아야 했는데, 세상에 나온 너는 아직도 너무나 작구나.'

　두 명 다 중환자실에 있을 때는 병원에 가서 아가들만 보면 되었는데, 한 아이가 퇴원하니 한 아이의 면회를 못하게 되었다.

　퇴원하자마자 네블라이저와 먹던 약들을 모두 챙겨 먹여야 했고, 엄마 뱃속에서 못다한 영양분을 보충해야 했다. 다들 육아가 힘들다고 하지만, 나에게 육아는 병간호와 같았다. 어려서부터 편찮으셨던 엄마, 잦은 입원으로 병간호는 너무 익숙했지만, 나의 작은 아가들에게는 육아가 아닌 병간호의 느낌이었다. 이 느낌을 떨쳐 버리고 싶었지만, 하루에 두 번 네블라이저와 일주일에 한 번씩 소아과를 다녀야 했던 나로서는 육아는 곧 병간호였다.

두 아기가 함께 집에 와서 아프기라도 하면 어떻게 할 수 없을 것 같아, 당분간 베이비시터를 쓰기로 결정했다. 비용이 부담되었지만 어쩔 수 없는 선택이었다. 2주 후 퇴원한 둘째, 1.35kg으로 태어나 2kg이 된 둘째 아들은 뼈만 앙상해 있었다.

두 명이 모두 퇴원해서 너무 좋았지만, 또 다른 병원과의 사투가 시작되었다. 두 달간의 병원비, 몇천만 원. 빨리 복직해서 돈을 벌어야 했지만, 아기들의 성장은 교정으로 24개월을 돌봐줘야 한다고 했다.

일이 좋아서 15년 넘게 해 오면서도, 아기를 갖고 낳고 키우는 데 이렇게 많은 지출이 될 줄은 몰랐다. 그렇다고 안 할 수도 없었다. 퇴원 후 이른둥이들은 접종도 많았고, 분유도 입자가 다르다는 이유로 수입 분유를 권했다.

일주일에 한두 번씩 소아과를 들러야 했고, 병원 스케줄이 맞지 않아 두 아이를 각각 따로 데리고 다녀야 했다. 접종 스케줄도 달라서 두 아이를 따로 데리고 다녀야 했다. 소아과뿐만 아니라 안과, 감염내과, 재활의학과 등 대형병원 진료는 한 번 가면 반나절이 걸렸다. 당분간은 계속 다녀야 하는 병원 스케줄에 정말 힘들었지만, 아기들이 하나씩 약을 끊고 몸무게가 늘어나는 것을 보는 것이 아가들에 대한 희망이었다.

퇴원 후 5년이라는 시간 동안 아기들은 열심히 자라 주었다.

아직 딸아이는 혼자 서지도 못하고 걷지도 못하며, 아들은 언어

발달이 늦었다. 처음에는 조산으로, 이른둥이로 태어난 아기들에게 미안함과 후회, 좌절로 가득한 나날들을 보냈지만, 이 모든 시간은 아가들과의 생활로 무엇과도 바꿀 수 없는 시간이었다. 만삭으로 태어난 아기들보다 더 많은 엄마 아빠의 스킨십이 필요한 이른둥이들.

그 사랑을 받고 싶어서 우리 아기들은 일찍 세상에 나왔나 보다. 이른둥이에게는 엄마 뱃속의 하루가 출산 후에는 몇십 배의 엄마 사랑으로 채워져야 했고, 힘들다고 여겨졌던 그 모든 시간들이 아기들의 웃음꽃으로 녹아질 때는, 우리 아가들이 더 나를 사랑하는 것 같았다.

이런 시간을 보내고 있을 때, 엄마의 병세는 더 나빠지셨다. 아버지가 폐섬유종을 앓다가 폐렴으로 돌아가시기 2년 전까지 그 모든 병간호를 해온 사람이, 심장 판막 수술을 네 번이나 받은 아픈 엄마였다.

아버지가 돌아가신 뒤, 나에게 "이제 너희 아이들만 건강해지면 소원이 없겠다."라고 말씀하신 엄마는 빈혈로 인해 2018년에 한 달에 두 번, 많게는 네다섯 번씩 응급실과 입·퇴원을 반복하셨다.

2017년에 네 번째 심장 판막 수술을 하면서 시작된 주 3회 신장 투석은 엄마의 몸을 점점 더 쇠약하게 만들었다. 엄마는 2017년 11월, 내장 출혈이 의심되어 캡슐 내시경을 했고 출혈 부위를 발견했다. 의사들은 '클리핑하는 간단한 시술'이라고 설명하며 시술을 진행했다. 회사 퇴근 후 엄마의 병실에 갔을 때, 엄마는 누워 계셨다.

"엄마, 오늘 시술 잘 됐대. 방금 물어보고 왔어."

이 말을 건네는 순간, 옆 환자들이 엄마가 배가 아파서 대굴대굴 구르셨다고 이야기했다. 위장 내시경, 대장 내시경, 이어서 소장 내시경과 투석까지…. 한 달 동안 속이 메스꺼워서 아무것도 드시지 못한 엄마가 마음에 걸렸다.

"엄마, 왜 그래? 왜 그래? 왜 숨을 못 쉬어?"

엄마는 눈이 돌아가면서 숨을 쉬지 않았다. 긴급하게 간호사를 호출했고, 즉시 CPR이 시작됐다. 엄마가 병동 처치실로 들어가고 30분 후, 의사가 나왔다.

"심정지가 왔습니다. 5분 내외로 지금 긴급 수술을 해야 할 것 같습니다. 소장 내시경 후 복통을 호소해 CT를 찍었는데, 소장 내시경 시 천공이 발생한 것 같습니다."

소장 내시경하러 입원하는 날.
이후로 엄마는 말하지도, 걷지도, 물 한 모금도 마시지 못하게 되었다. 그날 긴급 수술 후 심정지가 두 번 왔다고 한다. 그리고 이틀 후, 봉합한 부위가 새는 것 같아 응급수술로 50cm를 절제했고, 또 3일째 되는 날 오후 3시, 봉합 부위가 다시 샌다고 하여 다시 수술을 했다.

엄마는 투석으로 인해 먹지 못하는 것이 많았고, 빈혈로 먹을 수 있는 것도 거의 없었다. 그런 엄마에게 일주일 동안 같은 부위에 한 번의 시술과 세 번의 수술은 너무 큰 무리였다. 그 후로 엄마는 계속 중환자실에 계셨다.

하루에 두 번, 30분의 면회 시간 동안 내가 해 줄 수 있는 것이 없었다.

"엄마, 힘내. 내가 해줄 수 있는 게 없어서 미안해. 엄마, 빨리 낫자. 둥이들이 할머니 보고 싶어해."

식물 키우는 것을 좋아했던 엄마에게 사진을 보여주었다. 밖에 눈이 온다고 눈 사진을 찍어 보여주고, 둥이들의 사진도 보여주었다. 눈으로 깜박거리는 엄마를 본다. 말소리는 나오지 않지만, 입 모양은 알아볼 수 있었다.

"많이 컸네, 우리 손자들."
"식물들 많이 컸네."

"눈이 와. 예쁘다."

20대 후반부터 앓아온 심장병으로 평생을 투병하며 지내야 했던 엄마는 70대에 이 시간을 중환자실에서 보내고 있다.

"자다가 죽는 것도 오복 중 하나야."
"저렇게 연명치료를 해서 뭐해, 환자도 고통스럽고 자식들도 그거 보는 거 힘들고."
"생명이 질기네. 난 언니가 먼저 갈 줄 알았는데, 형부가 먼저 갔잖아."

이렇게 말하며 면회 온 친척들이 이야기를 나눈다. 그래도 가장 고통스럽고, 그 고통을 참고 견디는 건 나의 엄마다.
중환자실에서 엄마는 살아남기 위해 끊임없이 동의서를 쓰고 시술을 받고 있다. 6개월 넘게 중환자실을 다니다 보니, 점점 병실로 올라가거나 죽음을 맞는 사람들 사이에서 여전히 남아 있는 엄마.

"하나님, 의식이 또렷한 엄마가 그 아픔과 힘듦을 다 느끼고 있어요. 엄마가 그 많은 수술을 견디고 여기까지 왔는데, 그 고통을 헛되이 하지 마시고 집에서 가족과 함께 죽음을 준비하는 시간을 몇 개월만이라도 주세요."

난 오늘도 엄마를 보고 오면서, 기도한다.

한 번의 기적과 한 번의 이별

김경진

"검사 도중에 심정지가 와서 에크모를 달고 응급수술을 한 상태입니다. 앞으로 얼마나 더 버티실 수 있을지 모르겠습니다."

봄바람 따라 꽃구경을 가고 싶다던 엄마의 평범한 바람이 마치 유언처럼 비수가 되어 돌아온 그날 이후, 우리 가족은 길고 긴 싸움을 시작했다. 만성 심부전 환자였던 엄마는 여느 때처럼 투석을 끝낸 후 이유를 알 수 없는 경련을 일으켰다.

처음엔 그리 큰 심각성을 느끼지 못했다. 평소에도 혈관이 얇아 투석 바늘을 꽂느라 몇 시간 실랑이를 하고 나면, 몸이 버티지 못해 먹은 음식을 토하고 메스꺼움과 두통을 호소하는 날이 많았기 때문이었다.

엄마의 상태가 아무래도 일반적이지 않다고 판단했을 때는 이미 그로부터 두 시간 남짓 흐른 뒤였다. 투석 병원에 갔더니 아무래도 큰 병원으로 가보는 게 좋을 것 같다고 권했다. 부랴부랴 구급차를 불렀고, 지방 소도시에 살던 엄마가 수도권에 있는 한 대학병원까지 옮겨지는 데는 두 시간이 더 걸렸다.

병원으로 가는 내내 엄마의 몸은 미세한 발작을 멈추지 않았다. 검사실에 들어간 엄마를 기다리고 있는데, 간호사가 상태가 안 좋아 곧바로 응급수술을 해야 한다며 동의서를 받아갔다.

감당할 수 없는 현실 앞에 통곡하고 오열할 수밖에 없었다. 나는 수술실 앞 긴 복도에 널브러진 채로 앉아 하염없이 기다리고 있었다. 충격에서 헤어나올 틈도 없었다. 어쩌면 엄마가 이대로 영원히 깨어날 수 없을지도 모른다는 막연한 불안감이 머릿속에서 소용돌이쳤다. 정적이 흐르던 수술실 복도엔 냉기와 알코올 냄새만 가득했다.

얼마 후 수술실 의사 선생님이 나를 불러 "검사를 하던 도중에 심정지가 왔고, 응급수술을 한 끝에 겨우 소생시켰다."는 믿기 힘든 말을 꺼내놓았다. 더 기가 막혔던 건 엄마의 심장이 스스로 활동하지 못해 에크모라는 의료 장비를 달았는데, 이마저도 엄마의 생명을 담보할 수 없다는 말이었다. 불과 몇 시간 전까지만 해도 꽃구경을 가고 싶다고 말하던 엄마가 심정지에 의식불명이라니.

에크모에 기대어 간신히 연명 중인 엄마

늦은 저녁, 면회가 가능하다는 호출에 중환자실로 들어갔다. 짧은 시간이었지만 만감이 교차했다. 엄마를 볼 수 있다는 사실에 마음이 놓이면서도, 눈 뜨고 보기 힘들 만큼 상태가 안 좋으면 어떻게 하나 덜컥 겁이 나기도 했다. 중환자실에 감돌던 긴박함과 의사 선생님이나 간호사들의 표정에 흐르던 팽팽한 긴장감이 내 살 속으로 차갑게 스며들었다.

중환자실에서 만난 엄마는 병마病魔에 지배당해 아무 저항도 못한 채 맥없이 누워만 있었다. 세 명의 간호사가 엄마를 둘러싸고 있었다. 엄마의 양손은 침대에 묶여 있었고, 에크모와 투석기, 약물 주입 펌프가 온몸에 주렁주렁 달려 있었다. 엄마의 몸을 에워싼 호스와 링거만 족히 다섯 개가 넘었다. 기도 삽관을 한 상태였다.

내가 울면 엄마가 더 아플까 봐 애써 흐르는 눈물을 참았다. 나지막한 목소리로 엄마를 불렀고 손을 잡았다. 스스로 심장을 뛰게 할 능력을 상실한 채, 각종 기계에 의존한 엄마의 몸은 차갑고도 까칠했다. 의식도 없이 누워만 있는 엄마의 수척한 손과 발에서 말할 수 없는 깊은 고통이 느껴졌다.

일주일에 세 번 몸 안의 독소를 걸러내지 않으면 언제 죽어도 이상하지 않은 병을 앓게 된 후, 도관 삽관의 고통도, 끝도 없이 밀려오는 가려움증도, 극도로 제한된 식단 관리도 꿋꿋하게 견뎌온 강한 엄마였다. 차라리 우리를 향해 춥다고, 누워만 있으니 엉덩이가 배긴다고, 주사 바늘이 너무 아프다고, 배가 고프다고 하소연이라도 하면 얼마나 좋을까.

의사 선생님은 망연자실 넋을 놓고 있는 우리에게 "응급수술을 통해 가까스로 다시 호흡을 살려냈지만, 심장 기능을 상실해 에크모에 기대어 간신히 생명만 유지하고 있을 뿐"이라고 설명했다. 또 "에크모 치료 환자의 경우 생존율이 약 30%에 불과하다."는 말도 덧붙였다. 모든 상황이 다 거짓말 같았다. 이 모든 상황이 누군가의 거짓말이라면 얼마나 좋을까.

"선생님, 저희 엄마 잘 좀 부탁드려요."

간호사에게 엄마를 부탁하곤 무거운 발걸음을 옮겨 중환자실 바로 앞에 마련된 중환자 보호자실로 돌아왔다. 고작 5m 정도밖에 되지 않는 거리였지만, 그 어느 거리보다 멀게만 느껴졌다. 일곱 시간 만에 엄마의 상태를 확인한 우리 가족은 엄마가 살아 있다는 사실에 위안을 삼았지만, 이내 분위기는 무거워졌다.

아버지는 "네 엄마가 며칠 전부터 어지럽고 소화도 안 된다고 했는데 대수롭지 않게 생각했다."며 자책을 했다. 투석에 다녀와 구토를 하는데도 으레 하던 구토인 줄 알았다며 눈물을 흘렸다. 나도 다를 게 없었다. 오전에 엄마에게서 전화가 와 속이 울렁거린다고 했을 때에도 무조건 큰 병원으로 빨리 가라고 말했어야 했는데 무심히 넘겼다.

모든 게 다 내 잘못인 것 같았다.

누구의 잘못도 아니라는 걸 잘 알지만, 가족 누구도 엄마를 저

상태로 내몰았다는 죄책감에서 자유로울 수 없었다. 먹는 것이 미안해 끼니를 때우지 못했고, 편안히 잠드는 게 미안해 의자에 몸을 웅크린 채 앉아만 있었다. 그날은 우리 가족 모두가 뜬눈으로 밤을 지새웠다.

하루 동안 엄마를 볼 수 있는 시간, 단 10분!

지옥 같은 첫날밤이 흘렀다. 아침도 거른 우리 가족은 면회 시간만을 손꼽아 기다렸다. 오늘은 어제보다 좀 더 나아졌기를, 오늘은 눈을 떠 엄마와 대화할 수 있기를, 오늘은 엄마의 상태가 꽤 호전되었다는 얘기를 듣길 바라면서….

면회 시간이 되고, 먼저 엄마를 보고 온 아버지의 눈가가 촉촉이 젖어 있었다. 어젯밤 혈압이 올라 위기 상황이 있었지만 무사히 넘겼다는 얘기를 간호사로부터 들었다고 했다.

중환자실로 들어간 나는 엄마의 손과 발을 조심스럽게 주물렀다. 어제와 다를 것 없이 차갑고 까칠했다. 내가 가진 온기를 엄마에게 전해줄 수만 있다면 얼마나 좋을까. "중환자실 밖에서 기다리고 있을게. 엄마, 힘내."라고 조용히 말해주었다.

엄마는 혈압과 호흡은 안정되었지만 좀처럼 의식을 차리지 못했다. 언제쯤 의식을 차릴 수 있냐는 질문에 의사 선생님은 알 수 없다고 했다. 의사 선생님의 입을 통해 나오는 말은 심각한 합병증과

낮은 생존율 등 온통 부정적인 내용뿐이었다.

두 번째 면회 시간이 끝나고 우리 가족은 보호자실에 둘러앉았다. 어제와 달라진 건 없었다. 달라진 것이 있다면 엄마가 일반병실로 옮길 때까지 우리가 버티려면 밥도 먹고 잠도 자야 한다는 사실이었다. 엄마에게 미안해 밥을 먹을 수 없던 우리는,

"이제부터는 체력전이야. 지켜보는 우리가 밥도 먹고 힘을 내야 엄마가 힘을 내서 이겨낼 수 있어."

라는 아버지의 말에 편의점에서 도시락을 사다 먹었다. 또 앞으로는 모든 가족이 다 같이 병원에 있지 않고, 돌아가면서 한 번씩 집에 다녀오기로 했다.

중환자실에서는 하루에 한 번씩 엄마의 야윈 팔에서 피를 뽑았다. 평소 병원에 가면 혈관이 얇아 한 번에 피를 뽑지 못해 두세 번씩 고생을 해야 해서 고통을 호소하던 엄마였는데, 주사 바늘을 몇 번씩 찔러도 눈썹 한 번 찡그리지 않았다. 아픈 것조차 느끼지 못하는 것인지, 아픈데도 말을 못하는 것인지 여하튼 엄마가 안타깝기만 했다.

중환자실에서의 긴긴 하루하루가 흘러갔다. 하루 종일 병원에 있어도 엄마를 볼 수 있는 건 오직 30분뿐이었다. 그 시간마저도 두 명씩 들어갔다가 나오면 다음 사람이 교대하는 식이어서, 나에게

주어진 시간은 약 10분 남짓이었다.

삭막한 공간에 온기를 더하는 중절모 할아버지

중환자실 입구. 면회 시간을 기다리며 인적 사항을 적고, 마스크를 쓰고, 비닐 장갑과 비닐 앞치마를 착용하는 사람들의 표정에서 묘한 긴장감이 흐른다. 병원에서 지내는 시간이 길어지다 보니 대부분 안면이 있는 사람들이었다.

같은 시간, 같은 장소에서 매일 만나지만 서로 반가워할 수 없는 사이가 바로 중환자실 보호자들이다. 서로의 아픔을 암묵적으로 위로하면서 하루빨리 일반 병동으로 옮겨가길 바랄 뿐이다.

면회 시간인 오전 11시가 가까워 오면 어김없이 보이는 할아버지 한 분이 계셨다. 족히 아흔은 가까이 돼 보이는 그 할아버지는 항상 중절모에 양복을 갖춰 입고, 지팡이에 몸을 의지한 채 불편한 몸을 이끌고 걸어오시곤 했다. 알고 보니 중증 폐렴으로 중환자실에 입원해 있는 할머니를 보기 위해 단 하루도 거르지 않고 병원으로 오시는 거였다.

자식은 따로 안 계신지 항상 할아버지 혼자 찾아오시지만, 얼마나 금슬이 좋으신지 할머니 곁에 서서 할아버지가 다정스레 말을 건네는 걸 몇 번씩 보곤 했다. 삭막한 공간이 그 할아버지로 인해 온기를 얻는 듯했다.

나는 그 할아버지 덕분에 차츰 엄마 옆이나 앞 침대의 환자들도 돌아볼 마음의 여유가 생겼다. 시선이 닿는 곳마다 엄마처럼 의식 없이 혼수상태인 환자이거나, 의식이 있다고 해도 미동 없이 눈만 깜빡이고 있는 환자들뿐이었다.

마음을 허물어뜨리는 '코드블루' 방송

엄마가 중환자실에 입원해 있는 동안 수시로 '코드블루, 코드블루'라는 안내방송이 울려 퍼졌다. 그러면 어디선가 의사 선생님들 여럿이 중환자실을 향해 전력으로 달려왔다가, 얼마 후 중환자실을 빠져나갔다. 우리 가족은 코드블루가 환자에게 심정지 등 위급한 상황이 왔을 때 의료진을 부르는 방송이라는 걸 자연스럽게 알게 된 이후로는, 그 방송이 나올 때마다 울렁거리는 속을 진정시킬 수가 없었다.

코드블루 방송이 나온 이후 상황은 두 가지였다. 아무 일도 없었다는 듯 조용해지거나, 보호자를 부르는 방송이 나오면 곧이어 중환자실 안에서 보호자들의 우는 소리가 들려오곤 했다. 중환자실에 누워 있던 환자가 생을 마감할 때면 이를 지켜보는 우리들의 마음도 다 같이 무너져 내렸다.

중환자실에 아픔과 슬픔이 폭풍처럼 휘몰아치고 간 날에는 중환자 보호자실도 여느 날보다 더 고요했다. '이런 상황이 중환자실이

구나.' 싶었고, 엄마에게 코드블루가 발생하는 일은 제발 없게 해달라고 빌고 또 빌었다.

특히 의사 선생님으로부터 "에크모를 너무 오래 달고 있으면 부작용이 심해 어머님 몸이 더 이상 버티지 못할 것"이라며 "에크모를 떼야 할지 계속 지켜봐야 할지 고민 중"이라는 말을 들은 날은 방송에 더 예민해질 수밖에 없었다.

엄마에게 있었던 한 번의 기적

사실 중환자실 입원은 이번이 처음은 아니었다. 엄마는 10년 전 관상동맥 우회술을 받고 중환자실에 이틀 동안 입원한 적이 있었다. 수시로 숨이 차 병원에 갔는데, 뜻밖에도 심장으로 통하는 혈관 세 개가 모조리 막힌 상태여서 하루빨리 수술을 해야 한다는 소견을 받았었다. 조금만 늦었어도 수술이 불가능했을 것이라는 말에 놀란 가슴을 쓸어내려야 했다.

불행의 씨앗이 몸에 똬리를 트는 것도 모르고 평생 동안 가족만을 위해서만 살아왔던 엄마. 시술로는 도저히 회복 불가능한 상태여서 개복 수술까지 해야 한다는 사실이 너무 가슴 아프고 미안해 나는 며칠을 숨죽여 울었다.

엄마가 수술실로 들어가던 그날이 또렷이 기억난다. 엄마는 걱정 말라며 의연한 모습을 보였지만, 나는 수술실로 들어가는 엄마의 손을 쉽사리 놓을 수 없었다.

무려 수술 시간만 여섯 시간. 엄마가 수술실로 들어간 후 아버지와 나는 수술실 앞 모니터에 표시되는 진행 상태를 지켜보며 복도를 하염없이 서성거렸다.

"○○○씨, 보호자는 수술실 앞으로 들어오세요."

수술이 끝나지 않은 상태에서 우리를 찾는 방송이 흘러나왔을 땐 세상이 내려앉는 것 같았다. 엄마에게 무슨 일이라도 일어난 걸까. 의사 선생님을 기다리던 1분도 안 되는 짧은 시간 동안 별별 생각이 머릿속을 스쳐 지나갔다.

"수술은 잘 끝났고요. 혈관 세 개 중에서 두 개를 살렸습니다. 수술은 1시간 정도 후면 끝날 겁니다!"

우려했던 것과 달리 수술이 잘 끝났다는 의사 선생님의 말을 듣고 수술실을 빠져나오는데, 그만 다리에 힘이 풀리고 말았다. 중환자실에서 만난 엄마는 믿기 힘들 정도로 야위어 있었다. 나는 엄마 가슴에 난 수술 자국을 차마 바라볼 수가 없었다.

수술은 잘 마쳤지만 혈압이 쉽게 돌아오지 않은 엄마는 중환자실에서 이틀을 더 보냈다. 그 시간 동안 아버지와 나는 중환자실 앞을 지켰다. 병원 복도에 불이 모조리 꺼진 밤에도 중환자실 앞에서 아버지와 병원 의자에 기대 쪽잠을 청했다.

이틀 후 엄마가 일반병실로 옮겨지고 난 뒤에야, 수술에 들어가기 전 유언장을 썼다는 걸 알게 되었다. 가족들이 걱정할까 봐 씩씩한 척했지만 혹시 살아서 나오지 못할까 봐 두려웠었다고도 했다.

여름의 끝자락에 입원했던 엄마는 초가을 바람이 불어오는 날 무사히 퇴원했다. 퇴원하던 날 엄마는 "수술실도, 중환자실도 다시는 들어가고 싶지 않아. 한 번 더 산다는 생각으로 운동도 열심히 하고 건강하게 살 거야. 나한테는 이미 한 번의 기적이 일어난 거니까."라고 말했다.

모르는 이로부터의 헌신과 희생, 모처럼 핀 웃음꽃

"백혈구 여과 제거 성분 채집 혈소판을 직접 구해 오셔야 해요! 환자분에게 매일 혈소판을 넣어드리고 있는데, 지금 병원과 혈액은행에 A형 혈소판이 모자란 상태예요. 지정 헌혈로 하셔야 수혈을 해드릴 수 있어요."

엄마의 의식이 돌아오기만을 바라던 어느 날, 간호사 선생님으로부터 혈소판을 구해 와야 한다는 얘기를 듣게 되었다. 에크모를 사용하는 환자의 경우 혈소판을 주기적으로 수혈해 주기 때문에 부족하다는 것이었다.

가족 모두 혈액형이 같았기에 돌아가면서 헌혈을 하면 된다고 생각했는데, 병이 생길 수 있어 4촌까지는 헌혈을 하면 안 된다는 말에 가족 모두 눈앞이 깜깜해졌다.

수혈을 지속적으로 받지 못하면 엄마의 생명이 위급할 수도 있다는 말에 넋을 놓고 있을 수만은 없는 노릇이었다. 일단 급한 대로 친척들과 지인들에게 연락을 돌렸다. 가장 흔한 혈액형이라고 생각했던 A형은 생각보다 적었다. 그마저도 이런저런 상황 때문에 헌혈할 조건이 안 되거나 시간 맞추기가 힘들었다. 일반 헌혈은 몇 명이 해주었지만, 백혈구 여과 제거 성분 채집 혈소판을 구하지 못한 상태에서 마음만 타들어 갔다.

고민 끝에 동생이 평소 활동하고 있는 인터넷 나눔 카페에 상황을 알리는 글을 올렸다. 지푸라기라도 잡고 싶은 심정으로 올린 것이었지만, 누가 얼굴도 모르는 사람을 위해 시간을 내서 한 시간 반이나 걸리는 헌혈을 해줄까 싶었다.

얼마 후 전혀 기대하지 않았던 우리에게 감사한 문자가 날아들었다. 얼굴 한 번 본 적 없는 엄마를 위해 헌혈을 해주겠다며 어느 병원, 누구로 지정하면 되느냐고 연락이 온 것이었다.

아무런 대가도 없이 헌혈을 해준다는 게 솔직히 믿기 힘들었다. 하지만 그들은 진심이었다. 혈소판 헌혈 후 몸이 힘들 수도 있다는 말을 했지만, 해본 경험이 많다며 오히려 엄마의 상태를 걱정해 주었다.

각 지역에서 많은 분들이 혈소판 헌혈을 해주었고, 또 많은 분들이 혈소판 헌혈을 할 몸 상태가 아니어서 미안하다며 일반 헌혈이라도 하면 안 되겠느냐고 물어왔다.

중환자실 생활을 하며 두려움과 불안감을 떨칠 수 없었는데, 처음으로 얼굴에 웃음꽃이 피는 순간이었다. 엄마도 기쁜 소식을 듣고 힘을 냈으면 하는 마음에 "엄마를 위해서 헌혈해 주신 고마운 분들이 많아. 그분들한테 보답하기 위해서라도 얼른 빨리 일어나자!"고 말해주었다.

엄마가 에크모를 떼던 날

기꺼이 헌혈을 해준 그분들의 진심 덕분이었을까. 엄마는 중환자실에 입원한 지 열흘 만에 가까스로 의식을 차렸다. 눈을 뜨지는 못했지만, 질문에 고개를 살짝 끄덕이는 것으로 의사 표시를 할 수 있었다. 의식을 차린 만큼 우리는 엄마가 분명히 깨어날 수 있을 거라고 믿었다. 10년 전처럼 다시 털고 일어나 중환자실을 나올 거라고 굳게 믿었다.

"놀라지 마. 엄마가 눈을 떴어. 약했던 심장 박동도 정상적으로 뛰고, 그간 부정적으로만 얘기했던 의사 선생님도 바로 에크모를 때도 되겠다고 얘기를 하더라. 아무래도 진짜 기적이 일어난 것 같아."

집에 들렀다가 병원으로 오는 사이에 아버지에게서 전화가 왔다. 우리의 간절한 기도를 하늘에서 들어주신 걸까. 부랴부랴 병원으로 돌아와 중환자실에 누워 있는 엄마를 만났다. 내가 나지막한 목소리로 "엄마"하고 부르는 순간, 엄마가 눈을 뜬 채로 나를 바라보며 고개를 끄덕여 주었다. 말은 하지 못했지만, 엄마의 눈은 많은 말을 하고 있었다.

엄마가 놀랄까 봐 쏟아지는 눈물을 참으며 "중환자실에서 고생하시는 많은 선생님들, 정말 고맙습니다."라는 말만 되풀이했다. 의사 선생님은 "얼마 전까지도 상태가 좋지 않아서 에크모를 더 달고 있어야 할지 떼야 할지 고민이었는데, 심장 기능이 어느 정도 정상적으로 돌아와 에크모를 떼도 될 것 같다."며 "에크모를 떼고 앞으로 하루이틀만 잘 버티면 일반병실로 옮길 수 있다."고 했다. 엄마가 우리 곁으로 다시 돌아올 거라는 강한 희망이 생긴 순간이었다.

그날 오후 우리 가족은 엄마가 중환자실에 입원한 지 14일 만에 병원 뒤쪽으로 나가 처음 산책을 했다.

"엄마 생신 때까지 퇴원은 못 해도 일반병실에서 생일 파티를 할 수 있겠지?"

우리는 얼마 남지 않은 엄마의 생일 계획을 세우며 들떠 있었다.

이제 그만 집으로 돌아가자!

"코드블루, 코드블루."

다음 날 새벽, '코드블루' 방송이 귓가에 쩌렁쩌렁하게 울렸다. 이상하게도 우리 가족은 불길한 예감에 휩싸여 튕겨나듯 일어나 서로를 걱정스러운 눈빛으로 바라보았다. 느낌이 좋지 않았다.

언제나 그렇듯 방송을 듣자마자 중환자 보호자실에 있던 보호자들이 모조리 중환자실 문 앞으로 쏟아져 나왔다. 자신의 가족이 아니기를 바라는 마음으로. 아니나 다를까, 중환자실 문이 열리고 뛰어온 의사들이 달려간 곳은 다름 아닌 엄마가 누워 있는 침대 앞이었다.

이날 '코드블루'의 당사자는 바로 우리 엄마였다. 참을 수 없을 만큼 눈물이 쏟아져 나왔다. 중환자실 밖에서 엄마를 살려 달라고 기도만 할 뿐, 할 수 있는 게 아무것도 없었다.

얼마 후 간호사가 "○○○씨 보호자, 중환자실 안으로 들어오세요!"라고 방송을 했다.

우리는 넋을 놓은 채로 중환자실로 들어갔다. 엄마는 조용히 눈을 감고 있었다. 의사 선생님은 "안타깝지만 사망하셨습니다."라는 말과 함께 사망 선고를 내렸다. 엄마는 그렇게 작별 인사도 없이 생을 내려놓으셨다. 남겨진 가족들에게 하고 싶었던 말이 참 많았을 텐데….

흔들면 깨어날 것 같아 엄마를 흔들어 보았지만, 삶의 마침표를 찍어버린 엄마의 시간을 되돌릴 수는 없었다. 가슴을 부여잡고 울었다. "엄마, 끝까지 지켜준다는 약속 못 지켜서 미안해!"라는 말만 되풀이했다.

엄마의 손을 만지고, 볼에 내 볼을 부비고 꺼져가는 엄마의 체온을 느꼈다. 봄바람 따라 꽃구경을 가고 싶다던 그 말이 엄마의 마지막 말인 줄 알았더라면, 당장 내일 같이 가보자고 말했을 것을… 엄마를 향해 너무너무 사랑한다고 말해주었을 것을….

"여보, 이제 우리 집에 가자!"

아버지는 우리 모두 힘들지만 엄마가 고통 없는 곳에서 쉴 수 있도록 엄마를 편히 보내주자고 말했다.

엄마를 납골당에 모시고 이틀 후, 엄마의 생일날이 되어 우리는 다시 한 번 오열하고 말았다. 생일상도 받지 못하고 떠난 엄마의 유골함 앞에 엄마가 그토록 먹고 싶어 했던 자장면을 올려드렸다. 신장 투석을 받는 엄마의 건강을 위한다는 명목하에 그 흔한 음식조차 못 먹게 막았던 지난날들이 너무 죄송스러웠다.

비록 엄마는 중환자실에서 살아 나오지 못하고 생을 마감했지만, 엄마가 마지막을 보냈던 중환자실에서 우리 가족은 따뜻함과 감사함을 느꼈다. 의식조차 차리지 못했던 엄마가 마지막으로 눈을 떠 눈빛으로나마 마지막 인사를 하고 떠날 수 있었던 건 중환자실에 가득 찬 간절함과 진심 덕분이었을 것이다.

마지막으로, 수많은 이들의 생명을 지키기 위해 오늘도 고군분투하고 있는 중환자실 의료진분들의 노고에 깊은 감사를 드린다.

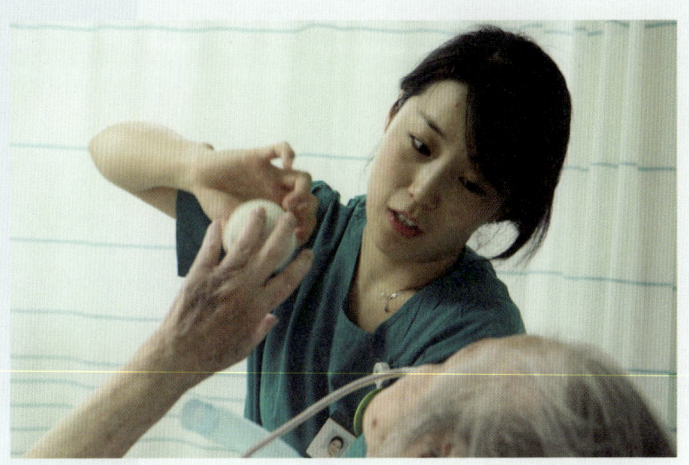

저와 함께 하실래요?
서울아산병원 중환자실
2010 출품작

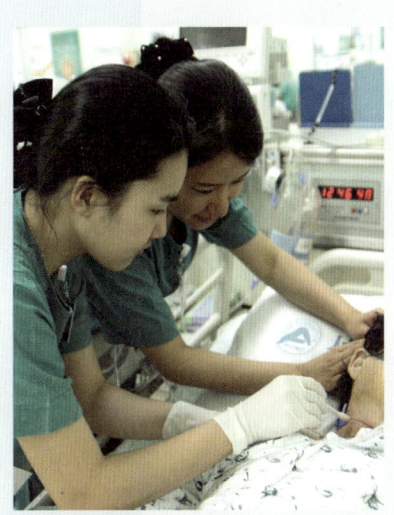

둘이서 하나되어
서울아산병원 중환자실
2010 출품작

두 번째 생애

이연재

"야 니들은 내가 죽으면 무덤 쓸 필요도 없고, 그 영동 거시기 죽산리 앞 강에다가 화장해서 뿌려 뻐려라. 나는 선산도 무치는것도 싫고, 다~씨는 사람으로 태어나고 싶지도 않타. 만약 다시 태어나믄 공부 많이 한 사람으로 태어날 끄다."

엄마의 한이 맺힌 목소리가 공기 중을 타고 돌고 돌아, 마치 예상한 듯 듣고 있던 내 살갗에 와 착 감겨 붙습니다. 다른 사람들은 일을 마치고 집으로 돌아와 휴식을 취하는 보통의 생활 패턴과는 반대로, 이 시간에 일을 나가는 엄마는 신문을 돌리기 위한 가장 최적화된 차림이라고 하는 낡은 추리닝 바지와, 낡아빠지다 못해 헤진 검은 모자를 눌러쓰고 현관문 앞에 주저앉습니다.

일을 나가기 전 엄마는 갈라진 발가락 사이사이에 작은 비닐봉지를 잘라 감싸면서, 유언을 빙자한 한탄을 내뱉기 시작합니다. 그 소리는 녹음해서 틀어주는 것처럼 매일매일 똑같은 말뿐이라, 가끔씩 우리끼리(그래봤자 동생과 나 둘뿐이지만요.) 정말 엄마가 녹

278 ICU, 희망의 기록

음기를 가지고 다니는 게 아닐까 농담한 적도 있었습니다. 오늘도 어김없이, 한때 아홉 시 땡 하면 "안녕하십니까? 오늘은 대통령 각하께서…"로 시작하던 뉴스처럼, 이맘때쯤이면 잊지 않고 시작하는 똑같은 한탄 소리가 들려오자, 일 나가는 엄마를 배웅하기 위해 엄마를 사이에 두고 마주 보고 서 있던 방문 문턱의 나와 동생은 죄스러운 마음에 조개처럼 입만 다물고 맙니다.

"누가 아빠 같은 사람이랑 결혼하래."부터 가난에 대한 원망과 악다구니는 철이 들면서 진작에 졸업한 레퍼토리입니다. 그런 소리를 한들 현실은 달라질 리 없다는 걸 깨닫자마자, 나는 서로의 가슴에 상처만 남기는 소득 없는 소모전을 그 순간부터 망설임 없이 멈췄습니다. 일종의 서로 간 암묵적인 한풀이 통로가 단절된 것입니다.

머리가 굵어지면서부터는, 내 삶이 답답하다 소리쳐 울부짖는다 한들 삶의 질곡을 선봉에서 정통으로 맞아야 하는 본인만 하겠냐는 여자로서의 이해도 한몫했으리라. 묵묵히 일하다가도 가끔 엄마가 힘에 부치고 체력이 따라주지 않아 지긋지긋하게 힘든 날에는

"돈만 많이 벌면 신문배달은 당장 그만두리라."

넋두리를 하곤 했던 엄마가, 결국 본인 의지로 배달 일을 그만두지

못하고 계속 일을 한다는 사실을 그때의 젊은 엄마는 알고 있었을까요.

자신의 몸에 생겨나는 모든 병을 대수롭지 않게 치부하는 엄마는, 새벽에 신문을 돌리는 순간순간이 참을 수 없이 온몸이 아팠다고 했습니다. 식은땀을 뻘뻘 흘리며 일하다 말고 중간에 들어와 힘없이 화장실 문가에 앉아 있는 엄마의 모습을 보며, 나와 아빠는 걱정보다 핀잔을 퍼부었습니다. 결국, 그날 간신히 일을 마치고 병원에 갔다가 "몸이 심상치 않다, 지금 당장 소견서를 써줄 테니 대형병원을 가보라."는 동네 내과 의사의 의견을 듣고는 나오자마자 곧장 나에게 전화를 했더랬죠.

"야, 내가 방금 내과에 갔다 왔는데 나보고 큰 병원 가보란다. 니, 지금 올 수 있나?"

일을 하는 내내 마음 한켠에 새벽녘 엄마의 모습이 잔상처럼 남아 찝찝하던 참이었습니다. 엄마의 전화에 나는 하던 일을 중단하고 집으로 돌아와 엄마와 근처 중형병원으로 향했습니다. 응급실에 도착하자 의사들은 엄마에게, 우리로서는 TV에서나 봤지 어디에 쓰는 기구인지 알 수 없는 기계들을 주렁주렁 달아 검사를 시작했습니다.

평일 오후 응급실은 매우 한산했지만, 그 분위기와는 상관없이 우리에게는 정신없이 휘몰아치는 상황이었고, 정작 나는 할 일이 별로 없었으므로 베드 옆에 우두커니 비켜서서 드라마 속 한 장면인 양 지켜볼 수밖에 없었습니다.

검사를 하던 젊은 의사는 엄마의 가슴에 달아놓은 기계를 이리저리 체크하더니, 자기들끼리 무엇인가 의논을 마치고는 엄마에게 퇴원이 아닌 입원, 그것도 중환자실행을 선고한 뒤 본인 할 일을 다 마쳤다는 듯 뒤돌아 베드를 떠났습니다. 의사가 떠난 뒤 무언가 감지한 듯 엄마는 그때부터 급격히 불안해했습니다.

나는 응급실 검사비를 결제하라는 간호사의 안내에 따라 잠깐 자리를 비워야 했는데, 가방을 부스럭거리며 수납창구 위치를 가늠하는 나를 붙잡고 엄마는 "새벽에 신문은 누가 돌리냐."며 퇴원하겠다고 신경질을 부렸습니다. 그러더니 내가 제지할 틈도 없이 재빠르게 간호사를 불러 퇴원 의사를 알리는 것이었습니다.

"저기요, 나 안 아파요. 지금 이렇게 멀쩡한데 그냥 퇴원하면 안 될까요?"

엄마는 마치 새벽에 자신이 해야 할 배달일만이 앞으로 닥쳐올 고통을 비켜가게 해줄 수 있다는 듯, 본인이 아니면 구역이 넓어 그 일대에 신문을 배달할 사람이 없다는 이유로 퇴원하겠다는 고집을 부렸습니다.

이 소란에 호출되어 온 의사는 엄마 나름의 정당한 이유를 동반한 퇴원 요구에도 불구하고, 가차 없이 중환자실 입실 준비를 종용했습니다. 엄마가 의사와 간호사들을 향해 더 이상 병원에 있을 이유가 없다고 간절히 어필하는 동안, 나는 응급실비를 결제하러 가야 한다는 내 임무도 잊고, 아직도 엄마에게 붙어 있는 기계줄을 따라 착실히 심장박동수를 체크하고 있는 네모난 기계를 바라보았습니다.

들쭉날쭉 움직이는 엇갈린 선들이 무엇을 뜻하는지 나는 알 수 없었지만, 그것이 당장이라도 멈출까 봐 낡은 회색 기계에서 시선을 떼지 못했습니다. 그 기계에서 눈을 떼는 순간, 당장이라도 날카로운 소음을 토해내고 엄마와 함께 마지막을 고할 것만 같은 느낌에 한참이나 눈을 부릅뜨고 기계를 쳐다보았습니다.

결국, 가차 없는 응급실 퇴실 명령과 함께, 중환자실 입원 전 이인실에 배치된 엄마는 한껏 날카로운 목소리로 내게 자신의 낡은 폴더폰을 건네며 말했습니다.

"연재야, 여기서 중앙일보라고 찾아서 문자 한 통 보내라."
"뭐라고 보내?"

엄마는 한참을 2인 병실 옆 침대의 할머니를 쳐다보더니 단호한 목소리로 말했습니다.

"오늘은 내가 아파서 못 할 것 같은데, 내일 새벽부터는 '할 수 있어요.'라고 보내라."

문자를 보내자마자 얼마 안 되어, 엄마의 낡은 폴더폰이 조용한 병실에 시끄럽게 울렸습니다. 발신자는 당연히 엄마의 배달 지역을 담당하는 신문 지부장 아줌마였습니다. 엄마의 날벼락 같은 부재 통보에, 엄마에 대한 걱정을 빙자한 배달 차질 우려를 한껏 쏟아내는 일명 '중앙일보 아줌마'는 내일 새벽에는 틀림없이 나갈 것이라는 엄마의 다짐을 대여섯 차례는 받은 뒤에야 안심하고 전화를 끊었습니다.

엄마는 병원에서 준 환자복으로 갈아입은 후, 몇 가지 자잘한 검사 뒤 중환자실로 옮기자는 간호사들의 오더를 기다리며 한참이나 나에게 '중앙일보 아줌마'에게 차질 없는 신문배달을 위한 정보 전달 문자를 보내라며 여념이 없었습니다. 나는 엄마의 입에서 나오는 메시지를 한 자도 빠뜨리지 않고 전달하기 위해, 오늘만큼은 귀찮아하지 않고 평소 엄마가 칭찬해 마지않던 빠른 문자 실력을 뽐내야 했습니다.

"엄마 똑디 말해야지. 부광 빌라 몇 호라는겨?"
".........."

휴대폰에서 고개를 들어 쳐다본 엄마는 어느새 잠들어 있었습니다. 그야말로 억센 세상에 맨몸으로 내동댕이쳐진 채 살아남기 위해 서바이벌 같은 삶을 살아야 했던 우리 엄마.

오랜 신문 배달로 인해 강박증이 생겨 잠을 자려고 누워도 이십 분에 한 번씩 일어나 몇 시인지 확인해야 하는 엄마. 오늘은 배달을 안 나가시니 안 깨고 주무실 수 있으려나.

엄마는 결혼 이후 무능하고 놀기 좋아하는 남편 덕분에 안 해본 일이 없다고 했습니다. 사는 게 고만고만한 달동네에서도 엄마는 유독 생활력이 남달랐습니다. 초등학교밖에 졸업하지 못했고, 시집오기 전까지 별다른 사회생활을 하지 않고 부모의 농사일을 도왔던 엄마는 결혼 후 가난으로 인한 뼈아픈 상황 속에 맨몸으로 내던져진 이후, 그동안 나름의 세상에서 제법 온유했던 삶의 자세를 모두 내던지고 마치 전투에 임하는 전사처럼 단단함으로 무장해야 했습니다.

부업으로 구두를 꿰매던 동네의 다른 아줌마들과는 다르게 혼자서 100켤레의 구두를 더 꿰맸으며, 동네 아줌마들에 비해 월등한 수입과 더불어 바늘에 찔리고 거친 구두 가죽을 만지느라 망가진 손도 훈장처럼 갖게 된 것은 덤입니다. 그 훈장을 달기 위해 엄마는 잠자는 시간도 줄여가며 돈을 벌기 시작했습니다.

시간이 지남에 따라 사람들은 엄마가 자신과의 싸움 끝에 얻어내는 대가에 대한 칭찬을 아끼지 않았지만, 반대로 지독한 사람이라는 평판도 함께 얹어주었습니다.

　여덟 살이던 내게 엄마가 바빠서 머리를 묶어줄 수 없다며 단발로 자르지 않겠냐는 강요 섞인 권유에 의해 귀밑까지 오는 똑단발로 잘랐던 그해 여름, 비정상적으로 마르고 위태로워 보이는 엄마를 보다 못한 친할머니의 손에 이끌려 간 병원에서 '갑상선항진증'이라는 진단을 선고받았습니다.

　엄마는 어린 자식들과 무능한 남편을 대신해 구두 꿰매는 일 외에도 타올 공장, 전등 공장 등 다양한 곳을 거치며 제법 돈을 모으기 시작했습니다. 쉬지 않고 일하는 동안 엄마에게는 몸과 마음의 상처들이 동반으로 찾아오기 시작했습니다.

　타올 공장에 다닐 때는 공장에서 나오는 하얀 먼지가 머리에 들러붙어 쉬는 날이 되면 나는 손으로 엄마의 머리에 붙은 먼지를 긁어내는 것이 하나의 주말 의식과도 같았고, 전등 공장에서의 시간은 엄마에게 '더욱 돈을 벌어 이런 무시는 당하고 살지 않겠다.'는 일평생 떨어지지 않을 상처 딱지를 붙였습니다.

　엄마는 그토록 악착같이 모은 돈을 절대 허투루 쓰지 않았으므로 우리는 늘 곤궁했습니다. 월급날이 가까워 오면 반찬으로 해먹을 어묵을 사러 가기 위해 방바닥에 눌어붙은 누런 장판을 들춰 십 원짜리 한 장까지 모아야 했던 적도 있었습니다. 장판을 들추면 설명할 수 없는 퀴퀴한 냄새와 함께 장판 위쪽과 아래쪽에 들러붙어 있는 십 원짜리, 오십 원짜리가, 운이 좋으면 백 원짜리까지 종종 발견되곤 했습니다.

도대체 그 동전은 어쩌다 거기에 붙게 되었는지(지금도 미스터리다.) 나와 동생은 군것질을 위해 제법 자주 들춰 붙어 있는 동전을 닦아 긁어가곤 했는데도 끊임없이 발견되는 장판 밑 동전은 우리 가족에게 일종의 마법의 양탄자 같은 존재였습니다.

엄마의 노력의 결과로 내가 열 살 되던 해, 우리 가족은 그 당시 살고 있던 동네에서 큰 도로를 건너 십여 분쯤 더 가야 하는 곳에 지어지는 새 아파트를 분양받았습니다.

엄마는 일요일이 되면 동생과 내 손을 붙잡고 아파트가 지어지는 건설 현장 앞에 가서 앞으로 우리가 살게 될 팔 층을 세며 매주 얼마나 올라갔는지 가늠하며, 그럴싸한 모습으로 완공되어 가는 것을 지켜보고 돌아오곤 했습니다.

엄마는 아파트가 완성되는 모습을 지켜보면서, 전등 공장에서 일하는 아주머니들의 텃세로 몰래 울던 날에도, "그렇게 돈 벌어서 어디다 쓰냐."며 모진 폭언을 쏟아붓고 집을 나가곤 했던 아빠를 기다리던 외로운 밤에도, 혼자 일기를 쓰며 꼭 부자가 되고 싶다고 다짐했습니다. 이러한 일 년의 행위들은 엄마에게 벗어나고 싶은 현실에서 도피시켜주는 진통제 같은 효과를 지닌 듯했습니다.

어린 나로서는 엄마에게 행해지는 포악하고 녹록지 않은 삶의 행태와, 그것을 묵묵히 감당해야 하는 '엄마'라는 이름의 고행에 대해 눈치 챌 연륜이 없었으므로 그저 엄마의 한숨 섞인 푸념을 모른

척 어린아이의 천진함이라는 가면을 뒤집어쓰곤 했습니다. 그 가면은 언제나 견고할 것 같은 느낌을 주었고, 나는 그것을 뒤집어쓴 채 엄마라는 고행자에게 행해지는 모든 아픔을 나눠지지 않아도 되는 면책권이 주어진 것처럼 느꼈습니다.

나는 아무것도 모른 채 세월이 갈수록 달라지는 주변의 변화에 마땅히 기쁨을 향유했으나, 점차 커갈수록 어린아이의 얼굴에 씌워진 가면이 작아질수록 마음 한켠에는 이 가면이 벗겨지지 않길 바랐습니다. 어른이 되면 엄마의 고단함을 나눠 짊어져야 함을 본능적으로 느낀 어린아이의 영악함 탓이었습니다. 그토록 나는 이기적이고 나쁜 아이였습니다.

엄마를 중환자실에 입원시키고 일단 짐을 챙기기 위해 집으로 와야 했습니다. 소식을 듣고 퇴근한 아빠를 중환자실 앞에 앉혀두고 짐을 챙기기 위해 돌아온 집은 반나절 동안 엄마의 부재에 반응하듯 온기가 사라지고 싸늘한 기운을 풍겼습니다.

현관문을 열고 들어와 신발을 벗으려는 순간, 입구에 뭉쳐져 있는 엄마의 구멍 난 양말 뭉치와 발을 감쌌을 희끄무레한 반투명 위생봉투가 놓여 있는 것을 보았습니다. 그 순간 나는 번개가 내려치는 것처럼 빠르게 눈물이 차올랐습니다.

내가 본 엄마의 삶의 목적은 오로지 돈 버는 것에 있는 사람 같아 보였습니다. 아파트로 이사 오고 나서부터 엄마는 공장을 그만두고 신문 배달을 시작했는데, 전등 공장 아주머니들의 텃세로 엄청난 마음고생을 했던 지라 혼자 일한다는 장점을 가진 신문 배달 일을 흔쾌히 수락했습니다.

하지만 시간이 지날수록 엄마의 배달 영역이 넓어짐에 따라 오토바이를 타본 적이 없고 의외로 겁이 많았던 엄마는 궁여지책으로 수레를 끌고 다니며 배달 일을 했고, 출근 시간은 점점 당겨졌습니다.

기동성이라고는 눈곱만큼도 없이 오로지 엄마의 두 다리에 의지해야만 하는 작은 수레는 오후 일곱 시에 나가야 다음 날 아침 아홉 시쯤 끝나는 일이 되어버렸습니다.

날이 좋으면 일찍 끝나기도 했지만, 장맛비가 오거나 폭설이 오는 날에는 오후 세 시가 되도록 신문을 돌리는 일도 있었습니다. 결국, 네발 달린 오토바이로 바뀐 이후에도 그 사정은 크게 달라지지 않았습니다. 이 모든 과정을 엄마는 벌을 받는 수도자처럼 묵묵히 해나갈 뿐이었습니다.

엄마는 일 나가기 위해 옷을 입고 마지막으로 양말을 신었는데, 늘상 현관문으로 향하는 마지막 관문이라는 듯 담담하게 아픈 발가락에 사이즈에 맞게 자른 봉지를 감고 낡아서 구멍 난 양말을 두세 켤레씩 겹쳐 신었습니다.

장시간 걷고 뛰어야 하는 엄마의 발은 이미 물집으로 뒤범벅되고 뼈가 튀어나와 기형적인 모양으로 변했는데, 치료를 받으라는 가족들의 권유와 타박 속에서도 절대 병원에 가지 않겠다며 버텼습니다.

그런 단호한 거절 속에서도 아픈 것은 어쩔 수 없었는지라 궁여지책으로 생각해낸 것이 바로 발가락끼리 부딪혀 일어나는 쓰라림을 막기 위해 발가락에 위생봉지를 잘라 감싸는 일이었습니다. 나는 가끔 그런 엄마의 모습이 끔찍하게 속상하고 답답해 뒤통수에 대고 악다구니를 쓰곤 했는데, 내 찢어지는 말소리에도 동요하지 않고 차분한 손길로 발가락에 봉지를 감고 낡은 양말을 겹쳐 신는 작업을 멈추지 않았습니다. 그 모습은 가끔 해탈한 부처님 같기도 하고, 골고다 언덕에 끌려가시기 전 모든 걸 내려놓은 예수님의 표정 같기도 했습니다.

중환자실에 입원한 엄마는 신문을 돌리지 않게 되어 좋아하고 있을까. 배달 일을 마치고 돌아와 자야 하는 시간에도 깊게 잠들지 못해 삼십 분마다 시간을 체크해야 하는 일을 더 이상 하지 않게 되어 마음 놓고 쉬고 있을까. 나로서는 짐작조차 할 수 없어, 중환자실에 누운 엄마가 늘 하던 일을 잃어버리고 누워서 무엇을 하고 있을까 상상만 할 뿐이었습니다.

입원한 날 바로 중환자실로 들어간 엄마는 급격히 상태가 나빠졌습니다. 갑상선 진단을 받은 후 몇 년을 치료받던 엄마는 바쁘다는 이유로 자의로 병원을 끊었는데, 시간이 지나자 방치된 갑상선에서 분비된 호르몬이 제대로 조절되지 못해 심장이 비정상적으로 뛰고 있었다고 했습니다.

엄마의 심장은 급격하게 뛰다가도 당장이라도 멈출 듯 느릿하게 뛰는 등 비정상적인 박동을 하고 있었는데, 병원 측에서도 갑상선 문제로 이런 경우까지 오는 것은 드물다며 혀를 끌끌 찰 정도였습니다.

나는 중환자실에 들어간 엄마를 위해 다니던 알바를 그만두고, 중환자실 앞 환자 보호자들을 위한 쪽방에 챙겨온 짐을 풀었습니다. 이미 방에는 인원수 초과로, 왕년에 월남전 참전 용사였다는 다부진 인상의 할아버지와 한 방을 써야만 했습니다. 언제 호출될지 모르는 중환자의 보호자였기에 자리를 비울 수 없었고, '울며 겨자 먹기'였습니다.

동생은 군대에 있었고 아빠는 출근해야 했으므로 엄마를 지키는 사람은 나뿐이었습니다. 하루 세 번 중환자실 면회가 허용됐는데, 어느새 엄마는 대소변을 가리지 못해 기저귀를 차야만 하는 상황까지 와 있었습니다. 나는 어떻게 이렇게 사람 상태가 급격하게 나빠질 수 있는가에 대해 어안이 벙벙했습니다.

엄마는 면회를 보러 갈 때면 깨어 있을 때도 있고, 가끔 눈을 뜨고 멀쩡한 얼굴로 나와 아빠를 맞이할 때도 있었는데, 그때마다 신문 배달은 어떻게 됐는지 묻곤 했습니다. 나는 '중앙일보 아줌마'가 잘하고 있다며 엄마를 안심시키곤 했습니다.

엄마는 내가 열 살 때 아파트로 이사 온 뒤 얼마 후부터 스물여섯이 될 때까지 16년을 한 번도 쉬지 않고 신문 배달 일을 했으므로,

우리 가족에게는 엄마가 일 나가기 전 발가락 마디마디마다 봉지를 잘라 감는 일이 퍽 익숙한 광경이었습니다.

엄마는 봉지를 자르며 "못 배운 나한테 신문 배달만큼 쉬운 일 어딨냐."고 중얼거리다가도, "이제, 이 일 좀 그만뒀으면 좋겠다."는 진심 아닌 진심을 내뱉으며 한참을 혼잣말하곤 했습니다.

엄마는 성실하다는 단어로는 설명할 수 없는, 마치 사명이라도 띤 사람처럼 하루도 빼먹지 않고 배달 일을 나갔습니다. 엄마의 형제들을 비롯해 엄마를 아는 모든 사람들은 대체 왜 이렇게 지독하게 일을 안 쉬냐며 몸 생각 좀 하라고 했지만, 엄마는 "내 자식들한테 빌어먹을 가난 안 물려주려고 한다."며 되레 큰소리로 모두의 입을 틀어막았습니다. 내내 반복되는 지리멸렬한 다툼이었습니다.

나는 엄마도 눈물을 흘리는 사람이라는 걸 이때 알았습니다.

중환자실 앞에서 생활하던 나는 잠깐 집에 들렀다가 병원으로 오라는 급한 호출을 받았습니다. 하필 그날은 군대 간 남동생이 제대하는 날이기도 했습니다.

면회 시간이 아님에도 임종을 지키기 위해 출입이 허락된 중환자실에서 엄마는 자는 듯 눈을 감고 있었는데, 간호사가 다가와 엄마 손을 잡으며,

"그렇게 기다리시던 아드님 오셨어요."

라고 엄마 귀에 속삭이자마자, 그저 자는 듯 누워 있던 엄마는 갑자기 번쩍 눈을 뜨고 동생의 손을 잡고 눈물을 흘리기 시작했습니다.

이승과 저승 그 어디 중간쯤을 헤매다 온 듯한 표정이었습니다. 그러나 동생 쪽을 향한 시선만은 필사적이었습니다. 느리게 쉭쉭거리는 엄마의 숨소리를 가르고 엄마는 간신히 한 문장을 완성했는데, 가까이 귀를 대지 않으면 들을 수 없는 작은 목소리였습니다.

"우리 아들 제대하는 거 못 봐서 어트카냐."

간신히 말을 마치고 가쁜 숨을 몰아쉬던 엄마는 눈물을 흘리다 동생의 손을 꼭 잡고 슬며시 웃었습니다. 부서지는 정신을 간신히 붙잡고도 지치지 않는지, 무사히 제대한 동생을 향해 기특하다는 웃음을 지어 보이려 했습니다. 마지막까지도 동생의 손을 꼭 붙잡고 놓지 않던 엄마는 얼마 지나지 않아 놀랍게도 멈춰가던 심장이 다시 깨어나기 시작했는데, 모두들 기적이라고 말했습니다. 임종을 위해 모였던 가족들에게도 믿기지 않는 기적이었습니다.

이렇게 엄마는 중환자실에서 기적적으로 회복하셨습니다. 그리고 어떻게 되었느냐면, 퇴원하고 두 달을 쉰 뒤 다시금 신문 배달과 우유 배달을 하십니다. 진격의 어머니, 죽음의 중환자실에서도 살아 돌아온 정신력을 가진 우리 어머니를 누가 말릴 수 있을까요.

그저 엄마에게 주어진 두 번째 생에는 엄마가 좀 더 하고 싶은 걸

할 수 있도록 곁에서 묵묵하게 지켜보는 수밖에요.

엄마, 오래오래 건강하시고 사랑합니다.

이렇게 걸어가리라, 그 어떤 길이라도

김대영

엄마의 외마디 비명에 비정한 아버지마저 움찔하는 것이 느껴졌다. 엄마의 얼굴에 피가 흐르고 있었다. 거의 매일 밤 이어진 아버지의 폭력이 기어이 엄마의 이마뼈를 부숴버린 것이다.

그날 밤, 늘 그렇듯 취한 채 잠든 아버지 몰래 엄마가 나를 흔들어 깨웠다. 어린 마음에도 그게 무슨 뜻인지 알 것 같아 재빨리 일어나 외투를 걸쳤다. 우리는 먼 거리의 삼촌 집에 도착할 때까지 한마디도 하지 않은 채 이따금 뒤를 흘끔거렸다. 삼촌은 엄마의 머리에 칭칭 동여진 붕대를 한참 응시하시다가 빈 방을 내주셨다.

나중에 아버지가 찾아와 우리를 내놓으라고 대문을 발로 차자, 삼촌이 그 가랑가랑한 체구로 마당 쓰는 빗자루를 들고 맞서셨다. 커다란 덩치의 아버지가 밀어붙여도 넘어지셨다가 다시 빗자루를 휘두르셨다. 아버지가 지칠 때까지 삼촌은 단호했고 절대 무너지지 않으셨다.

그렇게 아버지를 쫓아버린 삼촌은 초등학생이었던 내가 고등학교에 진학할 때까지 싫은 내색 한 번 없이 어머니와 나를 돌봐주셨다.

떡집을 하는 삼촌은 늘 새벽 3시에 일어나셨다. 직접 농사 지은 쌀로 떡 반죽을 하셨기 때문에 몸이 열 개라도 부족하셨다. 치매를 앓고 계신 할머니, 숙모님, 사촌 형들, 그리고 아버지에게 몰매를 맞다가 탈출한 우리 어머니와 나까지 책임지셔야 했던 삼촌에게 떡집은 그야말로 목숨줄과 같았다.

떡집 일 말고는 거의 신경을 쓰지 못하는 삼촌은 집에 앉아 있을 시간도 없으셨다. 그런데 어느 날 갑자기 온 집안 창문 공사를 시작하셨다. 우풍이 심한 옛날 창문을 튼튼한 새것으로 교체하신 것이다. 숙모님이 아이처럼 기뻐하셨다.

공사가 끝나자 삼촌이 온 가족을 불러 모아 당신에게 생긴 암에 대해 말씀해주셨다. 충격받은 가족들이 훌쩍이는데도 삼촌은 떡집 운영이 차질 없도록 하라는 말씀만 여러 번 반복하셨다. 가족들과 떡집만 괜찮으면 당신은 어떻게 되어도 상관없으신 것 같았다.

숙모님이 떨리는 목소리로 지금 떡집이 대수냐고 하셨지만 삼촌에겐 통하지 않았다. 만약 떡집 운영에 차질이 생기면 치료를 받지 않겠다며 역정을 내시는 통에 모두들 더는 아무 말도 할 수 없었다.

암 진단을 받고도 급한 떡집 일부터 처리하고, 가족들이 따뜻하게 지낼 수 있도록 창문 공사까지 끝낸 후에 치료를 받으려 하신 삼촌. 떡집과 가족밖에 몰랐던 삼촌의 몸이 그렇게 허물어진 것은 너무 무거운 짐을 혼자 지셨기 때문이 아닐까. 안 그래도 무거운 삼촌의 짐을 더 무겁게 한 게 바로 나라는 생각이 들어 자꾸만 눈물이 났다.

가족에게 정이라곤 없이 그저 술을 마시고 무자비한 폭력을 휘두르기만 했던 아버지의 자리를 대신해주신 삼촌. 가족을 책임지기 위해 당신의 전체를 헌신하신 삼촌. 그런 삼촌을 위해 무엇이든 하고 싶었다. 내가 할 수 있는 일이라면 그게 무엇이든 해드리고 싶었다.

삼촌은 떡을 만들 줄 아는 가족이 떡집에 있지 않고 병원에 오면 치료를 받지 않겠다고 단단히 엄포를 놓으셨다. 삼촌의 고집으로 숙모님도, 사촌형들도 병원 근처에 얼씬하지 못했다. 결국 숙모님은 떡 만드는 과정을 전혀 모르는 고등학생이던 내게 삼촌의 보호자 역할을 부탁하셨다. 숙모님은 미안해하셨지만 나는 뭐든 할 수 있어 기뻤다.

병원에서 본격적인 치료를 시작하셨지만, 삼촌은 늘 당신의 몸을 뒷전으로 생각하셨다. 내가 의사 선생님을 만나고 와도 오늘 배달 잘했느냐를 먼저 물으셨다. 의사 선생님이 뭐라고 말씀했는지는 전혀 궁금하지 않으신 듯했다. 마치 당신의 회복은 안중에도 없는 것 같아 애가 탔다. 어쩌면 삼촌이 얼마쯤은 치료를 포기하신 건 아닌지 걱정이 되었다.

그런 채로 삼촌은 수술을 받으시고 중환자실로 옮겨졌다. 삼촌의 보호자를 찾는 방송에 의자에서 벌떡 일어나 입구로 달려갔다. 중환자실 간호사 선생님은 피곤하고 지쳐 보였는데 내 교복을 힐끔 보시고는 힘내라는 듯 먼저 웃어주셨다. 나는 멋쩍게 땅만 바라보았다. 안내에 따라 소독을 하고 파란 가운을 입고 삼촌 앞에 섰다.

빗자루 하나로 아버지를 내쫓던 태산 같은 삼촌은 의료 지식이 없는 내가 보기에도 금방 꺼져버릴 촛불처럼 위태로웠다. 뭐든 해드리고 싶은 마음은 간절했지만 수술 후 회복을 위해 중환자실에 계신 삼촌께 내가 드릴 수 있는 건 병원에서 허락한 유동식이 전부였다.

유동식 캔을 따서 삼촌 입가에 갖다 드렸지만 삼촌은 언제나 그러셨듯이 당신께서 하시겠다며 손을 휘저었다. 그리고는 떡집은 어떠냐고 물으셨다. 그 모습에 참았던 눈물이 터지고 말았다.

"삼촌은 삼촌 아니고 삼촌 아버지예요. 그러니까 저는 조카 아들이에요. 조카지만 아들이니까 이 정도는 제가 해드려도 돼요. 이제 저한테 시키세요. 막 시키세요. 삼촌이 치료 받으시는 동안 떡집 생각만 하실까 봐 걱정이 돼요. 그러지 마세요. 절대 치료 포기하지 마세요! 삼촌 없으면 안 돼요."

엉엉 울면서 떠듬떠듬 그렇게 말했다. 무뚝뚝한 삼촌과 말수 없던 나는 서로 눈을 보며 대화한 적이 거의 없었다. 그간의 고마움과 존경을 담고 싶었지만 뜻대로 잘 되지 않았다. 더 삼촌의 치료에 도움이 되는 말을 하고 싶었는데 속절없이 시간이 흘러가서 유동식을 삼촌 손에 올려드리고 나가야 했다.

　복도에서 숙모님과 사촌형들에게 전화를 걸어 의사 선생님이 뭐라고 하셨는지, 삼촌이 어때 보였는지, 유동식을 드셨는지 등을 상세히 말씀드리고 털썩 의자에 앉았다. 얼굴이 달아올랐다. 삼촌이 저렇게 누워 계신데 도움은커녕 말조차 제대로 못하는 내가 한심했다.

　다음 면회 때는 제대로 하려고 별렀지만 삼촌 앞에서는 또 꿀 먹은 벙어리가 되고 말았다. 그런데 삼촌이 유동식을 달라고 손짓하는 대신 입을 벌리셨다. 나는 기쁜 나머지 유동식을 뜯지도 않고 삼촌 입 가까이 가져갔다가 다시 뚜껑을 땄다. 삼촌이 유동식을 다 드시고 난 후, 가족들이 전해달라는 말들을 전해드리자 또 시간이 다 끝나버렸다. 나는 말 대신 삼촌의 손을 붙잡았다가 놓고 복도로 나왔다.

　삼촌의 중환자실 생활은 평탄하지 않았다. 수술로 제거하지 못한 부위는 항암치료를 해야 하는데 이미 병원에 들어오기 전부터 삼촌은 영양도, 체력도 전혀 신경 쓰지 못한 상태였다. 오로지 떡집밖에 모르던 삼촌은 고통스러운 치료 과정 동안 바로 보기 어려울 정도로 야위셨다.

　그래도 내가 할 수 있는 일은 다음 날 좀 더 길게 삼촌 손을 잡는 것이었다. 그때마다 삼촌도 힘을 다해 내 손을 마주 잡으셨다. 그다음 날도, 그다음 날도 시간을 조금 늘리다가 어느 날은 그냥 들어가자마자 손을 잡고 내내 있었다. 삼촌도 내 손을 맞잡으시고 놓지 않으셨다. 그날, 내가 나가기 직전에 삼촌이 말씀하셨다.

"아들, 네가 고등학교 교복 입은 모습을 보니 대학 가는 모습도 보고 싶고, 결혼하는 모습도 보고 싶네. 절대 포기하지 않고 치료 열심히 받을게. 떡집 걱정도 이제 조금만 할게."

나는 또 아무 말 못하고 주먹으로 눈물만 훔쳤다. 너무 늦게 병원에 왔다고, 치료 받는 동안에도 떡집 걱정에 자꾸만 퇴원시켜달라고 한다고 의사 선생님들의 요주의 대상이었던 삼촌은 그날부터 모범 환자가 되었다. 하루하루 힘겨운 투쟁이었지만 삼촌은 놀라운 끈기와 집중력으로 치료에 임하셨고 결국 일반병실로 옮기실 수 있었다.

삼촌이 퇴원하시던 날, 온 가족이 몰래 병원에 왔다. 날벼락을 각오했지만 숙모님이 울면서 삼촌을 껴안는 바람에 삼촌은 아무 말씀도 하지 못하셨다. 곁에 우두커니 서 있는데 사촌형이 어깨동무를 했다. 아무 말 안 해도 그 마음이 느껴졌다. 나는 삼촌의 손을 맞잡았을 때처럼 가슴이 울렁거렸다. 언제나 불안하고 위태했던 마음에 지붕이 생긴 것 같았다.

우리는 다시 일상으로 돌아왔다. 달라진 것은 단 하나, 이제 무리하지 않으시고 삼촌이 우리 모두에게 당신의 일을 조금씩 나누어주셨다는 것이다. 나도 쌀 씻는 일을 맡게 되었다. 조금이라도 실수를 하면 불호령이 떨어지지만, 떡을 생각하는 삼촌의 직업 정신에 오히려 숙연해졌다.

삼촌은 여전히 무뚝뚝하고, 나 역시 별다른 말을 하진 않지만 아무 말 안 해도 이제는 삼촌 아버지의 마음을 알 수 있다. 아마 삼촌 아버지도 조카 아들의 마음을 느끼시리라.

가끔 떡집 문을 닫고 돌아가는 길에 삼촌 손을 잡는다. 삼촌도 내 손을 맞잡으신다. 이렇게 걸어가리라. 그 어떤 길이라도 서로의 손을 붙잡은 채로, 말이 없어도 서로의 마음을 느끼면서.

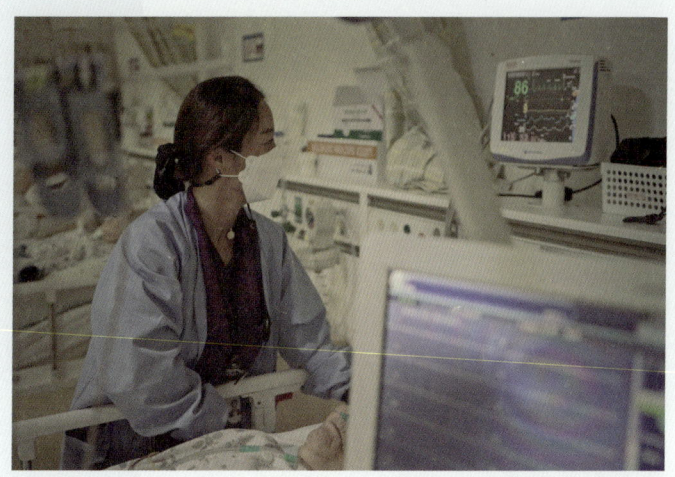

간절함이 보내온 신호
대청병원 내외과 통합 중환자실
2023 수상작

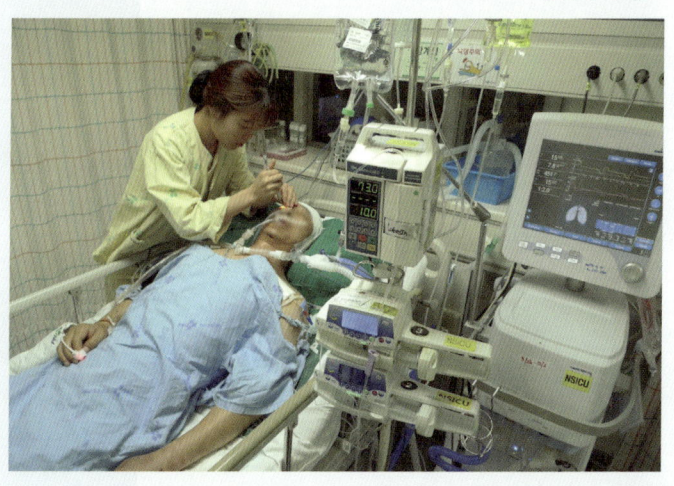

우리의 소박한 일상 속 풍경
부산대학교병원
2013 출품작

아홉 번 넘어진다

구월이었다. 여름의 막바지 더위는 머리카락을 이마에 착 붙여 놓고 예고도 없이 찾아와 농부의 살갗을 검게 그을리고 온몸을 땀으로 목욕 시키곤 했다.

    그날도, 아버지는 낡은 비닐하우스에서 풀을 뽑고 있었다. 구월이면 물러갈 만도 하건만 더위는 텁텁한 공기를 몰고 다니며 하우스 안에 고랑마다 풀들을 키워대고 있었다.

    "이놈의 풀들! 이놈의 풀들! 이 지긋지긋한 골칫덩어리 같으니라구."

    근 사십 년째 아버지는 풀과의 전쟁을 치르고 있었다. 풀에게 지면 호랑이 강낭콩을 길러 내다 팔 길이 막막했다. 눈에 넣어도 안 아픈 손주 녀석들 올망졸망 눈망울이 아른거려서 용돈이라도 좀 쥐어 주려면 올해 농사는 어떻게든 잘 지어야했다. 아버지는 지친 몸을 이끌고 숨을 한번 들이 마신 뒤 푹푹 찌는 하우스 안으로 비척대

302 ICU, 희망의 기록

며 걸어 들어갔다.

"후아. 왜 이렇게 더우냐. 그래도 얼른 뽑아야 하니께. 그래야 강낭콩이 힘을 받지."

아버지는 이마를 훔치며 더위를 얕잡아봤다. 원래도 뜨거운 데서 버티는 건 이골이 나 있었다. 사십 년 넘게 해왔으니 이 정도쯤이야 싶었다. 그런데 눈앞에 커다란 풀이 나타나자 사정은 달라졌다. 그놈은 명이 쇠심줄처럼 질긴 놈이었다. 아무리 잡아당기려 해도 뽑히지 않는 힘센 놈. 아버지는 풀을 양손으로 그러잡고 두 다리를 뻗어 버티듯 잡아당겼다. 해도 해도 안 돼서 마지막엔 힘을 그러모아 "이 놈!"하고 호통까지 쳐봤다.

그런데 그때였다. 갑자기 머리가 핑 하고 돌더니 눈앞이 캄캄해지고 땅바닥이 얼굴로 다가와 두 볼을 냅다 후려쳤다. 볼에 손을 대어 보니 피가 묻어났고 다리는 욱신욱신했다. 한참을 일어나려고 실랑이를 벌여봤지만 쉽지 않았다. 나중에 정신을 차렸을 때는 해가 뉘엿뉘엿 저물고 있었다.

아버지는 기다시피 해서 겨우겨우 집으로 돌아왔다. 아무리 벌컥대며 물을 마셔도 갈증은 사라지지 않았다. 뜨거운 사막에서 모래를 한 입 가득 문 것처럼 밤새 갈증을 호소하다가 다음 날에서야 "나 죽겠다, 얼른 119를 불러 달라."고 해서 병원으로 이송되었다.

엄마는 내가 걱정할까 봐 다음 날 오전 9시가 되어서야 연락을 했다. 아버지가 비닐하우스에서 일하시다가 쓰러져 중환자실로 옮겨졌다는 말을 듣는 순간, 나는 설거지하던 손에서 그릇을 놓쳤다. 다행히 깨지지는 않았지만 떨어진 그릇을 줍지 못한 채 대충 옷만 갈아입고 남편과 의료원으로 향했다.

'아버지가 위독한 상태라고?'

그럴 수가… 그럴 수는 없었다. 분명 며칠 전까지만 해도 건강하고 힘이 넘치시던 아버지였는데 중환자실이라니. 불안감이 엄습했다. 일상의 평온이 전부 깨지고 긍정적인 생각보다는 부정적인 생각이 자꾸 났다.
아니야, 그럴 리가 없어. 아버지가 중환자실이라니. 아닐 거야. 지금 내가 꿈을 꾸는 걸 거야.

'나는 아버지에게 잘해 드린 게 없고… 이대로 아버지가 잘못되시기라도 하시는 날엔…'

왠지 모르지만 눈물이 터졌다. 꼭 마지막 같았다. 구사일생으로 몇 번이나 죽음에서 살아 나오신 아버지였지만 이번에는 좀 달라 보였다.

중환자실에 필요하다는 물품을 전달하고 아버지 얼굴이라도 보게 해 달라고 병원 응급실 로비 직원에게 사정했지만 안 된다고 했다. 혹 필요한 게 있으면 중환자실에서 돌봐주시는 담당 간호사님이 연락할 거라는 간헐적인 말만 듣고 의료원 문을 나설 땐 발길이 떨어지지 않았다.

그날부터 아침이면 중환자실에 전화해 아버지 안부를 묻는 일이 시작되었다. 아버지는 다리를 반 깁스하고 얼굴은 찢겨져 꿰매지지는 않았지만 약을 발라 놓은 상황이라고 했다.

간호사는 아버지가 저혈당 쇼크가 온 상태라고 말했다. 저혈당 쇼크라면 당뇨병과 관련이 있는 건가? 엄마는 그날 아버지가 너무 더운 하우스에서 일한 것도 있지만 밥도 못 먹었을지 모른다고 했다. 나는 당뇨가 위험하다는 말은 수차례 들어왔지만, 이번처럼 살갗에 와 닿은 적은 처음이었다. 저혈당 쇼크에 빠진 아버지를 조금만 더 방치했다면 위험해질 수도 있었다.

아버지는 상태가 매우 위급하고 안 좋았지만 간단한 조치를 취한 채 월요일이 되기를 기다리고 있는 듯했다. 왜냐하면 그날이 토요일인데다 담당의가 정해져 있지 않다는 말을 들었다. 병원 측에서는 할 수 있는 대로 진료를 해보고 월요일에 담당의가 정해지면 면담을 해볼 수도 있다고 했다. 나는 다가오는 월요일 면담과 함께 면회도 신청했다. 간호사 말이 일주일에 한 번 점심시간에 두 명까지 면회를 할 수 있다는 말을 들었기 때문이었다.

우리는 각자 집으로 돌아갔다. 무엇이든 해야 했지만 일이 손에 잡히지 않았다. 주위에서는 아버지를 더 큰 병원으로 옮겨야 하는 거 아니냐는 말들이 들렸다. 우리는 일단 월요일 면담을 해보고 결정하기로 마음먹었다. 그런데 면담시간에 의사 선생님 회진이 걸려서 바로 면담 하지 못하고 면담을 오후로 미루고 아버지 면회부터 하게 되었다.

엄마가 먼저 면회를 했는데 아버지가 엄마를 잘 못 알아보고 말도 잘 못하고 손만 흔든다고 했다. 전화로 아버지가 의료 활동을 거부해 두 팔을 묶어 두었다는 말을 듣긴 했었는데 엄마 말을 들으니 너무 속이 상하고 걱정이 이만저만이 아니었다.

그런데 내가 들어갔을 때 아버지는 곧 평정심을 되찾고 기어가는 목소리로 말씀을 하셨다.

"아빠, 나야. 나 누구여? 알아 보겠어?"

아버지는 "이이."하며 무겁게 고개를 끄덕이며 희미하게 웃으려 애썼다. 그러나 묶여 있는 상황과 낯선 환경이 아버지를 힘들게 하는 것만 같았다.

"나는 걱정 말어 이. 다 괜찮으니께. 나 괜찮다."

아버지는 그러면서 대뜸,

"니 엄마가 참 훌륭한 사람이여."

라고 말했다. 그러면서 나더러

"너는 꼭 성공해야 한다. 아무 걱정 말고 하는 일에만 집중 혀."

라고 했다.

　마치 그 순간이 생의 마지막이 될 거라고 여긴 건지 아버지는 유언 같은 말들을 쏟아내고 있었다. 손을 떠는 아버지는 너무 안 되어 보였다. 주사를 겁내는 아이처럼 겁먹은 얼굴. 아빠는 얼마나 괴로울까. 소변줄을 차고 기저귀를 하고 커다란 링거 주사를 맞고 얼마나 답답할까 생각하니 목이 메었다.

"꼭 성공 혀이."

　아버지 말이 귀에 들어와 콕 박힌 뒤 쟁쟁 귀를 울렸다. 마음까지 그 울림이 전해졌는지 눈시울이 붉어졌다. 그러나 아픈 아버지에게 눈물을 보일 수는 없었다. 나는 눈물을 삼켰다. 아버지 손을 꼬옥 붙잡고 말했다.

"아빠, 힘내. 얼른 나아서 집으로 가야지. 다들 걱정하며 기다려."

"그래, 그래야지. 고맙구나."

　오후 면담에서 뵌 의사 선생님은 참 인자해 보이시고 말씀도 편안하게 해주시며 걱정하는 마음을 다독여 주시기까지 했다. 그러면서 지금은 아버지 상태가 매우 안 좋은 상태라고 했다. 더욱이 아버지에게 조기 치매 증상이 찾아오는 것 같다고, 그게 가장 큰 일이라고 염려를 해주셨다. 아버지는 중환자실에 누워 계속 쉴 새 없이 혼잣말을 하고 눈도 못 마주치고 허공만 보면서 소리치고 난동을 부리기도 한다는 것이었다.

　나는 갑자기 충격에 휩싸였다. 울 아버지가 치매라니…. 물론 아버지가 머리 뇌 수술을 세 차례나 하셨고 병원 신세를 많이 져서 약으로 살아가시기에 늘 다른 아버지들보다는 염려가 되었던 건 사실이다. 그런데 그때가 지금이라니 믿기지 않았다. 아니라고, 말하고 싶었다. 나는 고개를 저으며 엄마를 모시고 떨어지지 않는 발을 떼며 병원 문을 나섰다.

　집으로 오는 길 차창 너머로는 비가 오는 것만 같았다. 주위는 더없이 맑고 아름다운 풍경인데 내 눈에만 비가 주룩주룩 내리는 것 같았다. 그리고 다시 아침이 오자 나는 여덟 시에 중환자실로 전화를 걸어 간호사로부터 상황을 보고받으며 아버지 안부를 묻고 불안한 마음을 내려놓곤 했다. 간호사는 아버지 상태가 매우 좋아지고 있다고 했다.

그래서 나는

"그럼 그렇지. 우리 아버지가 누군데. 이 정도에 끄떡도 없지, 암."

하고 있었다.

그런데 아버지를 보고 온 다음 날 간호사에게 다급한 전화가 왔다. 아버지가 섬망 증상을 보이고 있다는 것이었다. 섬망이라니. 면회를 갈 수도 없고 그저 연락에만 의존해야 하는 상황이 너무 답답했다. 이대로 놔두었다가는 아버지를 영영 잃어버릴 것 같아 두려웠다. 주위에서는 당장 큰 병원으로 가라고 성화였다. 그런데 내 생각에 아버지는 그럴 리가 없었다.

우리를 두고 섬망에 빠져 사라져 갈 무책임한 사람이 아니었다. 아버지는 오뚝이처럼 쓰러질 때마다 일어나고 또 일어나고는 했다. 그런 아버지이기에 나는 희망의 끈을 놓을 수가 없었다. 게다가 아직 아버지와 하고 싶은 게 너무나도 많았다.

아버지는 얼마나 무서울까. 한 치 앞도 보이지 않는 상황이 얼마나 막막하고 두렵고 떨릴까. 혼자 남겨져 서글플까. 얼마나 낯설까. 아무리 간호사들이 잘해줘도 집 같지는 않을 텐데. 침대 생활도 익숙하지 않을 텐데….

나는 방에 누워 천장만 멀뚱히 바라봤다. 꼭 망망대해에 떨어진 것만 같았다. 동생들에게 급히 연락해 아빠가 섬망이라고 했더니 큰 병원으로 옮기자고 했다. 간호사에게 급히 연락했더니 의사 선생님께서 며칠만 더 경과를 지켜보고 결정하는 게 좋지 않겠냐는 말을 들었다.

그렇게 며칠을 잠도 못 자고 눈물 젖은 시간들을 보냈다. 불안이 영혼을 잠식한다더니 아버지가 사라질까 두려워 나는 마음을 잡지 못하고 한숨만 짓고 있었다. 만약에 큰 병원으로 옮기지 않아서 아버지가 잘못되기라도 하는 날에는 그 책임을 내가 다 짊어져야할 것 같아서 무거웠다.

그런데 며칠 뒤 기적적으로 아버지 상태가 호전되었다는 연락을 받았다. 그리고 그다음 월요일에는 좀 더 편안해지고 끈으로부터 자유로워진 아버지를 만날 수 있었다.

나는 아버지에게 말했다.

"아빠, 집 걱정은 하지 마. 내가 아빠 농사 다 지을 테니까. 아빠는 건강하게 잘 지내다 나와요."

그리고 기적처럼 아버지는 다시 일어났다. 침대를 박차고 절뚝거리긴 했지만, 깁스를 풀고 다시 살아났다.

퇴원하던 날, 아버지는 간호사들에게 고마운 마음을 표현하고 싶다고 했다. 똥이 안 나와 고전하는데 괜찮다며 다독여 준 간호사에게 너무 미안했고, 심심하시냐며 노래를 틀어준 간호사도 있었다고 했다.

"아빠 다행히 거기서 잘 지냈나 보다."

"이이, 잘 지냈지. 한 간호사가 얼마나 고맙던지."

아버지는 눈가가 촉촉해졌다.

그랬다. 나의 아버지는 이번에도 내 기대를 저버리지 않았다. 아홉 번 넘어졌지만, 다시 일어나 오뚝이처럼 그렇게 병원 문을 나선 뒤 세상 밖으로 당당히 걸어나갔다. 그 뒷모습에서는 어떤 범접할 수 없는 빛이 새어 나왔는데, 나는 그것을 아버지가 삶을 대하는 태도, 살아가려고 하는 삶의 의지라는 생각을 했다. 아버지에게 세상은 아직 다 쓰여지지 않은 페이지였다. 그 페이지에 희망을 옮겨 적기 위해 아버지는 나름대로 고군분투하고 있었다.

시간이 훌쩍 흘렀다. 추수를 끝낸 비닐하우스 안에서 아버지는 팥을 털고 있었다. 아버지 곁에는 귀여운 강아지 한 마리가 에스코트를 하고 있었다. 무더위는 다 지나갔지만 살아가려고 하는 아버지 마음의 열정은 사그라들지 않는 모양이었다. 내가 하겠다고 해도 아버지는 끝끝내 스스로 하겠다고 고집을 부리셨다. 힘이 닿는 한 해보겠다고. 아버지의 의지가 굳건하여 말리지 못했다.

"그럼 너무 무리하지 말고 적당한 선에서 해, 아빠. 내 마음 같아서는 아빠가 쉬고 놀러 다니고 재밌게 보냈으면 좋겠는데."
"나는 이게 좋아."

아빠는 씩 웃었다.

"그러니, 너는 딴생각 말고 글 열심히 써."
"응, 아빠."

나는 마음을 굳게 먹었다. 아버지가 곁에 계실 때 꼭 성공해야겠다는 생각만 머릿속을 떠다녔다. 열심히 썼지만 이번 글도 어쩌면 넘어진 글이 될지도 모르겠다. 그러나 아버지를 통해 나는 배웠다. 아홉 번 넘어져도 다시 일어서는 오뚝이처럼 다시 일어나려고만 하면 일어날 수 있다고.

연말, 한해를 마감하며 나는 구월 달력에 동그라미를 쳤다. 우리가 모두 살아있는 한 모든 것은 각각의 의미를 갖는다는 걸 깨달으면서, 우리는 절망의 터널을 통과해 희망으로 나아갔다.

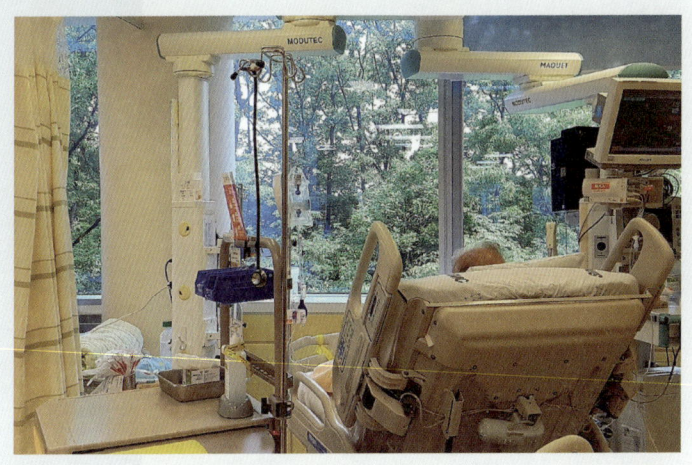

망중한
삼성서울병원
2019 수상작

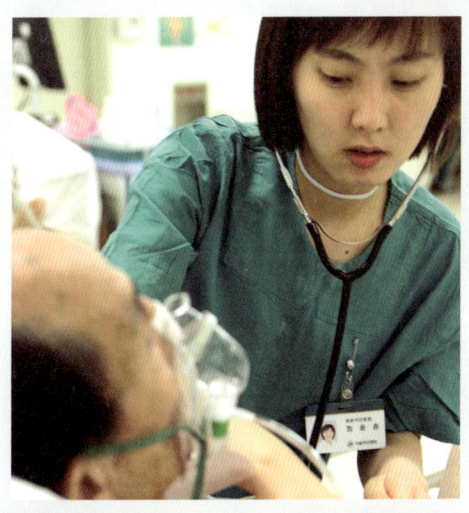

看聽感愛 보고, 듣고, 느끼고 사랑으로 보살피며
서울아산병원 중환자실
2010 출품작

한 계절 꽃이 피었고, 다시 안녕

이수아

2015년 9월 27일, 그해 추석은 해가 기울 무렵부터 부드러운 바람이 돌담길을 싸고돌며 조용히 논둑 아래로 스며들던 시절이었다. 어디 멀리서 살구꽃 향내라도 날 듯, 아득히 흐르는 달빛 아래 우리 집안 식구들이 광청 마루에 죽 벌여 앉아 실한 감을 깎아내고, 붉은 대추를 곱게 씹으며 도란도란 이야기를 풀어내고 있었던 게라. 그때 내가 아홉 살이었다. 어른들 말씀으로는 그러한 가을날에는 도깨비불 비치듯 고즈넉한 웃음과 그윽한 한숨이 함께 도는 법이라 하였지만, 우리는 그저 서로 어깨를 부비며 들떠 있었다.

허나 세상사란 늘 그러한 것인지라, 웃음소리가 마당을 두른 장독대까지 퍼져 나간 그 시각, 나는 어쩌다 자전거에 올라 놀듯 달리다가 그만 낭떠러지 같은 찰나를 맞닥뜨렸다. 바퀴가 헛돌고 몸뚱이가 허공에 떴다. 일순간 바람에 몸을 맡긴 기러기처럼 공중에 매달렸다. 발버둥 쳐 봐도 허사였고, 시간이 순식간에 끊겨 나간 그 순간 내 귀엔 삐걱대는 쇳소리와 함께 머릿속에서 벼락이 치는 듯한 '꽝'하는 소리만 울렸다.

다음 기억은 희미하다 못해 영영 사라질 듯 흐릿했고, 그저 꿈인 양 모든 것이 허공에 매달려 이리저리 흔들릴 뿐이었다. 그 뒤로 내가 분명히 느꼈던 건 머리칼 사이로 흘러내리는 축축한 피의 온기였다. 뒤틀린 팔다리, 깨진 피부 사이로 스며드는 흙내와 쇠 비린내. 피인지 눈물인지, 아니면 저 도랑 아래서 가끔 솟는 지하수인지도 모를 만큼 정신이 아득했다. 눈동자를 제대로 굴릴 새도 없이 나는 곧 삐뽀삐뽀 울리는 소리에 맞추어 구급차 속에 실려 갔다.

꽉 막힌 산길과 들길을 넘고 넘어 어디인지 모를 커다란 병원 문턱을 넘어갔다고들 한다. 들리는 말로는 외과부터 내과까지 안 가본 곳이 없다더라. 머리며 팔, 다리며 살펴보고 바늘을 꿰고 붕대를 감은 것이 열다섯 시간이라 했다. 그 긴 시간 동안 나는 반은 죽은 듯, 반은 꿈결인 듯, 무어라 이름 붙일 수 없는 경계에 머물러 있었다.

다시 눈을 떴을 때 온 사방이 휑하니 희뿌연 안개 속 같았고, 진한 소독약 냄새가 코를 싸고 돌았다. 이를테면 깊은 산중 상처를 염려하여 끈적한 약초즙을 바르듯, 이곳은 사람 살리는 곳이라 일컫는 대구 파티마병원의 '중환자실'이라는 것이다.

요즘 세상에야 중환자실은 병원의 한 병실이라 하겠지만, 내게는 낯선 땅끝 고을이나 다름없었다. 의식은 있으나 세상 빛을 볼 수 없었고, 들리지도 않았다. 아무리 눈을 떠 보려 안간힘을 써도 칠흑 같은 어둠이 내 눈꺼풀 아래 깔려 있었다.

나는 왜 누워만 있나, 왜 일어설 수 없지, 왜 아무것도 보이질 않고 입속의 맛은 텅 비었을까. 어쩌면 지금이 추석이라면 아랫목에 모여 앉은 집안 식구들은 내 걱정에 마음 조이고 있을 게다. 학교는, 결석은….

동네 마당 앞에선 벌써 모정母情 깃든 송편이 김이 모락모락 오를 텐데, 나는 꼼짝없이 누워서 무엇을 하나. 결석은 산더미처럼 쌓여 갈 테고, 그놈의 책들은 어디서 먼지나 먹고 있으련지. 두어 번 몸을 일으키려 했으나 꿈쩍도 하기 어려웠다. 마치 허리춤에 커다란 돌덩이가 달린 듯, 팔과 다리가 남의 몸처럼 맥없이 흘러내릴 뿐이었다.

게다가 목구멍으로 들어오는 것은 무엇인지 알 수 없는 미끈한 마음뿐이었다. 거기엔 맛도 빛도 없이 혀끝에서 미끄러져 내려가는 낯선 액체만이 남는다. 밥알을 몇 번 고운 돌확에 빻아 툭툭 걸러 낸 뒤에야 그런 물같은 죽이 만들어진다던데, 내게 허락된 것은 그 얇고 맹한 미음 한 모금뿐이었다. 혀끝에 걸리다 못해 목구멍을 스쳐 내려가며 꼭 기약 없는 기다림처럼 텅 빈 속을 적셨다.

일장춘몽이라고들 한다. 흘러가는 구름처럼 잠깐의 꿈이었다는 듯, 이번 일도 언젠간 흩어져 사라질까. 하지만 지금 이 순간 오장 육부를 헤집고 나온 상처들이 불이 일어난 듯 화끈거리며 내 몸 안에서 무엇인가 다시금 기워지고 짜 맞추어지고 있으리라. 부디 이 자리에 오래 누워 있지 않기를, 몸뚱이가 다시금 제 기운을 찾아 세상 속으로 뛰어들기를 빈다. 그러나 지금 당장은 부유하는 먼지 속에서 눈을 지그시 감고 고운 미음 한 모금이나 삼켜 볼 도리밖에 없지 않은가.

언젠가는 병상 밖 가을 햇살이 싱그럽게 스며들어 그 빛 바라며 감미로운 국밥 한 사발, 구수한 김치 한 입 곁들여 삼킬 날이 오지 않겠나. 그때까지는 이 누운 몸뚱이로 이 중환자실의 텁텁한 공기와 싸워 가며 찾아 나갈 수밖에. 아, 내게 다시 서늘한 가을바람을, 따뜻한 명절 밥상을, 정다운 사람들의 웃음소리를 허락하소서. 그런 기도를 했다. 그렇게 속으로 기도를 삼키다 보니 터무니없이 억울한 맘이 생겼다. 그럼 그 중환자실 속에서 내가 할 수 있는 것은 울음뿐이었다. 으아앙 하고 갓 태어난 아이 마냥 울음보를 터뜨리면 간호사 언니들이 부드러운 손길로 내 손등을 잡아 주었다. 말 대신 손길로 다독이며, "괜찮다, 괜찮다." 하고 손짓으로 알려 주었다.

때때로 의사 선생님이 들어와 내 머리 부근을 더듬었다. 오장육부도 아닌 두개골을 누르고 약을 묻히고 쇠붙이 같은 차가운 기구로 상처를 누비며 치료하였다. 따끔하고 얼얼하였으며 머릿속에 불꽃이 튀는 듯한 통증이 몰려왔다.

그럴 때면 나는 이대로 살아날 수나 있을까 하는 두려움에 목울음을 삼켰다. 진단명은 외상성 뇌손상, 즉 두개골 골절에 의한 뇌진탕이라고 했다.

어른들은 내가 말을 잃고 눈이 멀어 앞으로 세상 빛을 다시 못 볼 수도 있다는 의사 선생님의 경고를 듣고 한숨과 울음을 쏟아냈다고 한다. 엄마는 저기 처마 밑 호랑나비 한 마리가 날아드는 소리에도 가슴이 덜컹였고, 아버지 역시 말없이 눈시울이 붉어졌단다.

그 즈음은 아침 기온이 빠르게 내려앉아 병원 건물 외벽에 서린 이슬방울이 금세 얼음기둥으로 변할 법한 날이었다. 창문 아래 외래 진료실 앞마당에선 잿빛 비둘기 몇 마리가 고개를 치뜰 때 병실 내 낯빛은 부옇게 질린 내 얼굴을 중심으로 섰다.

너무 아픈 날에 나는 악을 지르다 썼다 하며 헐떡였고, 간호사 언니들은 잠시도 쉼 없이 분주하게 오가며 주삿바늘을 들고 생명줄이라 할 만한 수액 주머니를 조심스레 손질하였다. 스테로이드 연고를 하도 발라 살은 눅진해졌고, 머리에 눌러앉은 피딱지가 곱게 바스라졌다.

머리뼈가 움푹 파이는 고통에 내가 "살려주세요, 살고 싶어요." 하고 울부짖으면 병실 밖 구석에 서 있던 오빠까지 피눈물을 삼키고, 잠시 문간에 기대어 계신 할아버지도 눈물을 훔치시며, 할머니 또한 수건 끝을 꼬아 쥐고 흐느끼셨단다. 할아버지는 평소 무뚝뚝하셨지만 그날은 손바닥으로 얼굴을 가리며 마치 마당에 떨어진 찢어진 초가지붕의 짚더미를 그러안듯 조용히 흐느끼셨단다.

오빠는 평소 나를 업어 주며 장난치던 씩씩한 사내아이였는데, 그날은 아무 말도 못 하고 문가에 서서 자기 치마저고리 자락 없으니 교복 상의 자락을 꼭 쥐고 고개를 떨어뜨렸단다. 할머니는 목 아래로 길게 늘어진 손수건을 한 손으로 비틀어 쥐며 눈물, 콧물을 훔쳐내셨단다.

"힘내자 수아야. 엄마 여기 있어."

유일하게 중환자실 출입이 가능하던 엄마가 말했다. 엄마 목소리는 얇게 떨리며 내 귓전에 밀려들었다. 나는 눈을 꽉 감았다. 그냥 이 모든 아픔과 울음이 한바탕 괴이한 꿈이라면 좋으련만. 하지만 다행인지 불행인지, 이것은 생생한 현실이었다.

허나 사람은 참으로 요상하다. 슬픔의 한복판에서도 묘하게 희망의 싹을 틔워 내니, 마치 광한루 앞마당에 비 한줄기 조용히 내릴 적에 풀잎이 고개를 내미는 것 같다. 의사 선생님의 한마디 "고비를 넘겼습니다." 하고 남긴 짧은 말 한 줄이 마치 둑을 터뜨리듯 울음들을 진정시켰다.

가족들의 눈물은 흡사 긴 가뭄 뒤에 오는 단비처럼 아픔을 씻고 마음의 찌꺼기를 흘려보내고 있었다. 다 울어낸 뒤에는 우리 모두 조금이나마 숨을 돌릴 수 있었으니, 눈물이란 것도 때론 생명을 지탱하는 또 다른 수액 방울이 아니었을까 생각되었다.

울어 댄 그 시간은 어쩌면 내가 다시금 이 세상에 발붙일 수 있는 고갯마루였는지도 모른다. 한 걸음의 차이라도 사람은 절망과 희망 사이에서 흔들리는 법.

그 순간 온 가족이 울어주었으니 나는 나 홀로 어둠 속을 건너는 게 아니었다. 그러한 울음들이 모여 나를 부축해 주었으니, 훗날 이 모든 고통이 아련한 기억으로 희미해질 때 그 울음조차 내 생에 단단한 밑거름이 되어 줄 것이라고 나는 지금도 마음속으로 믿고 있다.

그렇게 언젠가부터 내 눈가에 어슴푸레한 빛무리가 맴돌기 시작하였고, 차갑기만 하던 병상 주변 공기도 서서히 소리가 배어들었다. 간호사 언니들이 내 손등을 잡을 때마다 엷은 미소를 보였고, 그 미소가 내가 깨닫지 못하던 음성을 세상사 제자리로 돌려놓았다.

엄마는 나를 위해 책을 읽어 주었다. 나는 그 목소리 가락 속에서 줄글이 문장으로, 문장이 이야기로 피어나는 것을 알았다. 어둠 속에서 자라나는 풀뿌리처럼 나는 다시금 말문을 틔웠다. 작은 목소리라도 내게 허락되니, 그 소리 하나로도 세상이 다시금 살아나는 듯하였다.

그리하여 입원한 지 한 달 즈음이었을까. 마침내 내가 그 중환자실을 벗어나는 날이 왔다. 침상에 누운 채 복도라 부르는 긴 길을 지날 적에 의사 선생님과 간호사 선생님들이 작은 분홍 머리핀 하나를 손에 쥐어 주었다. 작고 귀여운 핀이었지만 나에겐 그게 묘하게도 살아 돌아온 증표 같았다. 머리칼을 고정하듯 내 마음까지 단단히 붙들어 매 주었다. 그 핀을 내 손안에 꼭 쥘 때 나는 가슴 한켠에서 서늘하던 바람이 서서히 온기로 바뀌며 삶이 다시금 흐르기 시작함을 느꼈다.

병원의 일반 병동 창가 쪽 자그마한 침상에 몸을 뉘었을 때는 이미 2015년 10월 하순이었다. 어느덧 추석 명절의 여운은 흐릿이 사라지고, 문득 고개를 돌리면 산 너머 언덕배기에는 붉게 물든 단풍잎이 한 줌씩 바람 따라 흩어지고 했다.

바깥에서 스며드는 공기는 서늘하고, 병원 복도 유리창에 햇살이 비칠 때면 먼지 입자들이 반짝이며 춤추듯 하늘거리곤 하였다. 그때가 10월 28일 이른 아침쯤이었을 게다. 간호사 언니들이 규칙적으로 발소리를 내며 병실 복도를 오가고, 전자식 기계에서 일정한 간격으로 '삑-삑'하는 소리가 귀를 간지럽혔다.

"오늘은 좀 어때?"

엄마는 내 머리맡에 앉아 낮고도 부드러운 목소리로 물었다. 어제까지만 해도 소리가 잘 들리지 않아 답답하였지만 이제는 어렴풋이나마 엄마 목소리의 떨림과 온기를 감지할 수 있었다. 나는 조심스레 입술을 움직여, 아직 살짝 굳은 혀끝으로 "응, 괜찮아." 하고 겨우 내뱉었다. 그제야 아빠는 주머니 속에서 휴대폰을 꺼내 일가친척들에게 문자를 보내며 상황을 전했다.

"수아는 괜찮아지고 있어요."

하고 톡톡 두들기는 소리가 들렸다.
　아침 회진 때 의사 선생님이 들어와 말했다.

　"조금씩 걸을 수 있는 재활치료를 시작해 봅시다. 오늘 오후에 물리치료실 선생님이 오실 겁니다."

　그 말에 엄마는 안도의 숨을 내쉬었고, 아빠는 벽에 걸린 시계 아래서 손뼉을 한 번 조용히 쳤다. 외래 진료실로 향하는 긴 복도 끝, 창문 너머로 맑은 가을 햇살이 비스듬히 비춰 왔다. 그날 이후로 매일 아침이면 나는 적어도 두어 발자국씩 더 걸어 보았다.
　비록 낯선 장비와 삐걱거리는 소리, 간혹 뭉툭한 주삿바늘이 손등에 꽂히는 불편함이 따라왔지만 그래도 내 앞에 펼쳐진 세상은 단단히 바뀌어 가고 있었다.
　다시금 엄마의 목소리가 또렷해지고, 아빠의 전화기 벨소리가 귀에 찌르르 울리며, 턱밑으로 조심스레 청진기를 대고 숨소리를 세어 보는 일상. 그 모든 것이 생의 낱낱 조각처럼 내게 쌓여 왔다.
　어느새 밤이 깊어 병실 불이 꺼지고, 복도 끝 비상등 불빛만 남았을 때 나는 어두운 천장 위로 희미하게 빛나는 기계 불빛을 바라보았다. 마음이 서늘히 가라앉으며 한구석에서 '괜찮다, 이젠 괜찮아진다.' 하는 목소리가 자라고 있었다.

다음 날 아침, 장기 입원 환자들을 위한다며 자원봉사자 할머니들이 병실을 돌며 국화차를 한 잔씩 나누어 주셨다.

"차는 몸을 덥히고 맑게 해 준단다."

할머니의 손마디는 굵고 투박했지만 그 안엔 따스한 손끝 온기가 있었다. 찻잔에 담긴 국화 향이 병실 가득 퍼질 때 나는 눈꺼풀을 잠시 감고 그 향을 맡으며 다시금 추억 속 들녘과 마당, 감나무 아래서 웃던 가족의 얼굴을 떠올렸다.

'살아 있다'는 자명한 말조차 이제는 놀랍게도 새삼스러웠다. 시간이 흘러나면 사람은 망각이라는 은총 아래 얼마간의 고통을 희미하게 흘려 보낸다 한다.

하지만 그 가을날 나는 깨달았다. 세상에 태어난다는 것, 숨을 쉰다는 것, 눈 떠 세상을 본다는 것 모두가 그냥 덤으로 굴러온 운수 좋은 날은 아니라는 것을. 그것은 다만 깊고 깊은 어둠 속을 밀고 나온 새싹이 땅 위로 얼굴을 내밀 듯, 끈기와 기다림과 주변의 온정 위에 겨우겨우 올라앉은 삶이라는 것을 알았다.

그 뒤로 어느 해에는 바람이 세차게 불기도 하고, 어느 해에는 눈비가 섞여 내리기도 하였다. 한 계절이 바뀌고 꽃이 피었다 지며, 강 언덕에 노란 민들레가 퍼지고, 마을 담장 너머 석양빛에 논밭이

물들 때면 나는 늘 그 추석을 떠올렸다. 눈부신 가을빛 속에서 우리 가족이 다시금 모여 앉아 웃음소리를 나누고, 머리핀을 받았던 그날처럼 내 마음 한 구석을 따스하게 감싸 안던 손길을 떠올렸다.

안녕, 안녕 하고 떠나가던 계절마다 또다시 안녕, 안녕 하며 다가오는 새 계절이 있음을 나는 중환자실에서 배웠다. 이 생의 무게는 결코 가볍지 않지만, 그 무게를 짊어지고도 피어난 웃음이 얼마나 소중한 것인지 깨달음으로써 나는 그 어둠의 문턱에서 다시 걸어 나왔다.

따스한 숨결, 부드러운 손길, 그리고 작은 머리핀 하나가 내 삶을 환히 밝혔다. 어둠과 고요를 헤치고 솟아오른 그 빛줄기는 마치 대숲 사이로 비치는 아침 햇살처럼 내가 다시 살아가는 하루하루를 감싸 주었다.

여기가 바로 내가 다시금 시작하는 자리라고. 괜찮아질 거라고 손을 잡아 준 이들, 눈 맞춰 준 이들, 목소리로 힘을 북돋아 준 이들 모두가 징검돌처럼 내 앞에 놓여 있었다. 나는 이제 한 걸음씩 그 돌 위를 디디며 앞으로 나아갈 뿐이었다.

안녕, 안녕, 또 다른 계절이 오면, 더 맑은 눈길로 세상을 바라보리라 다짐하면서.

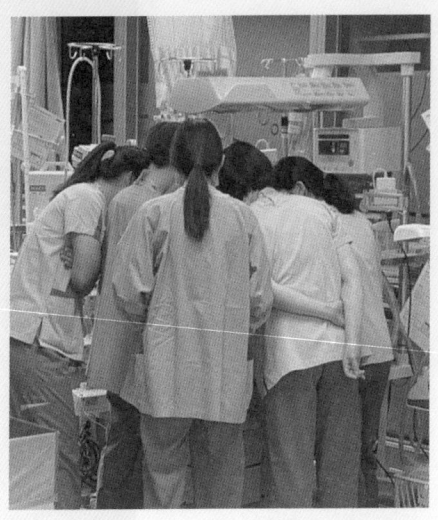

우리는 오늘도 1
삼성서울병원 소아심장혈관외과 중환자실
2021 수상작

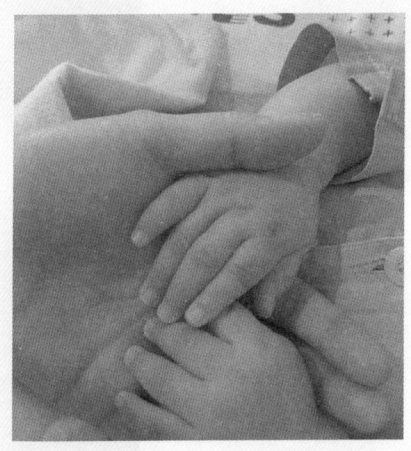

우리는 오늘도 2
삼성서울병원 소아심장혈관외과 중환자실
2021 수상작

삶과 죽음의 경계를 넘나든 49일

최옥숙

"엄마, 어떻게 하면 좋아. 주미가 창문에서… 떨어졌어."

수화기 너머로 딸아이가 너무도 애절하게 울고 있어서 처음엔 무슨 말인지도 알아듣질 못했다. 안 되겠다 싶었는지 사위가 전화를 바꾸더니 "장모님, 놀라지 마세요. 오늘 점심 때 주미가 창문 아래로 떨어져서 지금 ○○병원 응급실에 와 있어요. 상황이 좋지 않아요. 장모님도 아셔야 할 것 같아서 전화 드렸어요."라고 말했다.

전화를 끊는데 손이 바들바들 떨리면서 하늘이 노래졌다. 놀란 마음을 가까스로 추스른 나는 택시를 타고 손녀가 있다는 병원으로 달려갔다. 응급실 앞에서 만난 딸아이는 눈물, 콧물 범벅이 된 채로 울고 있었다.

"내가 잘 지켜봤어야 했는데, 저렇게 된 건 다 때문이야. 엄마, 나 이제 어떻게 살아."

딸아이의 새파랗게 질린 얼굴과 쇳소리 가득한 목소리가 상황의 심각성을 짐작케 했다.

손녀는 비눗방울 놀이를 하다가 주택 3층 높이에서 떨어져 머리를 심하게 다쳤다고 했다. 119 구조대가 도착했을 땐 이미 심정지가 온 상태로, 구조대원들이 심폐소생술로 손녀를 겨우 살려내어 곧바로 근처 대학병원 응급실로 옮겼던 것이다.

중환자실에 들어가 있는 손녀는 수술을 하기도 어려운 상황이었고, 수술을 해도 깨어날 가망은 10%도 되지 않는다고 했다. 손녀의 얼굴이라도 보고 싶었지만, 면회 시간이 따로 정해져 있어서 당장은 면회를 할 수 없어 더 애가 탔다. 죽음의 경계에 서서 싸우고 있는 손녀를 생각하니 하염없이 눈물이 쏟아져 내렸다.

눈에 넣어도 아프지 않을 만큼 착하고 사랑스럽던 아이였다. 내 품에 안겨 볼에 입을 맞추고, 얼른 자라 돈을 벌어 호강시켜 줄 때까지 건강해야 한다고 속삭이곤 했었다. 그런 아이에게서 웃음을 빼앗아간 하늘이 무심하기만 했다. 딸 내외를 생각해서라도 단단히 마음을 먹어야 했던 나는 딸아이를 겨우 진정시키고 밥을 먹였다.

다음 날, 면회 시간에 만난 손녀는 온몸에 생기를 잃은 채 누워 있었다. 순간 나도 모르게 통곡이 나오려는 걸 손녀가 들을까 봐 가까스로 참았다. 그 모습을 보고도 믿기지 않아서 손녀의 얼굴부터 팔다리를 만져보았다. 보들보들했던 살결은 딱딱하게 굳어 있었고, 핏기라곤 찾아볼 수 없었다. 뇌 기능을 상실한 탓인지 몸은 제

어되지 않은 채 널브러져 있었다. 그런 몸에 얼마나 많은 의료 장비들이 주렁주렁 달려 있는지, 차마 눈뜨고 쳐다보기 힘들 정도였다.

"아가, 할머니가 왔는데 여기 왜 이러고 있어. 어서 집에 가야지. 우리 손녀 좋아하는 초콜릿 사줄게."

손녀는 대답이 없었다. 대답이 없어도 나는 면회 시간 내내 손녀와 대화하듯 말을 이어나갔다.

"엄마, 아빠, 할머니 생각해서라도 꼭 힘내서 일어나야 한단다."

손녀가 내 목소리를 듣고 있을 거라고 믿었다. 단 10%의 확률이지만, 손녀가 눈을 뜨고 깨어나 "할머니" 하고 다정스레 불러줄 것만 같았다. 중환자실에 계속 있어도 좋으니, 의식만이라도 돌아오게 해달라고 빌고 또 빌었다. 칠십 평생을 살면서 그토록 애절하게 기도를 해본 적이 없었다.

그럴 때면 담당 주치의 선생님이 다가와 "할머니가 이렇게 간절하게 기다리는데, 주미가 눈을 좀 떴으면 좋겠네요!"라며 나를 위로해 주곤 했다. 환자를 살리느라 지치고 힘들 텐데도 살얼음판을 걷고 있는 보호자들의 마음을 보듬어주는 마음이 고마웠다.

간호사분들도 역시 "오늘은 어제보다 맥박과 혈압이 더 안정되었어요. 백혈구 수치가 회복됐네요!"라며 손녀의 몸 상태를 자세히 설명해 주곤 했다. 내가 손녀 곁에 있지 않은 순간에도 수많은 의사 선생님과 간호사분들이 손녀를 지켜주고 있다는 사실이 눈물 나도록 고마웠다.

한 번에 주어진 면회 시간은 30분. 딸 내외와 나는 번갈아 가며 30분 동안 면회를 했고, 사돈댁이나 아들 내외가 면회를 온 날에는 5분 정도 손녀를 볼 수 있었다. 어떤 날은 손녀를 보기 위해 많은 이들이 찾아와 내게 주어진 시간이 1분도 채 되지 않는 날도 있었다. 짧디짧은 면회 시간 동안 나는 손녀의 뇌가 내 목소리에 반응하기만을 기대하며 손녀에게 말을 걸었다. 대답은 하지 못해도 내 목소리를 듣고 다시 깨어나 주기만을 바랐다.

그렇게 시간이 흐르고 중환자실과 의료진들이 조금씩 익숙해졌지만, 손녀에게는 별다른 변화가 일어나지 않았다. '한시도 가만있지 못할 만큼 활동적인 아이가 누워만 있으려니 얼마나 힘이 들까. 쫑알쫑알 하고 싶은 말은 얼마나 또 많을까.'라는 생각에 안타까움만 커져갔다.

하루하루 중환자실에 누워 있는 손녀를 면회하면서 수많은 감정들이 교차했다. 어떤 날은 손녀가 나를 반겨줄 것만 같은 희망이 샘솟았고, 또 어떤 날은 손녀가 당장이라도 어디론가 사라져 버릴 것만 같은 불안감이 밀려왔다.

딸아이도 다르지 않아 보였다. 주치의 선생님이 상태가 호전됐다고 한 날은 일반 병동으로 가는 기대에 부풀었다가, 뇌가 손상돼 뇌사 상태에 빠지면 길어봤자 보름을 넘기기 힘들다는 기사를 읽은 날에는 "엄마, 어떻게 해. 우리 딸, 저렇게 가면 미안해서 어떻게 해!"라며 종일 흐느껴 울었다.

심정지 상태를 알리는 코드블루 사인. 중환자실에 가족이나 사랑하는 이가 누워 있는 사람에게는 '코드블루'야말로 가장 공포스러운 단어일 것이다. 나는 손녀를 면회하기 위해 중환자실을 다니는 동안 적어도 다섯 번 이상은 코드블루를 들었던 것 같다. 코드블루가 울리고 중환자실에서 펑펑 울면서 나오는 환자의 보호자들을 볼 때면 남 일 같지가 않아서 바짝 신경이 곤두섰다.

그날은 면회를 기다리며 중환자실 앞에서 대기하고 있을 때였다.

"코드블루, 코드블루, 12층 외과 중환자실."

중환자실 앞이 웅성거리기 시작했다. 그리고 얼마 안 가 사위에게 병원에서 전화가 걸려왔다. 아이가 위급한 상황이니 중환자실로 들어오라는 전화였다. 결코 일어나지 않을 거라고 믿었던 순간이 우리 손녀에게도 찾아온 것이다.

딸과 사위가 중환자실로 들어가고, 밖에서 상황을 기다리는 동안 심장이 딱딱하게 굳어버릴 것 같았다. 그 상황에서도 나는 손녀를 향해 마음속으로 말을 걸었다.

"아가야, 힘을 내렴. 의사 선생님은 물론이고, 엄마와 아빠, 할머니, 다른 많은 가족들도 다 너를 응원하고 있단다. 너는 충분히 이겨낼 수 있어."

잠시 뒤 사위가 중환자실 밖으로 나와 상태가 안정되었다는 말을 전했다. 심폐소생술을 시행한 지 몇 분 만에 다시 맥박이 뛰었다고 했다. 그 말을 듣고 나니 온몸에 힘이 풀리면서 혼미했던 정신이 다시 돌아왔다.

사위 대신 중환자실로 들어간 나는 담당 의료진을 붙잡고 감사하다고 몇 번을 말했는지 모른다. 긴박했던 상황을 증명이라도 하듯, 간호사분들의 손이 계속 바쁘게 움직였다. 나는 한 차례 고비를 견뎌낸 손녀의 몸을 주무르면서 "대견하다. 우리 아가."라고 말을 하는데 그 순간 울컥 눈물이 쏟아졌다. 손녀가 살아 있음에 감사하면서도, 이 조그만 아이에겐 이 모든 과정이 얼마나 고통스러울까 싶었다.

코드블루 상황도 이겨냈으니 반드시 기적이 일어날 거라고 믿었다. 하지만 현실은 가혹했다.

"심폐소생술로 살려냈지만 안타깝게도 의식이 깨어날 확률은 없을 것 같습니다. 이젠 뇌가 완전히 죽은 것이나 다름없습니다. 언제 또 심정지 상황이 올지 모르니, 아무쪼록 마음의 준비를 하셔야 할 것 같습니다."

담당 주치의 선생님의 한마디에 실낱같은 희망마저 사라져 버렸다. 결코 그 말을 쉽게 받아들일 수는 없었지만, 그 후로도 계속 의식이 돌아오지 않는 나날이 이어지면서 우리는 모두 힘든 현실을 받아들이게 되었다.

영영 깨어날 수 없고, 다시는 우리 곁으로 돌아올 수 없는 거라면 우리 아가가 더는 고통받지 않았으면 하는 마음이 들었다. 이 조그만 아이가 혼자서 감내해야 하는 고통은 아마 상상조차 할 수 없었을 것이다.

손녀는 뇌사와 비슷한 상태로 중환자실에서 49일을 보냈다. 그 사이 세 번의 코드블루 사인이 있었다. 삶과 죽음의 경계를 넘나들던 손녀는 중환자실 면회를 위해 나와 딸 내외가 모두 함께 있던 순간에 우리들 눈앞에서 꼭 움켜쥐고 있던 삶의 끈을 놓았다. 담당 주치의 선생님이 있는 힘껏 심폐소생술을 해봤지만 소용없었다. 제대로 꽃 한 번 피우지 못하고 꺼져버린 짧은 생이었다.

딸의 통곡 소리를 듣고 나서야 비로소 슬픔이 실감되었다. 십 년도 살지 못하고 떠나는 게 원망스러울 법도 한데, 손녀의 표정이 편안해 보여 그나마 다행이었다. 손녀를 끌어안고 볼에 입을 맞추어

주었다.

'우리 아가, 많이 힘들었지? 이렇게 오랫동안 버텨준 게 기특하고 대견하네. 할머니가 많이 사랑한다. 지금은 헤어지지만, 언젠가 우리 꼭 다시 만나자꾸나!'

마음속으로 손녀에게 작별인사를 했다. 그러자 마치 손녀가 내 마음을 어루만져 주는 것처럼 마음이 편안해졌다.

손녀가 떠나고 적지 않은 세월이 흘렀다. 일상으로 돌아온 우리는 각자의 자리에서 손녀가 없는 허전함과 그리움을 견디며 살고 있다. 손녀의 마지막 모습을 떠올리면 아직도 가슴이 먹먹해진다. 거리에서 손녀 또래의 아이들을 보면 울컥울컥 눈물이 쏟아지고, 병원 구급차 사이렌 소리만 들어도 가슴이 철렁 내려앉곤 한다.

이따금씩 꿈에서 손녀를 만난 날은 울다가 잠에서 깨곤 한다. 솜사탕 같던 손녀의 환한 미소를 다시 한 번만 볼 수 있다면 더 이상의 소원은 없을 것 같다.

몇 년 전 중환자실에 입원한 손녀에게는 흔히 말하는 기적이 일어나지 않았다. 하지만 중환자실에서 어떻게든 손녀를 살리고자 했던 의료진들의 간절한 얼굴과 목소리가 아직도 머릿속에 선하다.

특히 손녀가 떠나는 순간에 마치 자신의 일처럼 깊은 애도를 표했던 담당 주치의 선생님의 표정은 지금도 잊을 수가 없다. 우리 손녀는 분명 중환자실 의료진들의 극진한 보호와 기도 속에서 편안히 눈을 감았을 것이다.

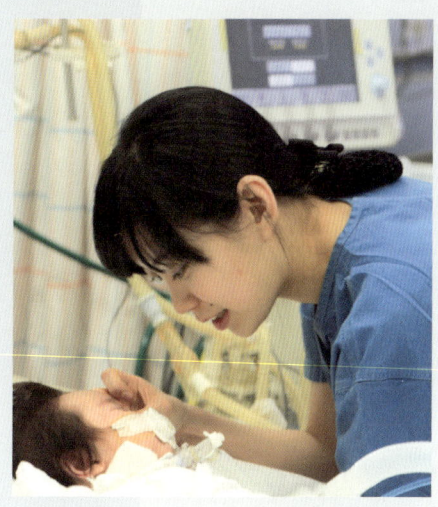

아가야 힘을 내
삼성서울병원 중환자실
2010 출품작

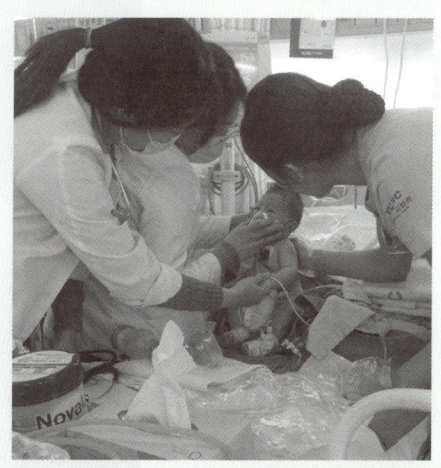

아가야 옳지. 한숨 더
영남대학교병원
2019 수상작

그럼에도 살아내기 위한 용기

김보라

2009년 5월 14일, 대학교 2학년이던 저는 학교 축제 참여를 위해 갔던 전북 익산에서 가스 폭발 사고를 당해 서울에 있는 한림대성심병원으로 이송되었습니다. 누워서 하얀 천으로 가려진 채 차에서 병원으로 옮겨지는 찰나, 청주에서 연락을 받고 먼저 와 계셨던 부모님은 천 밖으로 살짝 보이는 제 발만 보시고도 저라는 걸 단번에 알아보셨습니다.

그렇게 저는 중환자실에서 한 달이 넘는 시간을 보내게 되었습니다. 저는 전신의 24%가 넘는 부위에 3도 화상을 입었습니다. 중환자실에서는 거울을 본 적이 없어서 치료만 잘하면 될 것이라 생각했습니다.

얼굴에는 참기름 냄새가 나는 크림을 매일 발랐고, 양팔에는 붕대를 감고 누워만 있었습니다. 식사나 용변 모두 다른 사람의 손에 의지해야 했습니다. 약이 독해서 그런지 중환자실에 있는 내내 밥을 먹기가 너무 힘들어서 매일 어머니가 포도를 사다 주셨습니다. 밖에서 하루 종일 면회시간만 기다리실 부모님을 생각하면 가슴이 아팠습니다.

중환자실에서 가장 중요한 하루 일과는 바로 드레싱입니다. 아마 화상 환자라면 공감하실 테지만, 드레싱을 하기 위해 밖에서 차례를 기다리고 있으면 안에서 비명소리가 들려왔습니다. 드레싱 첫날에는 삭발을 하고 손에 발린 매니큐어를 지웠습니다. 저는 치료받는 기간 동안 한 번도 소리를 내지 않았습니다. 그저 이 시간이 빠르게 지나가길 바랄 뿐이었습니다.

저는 낙천적인 성격이라 처음 중환자실에 입원했을 때 사고 당시 옆에 있던 친구들이 아닌 제가 다친 것이 다행이라는 생각을 했습니다. 중환자실에서 처음 혈압을 쟀을 때도 혈압을 재시던 간호사 선생님이 "어떻게 이런 상황에 이렇게 혈압이 낮게 나오냐."며 신기해하셨습니다. 손가락 절단 수술을 했을 때에는 아버지가 처음으로 눈물을 보이셨는데, 저는 사용하는 데 아무런 문제가 없다며 대수롭지 않아 했습니다.

중환자실에 누워 있으면 일상을 사는 모든 사람들이 부러워집니다. 분홍 매니큐어를 바른 청소부 아주머니나 첫 사회생활로 간호사를 시작하게 된 신입 간호사 선생님, 업무가 많아 피곤에 지친 의사 선생님 등 저도 하루빨리 일상으로 복귀하고 싶은 마음이 들었습니다.

중환자실에서는 항상 같은 꿈을 꾸었습니다. 넓은 바다 한가운데 제가 들어가 있는 꿈이었습니다. 무의식적으로 화재 사고로부터 가장 안전한 곳이 물속이라는 생각이 들었었나 봅니다.

입원한 지 며칠이 안 돼서 저는 중환자실 안에 있는 격리실로 옮겨졌습니다. 격리실에는 저와 13살짜리 남자아이 둘이 있었습니다. 처음에는 툴툴거리던 남자아이가 며칠이 지나자 저에게 마음을 열어 가끔 이야기를 나누었습니다.

저는 하루 종일 라디오를 들었습니다. 그 당시 라디오에 자주 나오던 곡이 있었는데 노래가 좋아서 가수의 얼굴이 몹시 궁금하기도 했습니다. 나중에 알고 보니 그 가수는 아이유였습니다.

저는 중환자실에서 나와서도 일반 격리실에서 한 달 정도 더 생활을 하고 퇴원을 했습니다. 두 달이 넘는 시간 동안의 병원 생활을 마치고 집으로 가던 날 비가 내렸고, 어머니는 그동안 하지 못했던 집안 청소를 하셨습니다.

15년이 지난 지금 저는 사회복지과 졸업을 앞두고 있습니다. 화상 입은 저의 모습을 받아들이고 용기를 내는 데 오랜 시간이 걸렸습니다. 앞으로는 사회복지사로서 사회에 보탬이 되는 사람으로 살아가려 합니다.

중환자실에서 저를 위해 치료에 전념해 준 모든 분들에게 감사한 마음이 듭니다.

저에게 새로운 삶을 선물해 주신 만큼 저도 제 삶을 다시 살아내기 위해 용기를 잃지 않을 것입니다.

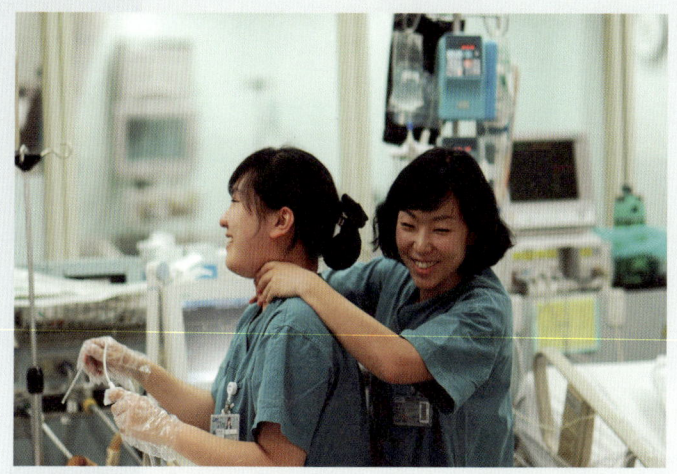

함께이기에 희망이
삼성서울병원 중환자실
2010 출품작

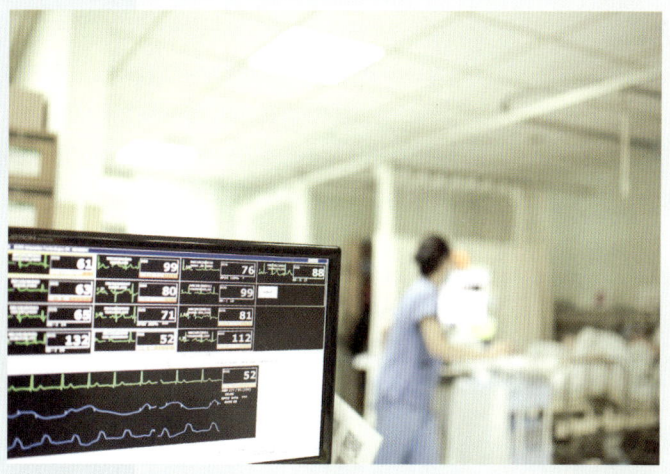

alarm은 환자의 생명
인하대학교병원 내과계 집중치료실
2013 출품작